방울져
떨어지는
시계들의 파문

SHITATARI OCHIRU TOKEI TACHI NO HAMON
by HIRANO Keiichiro

Copyright ⓒ 2004 HIRANO Keiichiro
All rights reserved.
Originally published in Japan by Bungei Shunju Ltd., Japan.
Korean translation rights arranged with HIRANO Keiichiro, Japan
through CORK AGENCY and ERIC YANG AGENCY.

Korean translation copyright ⓒ 2008 by Munhakdongne Publishing Corp.

이 책의 한국어판 저작권은 CORK AGENCY와 ERIC YANG AGENCY를 통해
Bungei Shunju Ltd.와 독점 계약한 (주)문학동네에 있습니다.
저작권법에 의해 한국 내에서 보호를 받는 저작물이므로
무단 전재와 무단 복제를 금합니다.

이 도서의 국립중앙도서관 출판예정도서목록(CIP)은
서지정보유통지원시스템 홈페이지(http://seoji.nl.go.kr)와
국가자료공동목록시스템(http://www.nl.go.kr/kolisnet)에서 이용하실 수 있습니다.
(CIP제어번호 : CIP2008000123)

방울져
떨어지는
시계들의 파문

히라노 게이치로 소설

신은주·홍순애 옮김

문학동네

백주

현기증이 났다. 거리는 점점 더 심하게 휘청거린다.

혼잡한 거리에서 사람들과 몇 번이나 부딪치면서 남자는 자신이 도대체 언제부터 이 남자의 뒤를 밟고 있는 건지 생각했다. 아주 기묘한 그…… 실은 남자인지 여자인지조차 모른다. 왜냐하면 절대로 뒤를 돌아보지 않기 때문이다. 그런데도 누군가 이렇게 뒤를 쫓아오고 있는 것은 뻔히 알아차리고 있다―교활한 놈 같으니.

무엇보다 대낮에 이토록 당당하게 사람들의 왕래가 빈번한 장소를, 자신이 맛이 가서 대소변도 가리지 못하고 있는 상태인 줄도 모르고 걷고 있는 것 자체가 언어도단이었다. 그 모습이 눈에 띈 순간, 남자는 마치 차에 치인 고양이 시체를 보았을 때처럼 자기도 모르게 오른쪽 주먹을 꼭 쥐었다. 그것은 지금도 여전히 굳게 움켜쥔 상태다.

아마 남자는 친절하게도 그것을 그 남자에게 알려주려고 생각했을 것이다. 그러나 그 때문에 이렇게 계속 걷게 될 줄이야. 언제부터인가? 불과 몇 시간 전부터인 것 같지만 실은 이미 며칠이나 지난 것 같기도 하고, 어쩌면 몇 년은 가볍게 지났을지도 모른다.

남자는 처음으로 추적을 그만둘까 하는 생각을 했다. 뒤를 밟아봤자 따라잡지 못할지도 모른다. 이제는 그런 의심을 도저히 억제할 수 없게 되었다. 그러나 이것은 하나의 천계(天啓)였다. 그만두려면 언제든지 그만둘 수 있는 것일까? —아니, 절대 불가능할 것이다. 남자는 여기까지 기진맥진하여 걸어오면서 겨우 이런 생각에 도달했다. 지금 그 남자는 앞을 걸어가고 있고 자신은 그 뒤를 걸어가고 있다. 그렇다고 해서 자신이 상대방을 쫓아가고 있다고 어떻게 단언할 수 있겠는가? 그 남자는 앞을 걸어가고 있다. 자신은 그 뒤를 걸어가고 있다. 그렇지만 뒤를 밟고 있는 것은 저쪽이 아닐까?

이 추론은 남자를 흥분시켰다. 그냥 시험 삼아 세워본 수식이 잘 풀린 덕분에 다른 모든 수식의 해답까지 얻은 기분이었다. 그래도 남자는 자신이 왜 추적을 계속해야 되는 것인지 영문을 알수 없었다. 어째서 도중에 그만둘 수 없었던 것일까? 왜 지금 그만둘 수 없는 건가? 그러나 자신이야말로 쫓기고 있는 거라고 생각하면 상황은 아주 단순했다. 그러면 왜, 라는 질문에 대한 이유가 반드시 분명하란 법도 없고, 이쪽 마음대로 그만둘 수도 없을 터이다.

멋진 생각이군, 남자는 그렇게 생각했다. 그렇다면 자신의 얼굴을 들킬 걱정도 없다. 따돌려져 놓칠 일도, 멈춰 서서 뒤를 돌아보고 한바탕 말썽을 일으킬 일도 없을 것이다. 요컨대 이쪽에서는 아무런 자유도 없다. 이 교묘한 계략 안에서는 자기 마음대로 가고 싶은 길을 간다는, 추적을 당하는 인간에게 허락된 유일한 자유조차 박탈당한다. 그래서 언제까지 따라가더라도 따라잡을 수 없는 것이다. 이쪽이 따라잡는 게 아니다. 어째서 쫓기고 있는 내가 따라잡을 수 있단 말인가? 게다가 쫓아오고 있는 저 남자는 내 앞에 있다. 애당초 뒤에서 오는 인간을 따라잡을 방도는 없다.

남자는 이런 단순한 속임수에 꼼짝 못하게 걸려든 자신의 어리석음을 누구에게든 말하고 싶어서 어찌할 바를 몰랐다. 친구들과 애인, 그리고 누구보다 먼저 가족의 얼굴이 머리에 떠올랐다. 그러나 그 기회는 대체 언제 찾아올 것인가?

질서정연하게 줄지어 달리는 무수한 차들이 모든 길의 앞뒤에서와 마찬가지로 그의 주위에서도 서로 교차하고 있다. 보도에서는 여전히 일부러 그러는 듯 사람들이 부딪쳐온다. 사과하는 사람은 하나도 없다. 점점 화가 나기 시작했다.

도대체 저 남자는 뭐란 말인가! 대낮부터 저런 수상한 몰골로

싸돌아다니다니! 심미적인 관점에서도, 철학적인 관점에서도, 윤리적인 관점에서도 결코 용서받지 못할 일이다. 무엇보다도 세상의 상식이란 것을 모르고 있다! 저놈이야말로 쫓겨야 마땅한 게 아닌가? 어째서 쫓아오고 있단 말인가!

발밑에서 뱃멀미 같은 흔들림을 느꼈다. 현기증이 심해져 토할 것만 같았다. 아무래도 똑바로 서 있는 것 같지가 않다.

남자는 문득 불안해져서, 그런데 지금 어디를 걷고 있는 걸까, 하고 생각해보았다. 꼭대기가 보이지 않을 정도로 높은 빌딩들이 길 양쪽으로 끝없이 우뚝 솟아 있는 모습이 마치 계곡 같다. 유리창이 은빛으로 빛나 눈이 따끔거린다. 하늘은 성난 이마에 불끈 솟은 혈관처럼 가늘고 창백한 선이 되어 저멀리 아주 조금 보여온다.

저 남자는 이 길의 끝까지 걸어가려는 것일까? 따라붙기 위해?

아마 그럴 것이다. 그리고 이미 따라잡지 못한다는 것을 알게 된 이상, 따라잡았을 때 무슨 일이 일어날 것인가 하는 물음은 더이상 무의미했다. 물론 그 남자의 정체를 물어보는 것도—

마주 보는 거울에 비춰진 모습처럼, 어느 빌딩 어느 차나 다 똑같다는 것을 남자는 겨우 알아차렸다. 그리고 천천히 고개를 숙였다.

틀림없이 앞으로 나아가고 있는데 앞은 온통 일그러진 색으로 칠해져 있다. 지면에서 떠올라오는 어수선한 소리. 그 속으로 빠지

듯이 가라앉으면서, 남자는 이제 자신의 흔적을 찾기 시작했다.

*

움푹 팬 땅의 상(像) 이

　　　　　　　물

　　　　　　　　　에 흔들린다

　　　　　　　　　　　　너무 익어

당장이라도 무너져내릴 것 같은 백주(白晝)의 밑바닥에서

　　　　　　　　　　소리　　　　　　도 없이

감추어진 무(無) 의

　　　　　　처녀 같은

　　　　　　　　싸움의 빛

이름 없는 것　이 날아

　　　　　　와

그　　　　　　　거처를 드러낸다

착수(着水)에 무르게

　　　　이가 빠진 칼날의 경계

오려낸 틈에서

　　　　뿜어낸

　　뜨뜻미지근한 숨

시간의 단면 투명한 황폐에서

용접은

무한   히 재연되고

임시로 박힌

원심 의 찰나에

어두운 집

에서 들려오는 외침 소리가

환청의 물방울을

흩뿌리는

불꽃처럼

모습을 드러내는 대문 위에서

날개는

그때마다

매듭이   풀려

석류의 과육에 물든 윤곽을

허공으로 날려버린다

그 궤적의 순간에

갑자기 거리(距離)를 씻긴다

진흙

맑게 갤 전조에 긴장되어

녹슨 쇳덩어리는

침묵   의 틈에

빙하처럼

　　　　스스로를 쏟아 붓는다

방울져 떨어지는 시계들

　　　　　　　　의

　　　　　　　파문

성대에 박힌 말뚝의 광선을

　　　　　　다 마시고

하나인 장소   는

언어　　　　로

　　　　　나타난다

깊이 그

　　난반사에 침잠하는

　　　　　　숫자들의 희롱

칠일재

고지마 고사쿠(児嶋康作)는 1917년 5월 13일에 당시 온가군(遠賀郡) N초(町), 지금의 기타큐슈시(北九州市) 야하타(八幡) 니시쿠(西區) S초에서 태어나 2002년 3월 21일 같은 곳에서 세상을 떠났다. 향년 84세, 사인은 심근경색이었다.

　마당에 쓰러져 있던 고사쿠를 맨 처음 발견한 이는 함께 사는 장남 고조(康藏)의 아내 료코(亮子)였다.

　고사쿠는 해가 저물기 시작하는 저녁 무렵이면 습관처럼 훌쩍 마당으로 나가서 교목들을 손질했다. 그런 고사쿠를 부르러 가는 일은 항상 료코의 몫이었다. 료코는 이것을 성가시게 생각하지 않았다. 식사 준비를 끝낸 다음 대충 부엌을 치우고 앞치마를 푼다. 그러고는 의자에 앉아 한숨을 돌리기 전에 샌들을 신고 마당으로 나가는 것이었다.

예년보다 일찍 꽃을 피워 곧 만개를 맞이할 벚나무 아래, 옅은 초저녁의 어둠이 부분적으로 단단하게 응고된 듯 보이는 고사쿠의 그림자를 확인했을 때, 료코는 놀라움 깊숙한 곳에 충분히 익은 기시감이 달라붙어 있음을 느꼈다. 그것은 황혼 속에 녹아버려 금방이라도 놓칠 것만 같은 시아버지의 모습을 찾아낼 때마다 마치 강요라도 당한 듯, 만일 지금 그 모습을 찾아내지 못한다면, 하는 상상을 해왔기 때문이었다. 내버려두면 곧 들어오실 거라는 남편의 말을 무시하고 그녀가 줄곧 마당으로 시아버지 모습을 살피러 갔던 것은, 식사를 알려드리기 위해서라기보다 오히려 그런, 마음속에 자리잡은 종잡을 수 없는 움직임에 재촉받았기 때문이었다.

드디어 현실이 되어버린 예감은 그녀의 가슴속에서 무거운 수수께끼로 변했다. 늙은 시아버지를 걱정한다는 흔한 근심 때문에 습관이 되어버린 부엌과 마당 사이를 왕복하는 일이 헛되지 않았다는 사실은 있는 그대로 받아들이기 어려웠다. 결국 그 왕복이란 필경 오로지 만일의 경우에 대비하기 위해서 되풀이되어온 셈이다. 그러나, 죽음이란 원래 그러한 주도함을 배신하기 마련 아닌가.

그날 그녀를 이끌고 간 것은, 서서히 다가오는 어둠 속에서 수력 때문에 근육처럼 부풀어오른 몸을 꿈틀거리고 있던 비닐 호스였다. 수압을 높이기 위한 장치가 달려 있는 끝부분은 목이 잘린 뱀처럼 날뛰며 주변에 물을 흩뿌리면서 넓은 웅덩이를 만들고 있었다. 그 한가운데 쓰러져 있던 시아버지의 몸은, 마치 온몸에서 체액이 빠져나간 듯 물에 담가진 채 꼼짝도 하지 않았다.

이송된 병원에서, 의사의 선고에 의해 고지마 고사쿠의 죽음은 확정되었다. 입회한 사람은 장남 부부인 고지마 고조와 료코 두 사람뿐이었고, 근처에서 혼자 사는 고사쿠의 여동생 다케코(武子)는 약간 늦게 도착했다. 도쿄(東京)에 사는 차남 겐지(研次)의 가족과, 지금은 결혼해서 남편과 오사카(大阪)에 살고 있는 고조의 외동딸 게이코(恵子)는 부고를 받고 다음날 아침 일찍 이쪽으로 오기로 되어 있었다.

이튿날 금요일의 밤샘이 공교롭게도 경축일인 목요일과 주말 사이에 끼었기 때문에, 당연히 와야 할 사람 중에도 오지 못한 사람이 있었고, 반대로 올 것 같지 않던 사람 중에 뜻밖에 온 사람도 있었다. 이른바 '기쿠헤이단(菊兵団)'의 전우로서 고사쿠와 만년까지 친교가 있었던 나카니시(中西)에게 조사(弔辭)를 부탁할 생각으로 고조가 직접 전화로 연락하자, 그는 갑작스러운 소식에 잠시 말을 잃고 있다가 깊은 탄식을 내뱉으면서 임종을 지키지 못한 일에 대한 무념함을 한참 동안 이야기한 다음, 기꺼이 하겠다며 그 역할을 맡아주었다.

고지마 고사쿠는 심상고등소학교*와 중학교를 졸업한 후, 열아홉 살이 되던 봄에 국철에 입사하여 모지(門司) 철도국에서 유선 통신기술 교육을 받고, 구루메(久留米)에서의 병역기간까지 포함해 통산 이 년간 작은 기차역의 매표와 전신을 담당하는 일에 종사했다. 그후 다시 모지 철도국으로 돌아와서 고토 후사에(後藤房枝)와 결혼하여 아이 하나를 두었으나, 1943년 초에 소집 영장을 받고 버마(현재의 미얀마)로 출정했다. 소속은 무선부대였다.

종전 후 만 일 년 동안의 포로생활을 겪고 귀국한 그는, 국철에 복직해 관리직 시험을 보고, 현장의 역장과 이제는 공사(公社)가 된 모지 철도관리국 내의 직무를 왕복하다가, 1977년 당시의 일반적인 정년인 55세보다 오 년 늦은 60세의 나이로 퇴직했다. 그후로 은거할 때까지 오 년을 더 국철의 하청회사에서 부품제조를 관리하는 일에 종사했으니, 사회에서 완전히 물러난 것은 1982년 봄이었다.

고사쿠의 아내 후사에는 몇 년 전부터 치매 증상을 보이기 시작했는데, 그것이 점점 심해져 결국 작년 말 병원에 입원했다. 아버지의 장례식에 참석시키기 위해 고조는 차를 몰아 병원으로 갔지만, 병실에서 십오 분 정도 어머니의 손목에 난 묶인 자국만을 쓰다듬어주었을 뿐, 결국 아무 말도 못 한 채 단지 병원 간호사에

---

*소학교 6년과 고등소학교 2년을 합친 옛 소학교.

게 되도록 묶지 말고 재워드리라고 여느 때처럼 한마디만 하고는 혼자 집에 돌아왔다.

밤샘 날 아침에 가장 먼저 집을 찾아온 다케코는, 오빠의 관 앞에 앉아 목탁을 치면서 일심불란 독경을 계속했다. 이어서 게이코가 남편 다케다 도모노리(武田友則)와 함께, 그리고 한 시간쯤 후에 겐지와 그의 아내 사치코(沙智子), 아들 다카시(孝)가 도착했다. 그리고 정오 무렵 료코의 동생인 도시코(敏子)와 히로시(博) 부부, 사치코의 오빠와 여동생, 그 다음에 후사에의 친정집인 고토 가 사람들이 몇 명 잇따라 도착하여 현관에 들어섰다.

죽음이 중재하는 재회가 빚어내는 독특하고도 어색한 분위기가 조금 먼 친척 사이는 물론이고, 부자간에도, 형제간에도 감돌고 있었다. 고조는 사위에게 "와줘서 고맙네" 하면서 머리를 숙이고, 딸에게도 "와줘서 고맙다"라고 같은 말을 되풀이하다가 왠지 그 말에 어색함을 느껴 "할아버지께서도 기뻐하실 거야"라고 덧붙였다. 그러나 그 말 또한 다소 경솔하게 느껴졌다. 동생 겐지의 가족을 맞이했을 때도 제수씨와 조카에게는 같은 말로 감사의 뜻을 전했지만, 겐지 본인에게는 아무 말도 하지 않고 단지 두어 번 고개를 끄덕여 보였을 뿐이었다. 다른 친척들은 고조보다도 료코가 앞장서서 맞이했다.

관 속의 시신을 눈으로 확인하고 나니 어색함이 한층 더 심해져서, 사람들은 피차에 끼어든 일종의 서먹서먹함을 거치지 않고는 어떤 말도 서로 나누지 못하게 되었다. 게이코는 심하게 평정을 잃고, 작년 미국 테러의 여파로 경비가 급강한 하와이에 남편과 남편 친구 부부와 함께 여행을 다녀오느라 올해따라 설날 때 친정에 오지 못한 것을 자꾸만 후회했다. 고조는, 아내가 꼭 가고 싶다고 졸라대는 바람에 데리고 간 탓에 이렇게 되어 면목이 없다는 표정을 짓고 있는 도모노리의 심정을 배려하여, 가까운 사람과의 이별이란 의외로 이런 법이라고 타이르듯 말했다. 그렇게 말하고 나니 잠시 자제하는 마음을 되찾을 수 있었다. 딸이 이렇게도 자제를 잃고 당황하는 것은 단지 그 불행한 엇갈림에 대한 미련 때문만이 아니라, 할아버지의 바람대로 양자를 맞지 않고 시집을 가버린 때문일 거라고 고조는 이해했다. 그것은 지금으로부터 삼 년 전의 일이었는데, 그후로 고사쿠와 게이코의 관계는 다소 어색해졌다. 그 관계가 완전히 수복되기도 전에 사별하게 된 것을 아쉬워하고 있는 것일 터였다. 결혼할 때 부디 데릴사위로 들어와달라는 권유를 거절한 도모노리 또한 아내의 할아버지의 죽음에 대해 걸리는 데가 있지 않을까? 그럼에도 아내 곁에 바짝 달라붙어서 어떻게든 아내를 달래려고 하던 그는 자신만이라도 냉정히 행동해야 한다는 듯, 신중하게 "임종 때는……"이라고 장인어른에게 물어보았다. 고조는 "음, ……" 하고 좀 망설이다가, "……동생들이 곧 올 테니 그때 말하지"라고 한 번으로 족할 설명을 반복하는 것을 피했다. 그 대응에 도모노리는 순간 자살이었나, 하는 억측을 가슴에 품었다.

　"아버님! 아버님!" 하고 부르짖는 료코의 절박한 비명이 텔레비전 소음 너머로 들려와 무슨 일인가 하고 툇마루까지 나와본 고조는, 무릎을 꿇은 채 아버지의 몸을 위에서 덮은 듯한 자세로 흔들어대는 아내의 모습을 보자마자 즉시 사태를 헤아리고 맨발로 마당으로 내려갔다. 그리고 아버지의 몸을 바로 눕혀 호흡이 멈춘 것을 확인하고, 바로 구급차를 부르도록 지시하고는 인공호흡과 심장 마사지를 시작했다.

　고조는 자신의 처치 방법이 옳았는지 어떤지는 알 수 없었다. 나중에 생각해보니 기도(氣道)를 충분히 확보하지 못한 느낌도 들었지만, 그때는 어쨌든 그런 것까지 생각할 여유가 없었다. 그리고 그것은 주효하지 못했다. 그의 입에는 흙탕물과 토사물로 더러워진 아버지의 입술에서 느껴지던 서늘한 감촉이 아직도 남아 있었다. 토사물을 손가락으로 긁어내고 틀니를 고쳐 끼우고—빼지 않는 게 입술이 움푹 패어 들어가지 않아서 보기에 좋을 거라고 판단했기 때문이었다—머리를 누르면서 필사적으로 숨을 불어넣었지만, 그것이 폐에 도달한 반응은 없었다. 그리고 아버지의 가슴 위에다 똑바로 두 팔을 세워놓고 상체를 상하로 움직이던 그는, 죽음이라는 현실의 불가항력에 대한 절망적인 저항이 가져온 초조감에 심한 현기증을 느끼고 있었다.

　고조는 땅거미 속으로 점점 깊이 가라앉는 아버지의 얼굴을 다시 끌어올리기 위해 몇 번이나 "아버지!" 하고 불러보았다. 밤은 이미 그곳에 몰려들어 시시각각 침식하고 있었다. 그는 어둠이 아버지에게 섞여들어가는 것을 막고 그 둘을 갈라놓으려고 했다. 그러나, 그의 외침은 어쩌면 그가 부르는 자로 존재하기 위한 것이 아니었을까? 자신이 거기에 삼켜지는 것을 결사적으로 거부하기 위해. ……

— 고조는 그런 회상을 당장은 받아들이지 못하고 있었다. 그럴 리가 없었다. 그때 자신은 그저 아무 생각도 없이 오로지 아버지의 소생을 바라면서 계속해 불러댔던 것임에 틀림없다. 거기에 뭔가 심리라고 부르기에 족한 것이 악한 시정(詩情)을 수반해서 나타난다는 것은, 필경은 아버지의 죽음에 대한 동요가 초래한 잠 못 드는 밤의 신음의 소행이 아닐까? 얼마 안 있어 도착한 구급차에 료코와 동승한 그는, 어둠 속에서는 알아차리지 못했던, 아버지의 온몸을 마치 피처럼 더럽히고 있는 흙탕물을 응시했다. 자신에게도 같은 흙탕물이 묻어 있었다. 고조는 머뭇거리며 손등으로 자신의 입가를 닦았다. 흙탕물과 토사물로 꺼끌거리는 밤의 감촉은 오랫동안 거기에 남아 고약한 냄새를 풍기고 있었다.

그때부터 이미 기억은 변용되기 시작한 거라고 그는 생각했다. 그런 변용은 앞으로도 마치 지병처럼 집요하게, 그날 저녁 그가 경험해야 했던 일을 계속 모독해나갈 것이다. 그것이야말로 진실한 모습임을 인식시키려는 듯이.

그가 지금 그날 밤의 기억으로 떠올린 것은 어떤 **지옥**의 광경이었다. 그것은 평생에 걸쳐 축적되어온 악몽의 분출이었다. 그 출현은 돌발적이고 또한 필연적인 것이었다. 열대지방 우계 특유의, 쏟아지는 총탄처럼 빗방울 굵은 호우. 갈 곳을 잃고 진창에 번지는 대량의 피. 울창한 밀림의 무성한 나뭇잎 밑에 쓰러져 엎어진 숱한 시체들. 그 **침묵**. ─죽음은 그 한가운데로 끌어당겨졌다가, 회수되려 하고 있었다.

그것은, 환상으로 나타난 버마의 밤이었다. ……

모두 한자리에 모인 참에 고조는 마당에서 아버지가 발견되어 병원에서 사망선고를 받기까지의 경위를 간단하게 설명했다. 허구를 섞은 것은 아니었지만 쓰러져 있었을 때의 상황 등에 대해서는 자세한 설명을 하지 않았기 때문에, 듣는 사람은 일반적인 심근경색 발작에 대한 이미지 정도밖에 떠올릴 수 없었다. 고조의 어조에도 그 밖의 질문은 ─적어도 지금은─ 받지 않겠다는 분위기가 있었다. 목소리는 나지막하고 침착했으며, 사건의 경과를 더듬기만 하려는 거라면 충분히 만족할 수 있는 내용이었다. 그래서 모두들 그저 납득한 듯 고개를 끄덕이고, 구체적인 얘기는 후일 다시 물어보자는 생각으로 입을 다물었다.

오후에는 밤샘 준비를 하느라 내내 무척 바빴다. 전날 밤에 병원에서 연락을 받고 시신을 납관해서 자택까지 나른 장의사가 이어지는 일련의 사항들도 맡게 되어, 제단 설치부터 장의장, 화장장의 예약에 이르기까지 만사 빈틈없이 일을 진행시켜나갔다. 고조와 직접 상의하는 담당자는 K라는 마흔 살이 넘은 남자였는데, 목에다 굵직한 염주를 늘어뜨리고 탁하고 낮은 목소리로 말을 하는 그의 얼굴에는 어느 집 불행에 자리를 함께하더라도 아무 문제가 없을 듯한 무슨 기호 같은 표정이 상복처럼 들러붙어 있었다. 죽은 사람이 있는 현장에 어울리는 얼굴은 단지 그것으로 대표되고 있었다. 그의 지시를 받아 제단을 꾸미고 안방에 막을 치고 접수대를 조립하는 젊은 사원들은, 이삿짐센터 종업원을 상기시키는 부지런한 근무 태도를 통해 죽음과는 아무런 관계를 갖지 않으면서 죽은 자에 대한 헌신을 보여주었고, 표정은 내부에 감춰놓아 그 무표정한 얼굴에 다른 표정을 준비할 필요는 없었다.

고조는 전날 밤 K의 명함과 같이 받은 사망신고서에 필요사항을 기재하여, 그것을 구청에 제출하는 일은 그 사람에게 맡기기로 하고, 아내와 겐지 부부와 함께 영정에 쓸 사진을 골랐다. 잘나왔으니까 영정으로 쓰면 어떻겠냐며 전부터 농담 반으로 이야기하곤 했던, 치매 증상이 나타나기 전의 어머니와 마당에서 함께 찍은 사진을 아버지 방에서 가져오자, 모두 그 사진으로 의견의 일치를 보았다. 겐지는 가만히 그것을 응시하며 "표정 참 좋다. ……" 하고 중얼거렸다. 고조도 짧게 고개를 끄덕이며 동의했다. 무엇보다 어머니와 함께 있을 때의 얼굴이라는 것이 그의 마음에 들었다. 수줍어하는 것도 긴장한 것도 아니고, 가끔 가다 이런 표정을 자주 지으셨지 하고 추억하게 만드는 그런 표정이었다. 그리고 그것은 어머니의 치매가 심해진 요 몇 년 동안 전혀 볼 수 없게 된 표정이기도 했다.

료코와 겐지가 각각 자택 전화기와 핸드폰으로 전날 밤에 미처 연락하지 못한 지인들과 친척에게 부고를 전하고 있을 때, 겐지의 아내와 고조의 딸은 다케코의 지시를 받아 부엌에서 그릇을 씻고 다과 준비를 했다. 도시코와 히로시 부부는 손님 접대를 맡게 되었기 때문에 조의금 취급 방법 등에 대해 K와 의논했다. 다른 사람들은 길가에 안내문을 붙이러 가거나 주차장을 확보하거나 현관 앞을 청소하거나 했고, 할일이 없는 사람들은 응접실에서 차를 마시면서 대기하고 있었다. 다카시도 처음에는 거기 앉아 애써 심심함을 견디고 있다가, 술을 좋아하던 할아버지를 위해 청주를 부장품으로 넣어드리면 좋겠다는 생각이 떠올라, 빗속을 삼십 분쯤 걸어서 근처 가게까지 할아버지가 즐겨 마시던 청주를 사러 갔다. 그러나 집에 돌아오자 술병은 불에 타지 않기 때문에 그대로 관에 넣을 수 없다는 말을 들어 다시 나가 종이팩에 들어 있는 술을 사 왔다. 집에 돌아와 안에 들어 있는 술을 바꿔넣고, 싸구려 술로 보여 할아버지가 무안당하지 않도록 병에 붙어 있는 상표를 조심스레 벗겨내어 종이팩 표면에다 풀로 붙여놓았다.

고조는 계속 K와 상의하면서 할일을 하나하나 처리해나갔다.

장례식 출석자 수를 어림잡아 계산하고, 분향하는 순서와 관을 나를 사람들을 결정하고, 장의사와 화장장 직원에게 줄 팁을 준비하고, 장례식에 참석한 사람들에게 줄 답례품을 선택하고, 단카*로 되어 있는 절의 승려와 전화로 여러 가지 일들을 — 특히 계명에 대해서 — 상의했다. 그러나 모든 일들은 그 중심에 있는 죽음이란 사태에 비하면 실로 자질구레한 것으로 여겨졌다. 분주함 역시 그만큼 더욱더 허무하게 느껴졌다. 조부모를 비롯하여 지금까지 몇 번이나 장의를 경험해왔지만 상주 입장은 처음이었다. 그 분주함은 분명히 무언가를 의미하고 있었다. 돌이켜보면, 장의에 대한 기억에는 엄숙한 정적 이상으로 항상 바쁘게 집 안을 왔다갔다하는 사람들의 모습과 그 발소리가 있었다. 고조에게는 무수한 검은 다리가 자신의 눈앞을 쉴새없이 왔다갔다하는 오래된 기억 하나가 남아 있었다. 배경에는 그것과 대조를 이루듯이 밝고 커다란 제단의 백색 빛이 공간을 메우고 있다. 증조할아버지의 장의였을까? 그렇다면 아버지 고사쿠가 출정하기 바로 일 년 전이었으니까 1942년, 그가 두 살 때의 일이다. 그러나 출정하기 전의 아버지에 대한 기억이 전혀 없는 것을 생각하면 좀 믿기 어려운 일이기도 하다. 하지만 그 시선의 높이는 또 당시가 아니면 있을 수 없는 것이었다. 그렇다면 그 기억만이 돌발적으로 생

---

* 檀家, 일정한 절에 소속하여 시주를 하며 절의 재정을 돕는 집.

겼다가 곧 잠들어버린 자신의 첫 기억이란 말인가?

영정은 놀라운 속도로 완성되어 제단에 모셔졌다. 처음 골랐을 때는 어머니와 나란히 있는 얼굴이 아주 온화해 보였는데, 곁에 있던 어머니가 사라지니 마치 생자(生者)의 세계에서 잘려나간 것처럼 그 표정에 적요함과 불안의 빛이 드러났다. 몇 사람이 완성된 사진을 보러 와서 잠시 그 앞에 가만히 서 있었다. 관 안에 누워 있는 시신이 빚어내는 완고한 둔중함에 비해, 액자 속에 자리잡은 흑백사진은 그보다 훨씬 빨리 하나의 구체적인 죽음을 추상화하는 듯했다. 영정을 만드는 것이 이렇게도 확실하게 유명(幽明)의 경계를 갈라놓는다는 사실에 고조는 마음의 동요를 금할 길이 없었다.

밤샘은 저녁 여섯시쯤부터 시작되었다. 어제와는 달리 비가 오고 기온도 약간 내려갔기 때문에 한산한 자리가 되지 않을까 걱정했는데, 친척뿐만 아니라 고조가 삼 년 전까지 부장으로 적을 두고 있었던 시청 총무시민국의 직원들과 고사쿠가 국철에 근무했던 시절의 부하, 철도부품회사 시절의 부하, 그리고 나카니시가 데리고 온 버마 전우회 회원 등 많은 사람들이 달려와주어서, 밤샘이 끝나갈 무렵에는 슬픔 속에서도 만족감을 느끼며 오히려 위로를 받은 기분마저 들었다.

상복으로 갈아입고 승려의 독경 소리에 맞추어 다같이 정면으로 관을 대하자 지금까지 막연히 공유되어오던 죽음은 개별적이고 보다 사적인 것으로 변했다. 준비에 바빠 다른 곳으로 돌려졌던 시선이 단지 죽음 앞에 던져졌고, 그로 인해 어디에도 도달하지 못한 채 결국 기억 속의 고인의 생(生)으로만 쏠리게 되었다. 분향이 시작되고 조문객들의 얼굴이 보이자 그들의 육신이 추억을 되살려 고인이 있었다는 것을 한층 더 실감하게 되고, 그러기에 '지금은 없다'라는 사실이 선명해졌다. 그리하여 그들 자신의 피가 슬픔으로 흘러들어갔다.

낮부터 있던 사람들 중 몇 명이 먼저 돌아가고 밤샘을 하러 온 조문객 몇이 새로 들어와서, 밤샘 식사 대접으로 시킨 생선초밥을 몇 개씩 먹고 그날은 모두들 해산했다. 겐지의 가족과 게이코 부부도 각자 숙박 예약을 해놓은 호텔로 돌아갔다. 그러나 다케코만은 꼭 시신 곁에서 밤을 새우고 싶다고 해서, 료코는 그녀의 기모노를 벗겨주고, 그것을 개는 동안에 목욕을 시키고, 어머니가 입었던 잠옷을 내주고, 이불을 깔아주었다. 고조와 료코는 다케코 혼자 방에 남아 있게 하는 것이 걱정되어, 맹장지 하나 사이에 둔 방에 이부자리를 깔고 자면서 도중에 잠깐씩 일어나서 상황을 보러 갔다.

다음날 아침에 고조는, 옆방에서 먼저 일어난 료코를 붙잡고 자꾸만 뭔가를 호소하는 다케코의 말소리에 잠이 깼다. 맹장지를 열어보았더니 두 사람 다 잠옷바람이었다.

"……왜 그러세요? 고모."

그렇게 물어보며 고조 역시 잠자리에서 나온 차림 그대로 두 사람에게 다가가자, 이불 위에 무릎을 꿇고 앉아 있던 다케코가 뒤를 돌아보고 침을 튀기면서 말했다.

"고조, 고양이가 있어. 이 집 안에 말이야. 어찌나 무서운지 어젯밤에 한잠도 못 잤어. 어디서 들어왔을까?"

고조는 그 곁에 앉아 있는 료코의 얼굴에 여실히 드러난 불안감을 감지했다. 그 뜻은 새삼스럽게 생각할 필요도 없었다. 다케코의 말투는, 수년 전 시어머니의 언동에 앞뒤가 맞지 않은 데가 조금씩 보이기 시작했던 무렵을 떠올리게 하는 것이었다.

고조는 자신까지 그 위구에 끌려가기 싫어서 다시 물었다.

"고양이요? ……어디 있는데요?"

"몰라." 다케코는 답답한 듯 말했다. "그렇지만 소리가 들리지 않더냐?"

"아뇨, ……못 들었는데요."

고조는 그렇게 말한 후에 그 말이 오히려 다케코로 하여금 혹시 자신에게만 들린 게 아닐까 하는 공포심을 갖게 했다는 것을 알아차리고, "그러면 제가 좀 둘러보고 올 테니까 고모는 료코와 같이 여기 계세요. 아마 밤샘 때 현관문을 열어놓아서 도둑고양이라도 들어온 거겠지요"라며 아이를 타이르듯 무릎을 꿇고 앉아 등을 굽혀 시선을 맞추며 말했다.

집 안을 대충 살펴보았지만 고양이의 모습은 없었다. 차라리 있는 편이 낫겠다고 생각했기 때문에 사실을 다케코에게 선뜻 전할 기분은 아니었다.

방으로 돌아가자 이불을 개는 료코 곁에서 방석에 옮겨 앉아 움츠리고 있던 다케코가 기다렸다는 듯이 목을 빼고, "있었니? 있었어?" 하고 주름투성이 눈꺼풀 안쪽에 있는 눈동자를 조금 떨면서 물어보았다.

"아뇨, 없었는데, ……목욕탕 탈의실 창문이 열려 있었으니까, 아마 그리로 나간 모양이에요."

고조는 얼떨결에 그렇게 말하고 넘겼다. 다케코는 "그래, 그렇다면 괜찮지만" 하고 안심한 듯 말을 잇더니, 다시 "……뭐라고? 창문이 열려 있었단 말이냐?" 하고 되물었다.

"예."

"도둑이 든 건 아니겠지? 불전에 놔둔 것들은 다 그대로 있지? 어서 확인해봐."

고조는 얼떨결에 내뱉은 거짓말이 또다른 걱정을 불러온 것에 당황하면서도, "괜찮아요. 고모. 어제 제가 마지막으로 목욕한 뒤에 좀 더워서 열어뒀거든요. 그걸 그대로 놔둔 거예요"라고 얼버무렸다.

"아, 그래? 세상이 뒤숭숭하니까 문단속을 단단히 해야지."

"그러게 말이에요. ─ 고모, 그러면 어젯밤에는 전혀 못 주무셨어요?"

"그래. 꾸벅꾸벅하고 있는데, 그렇게 고양이가 울어대잖니. 그래서 못 잤지."

"그러면 장례식까지 아직 시간이 넉넉하니까 눈을 좀 붙이시는 게 어때요? 그러다 쓰러지시겠어요."

"오냐, 오냐."

다케코는 고개를 바쁘게 끄덕이며 말했다.

"그럼, 집에 잠깐 갔다 오마."

"괜찮아요. 여기서 주무세요. 옷 들고 왔다갔다하는 것도 힘드시잖아요."

"그렇지만 여기서도 준비할 일들이 많잖니. 내가 있으면 방해가 될 텐데."

"천만에요. 그냥 여기 침실에서 주무세요. ─여보, 내 침대에서 주무시게 하죠."

두 사람의 대화를 가만히 듣고 있던 료코가 그때 끼어들었다. 고조는 "그래요, 고모님. 그렇게 하세요, 네?"라고 설득이라도 하듯이 부드럽게 말했다. 그 말을 기대하고 있다는 것은 알고 있었다.

"그래? ……하지만, 방해가 될 텐데."

"방해라니 무슨 말씀이세요." 고조는 슬며시 미소를 띠었다. "편하진 않으시겠지만 푹 주무세요. 시간이 되면 깨워드릴 테니까요."

"그럼 그럴까?"

이에 료코는 일어나는 다케코를 부축하며 "그렇게 하세요" 하고는, 신호를 보내듯이 고조 쪽을 돌아보며 "자, 어서요" 하고 다케코를 침실로 안내했다.

잠시 후 돌아온 료코는 안심한 듯이 말했다.

"곧 잠이 드셨어요."

"일어나서 계속 그러셨소?"

"네, ……" 료코는 약간 망설이며 말을 이었다. "……처음에는 무슨 말씀을 하시는 건지, 못 알아듣겠더라고요……"

고조는 아내가 혹시 치매가 아닌가 하는 말을 차마 입에 담지 못하고 얼버무린다는 걸 알아차리고, "아버지가 돌아가셔서 큰 충격을 받으신 거야. 고모부를 보내고 혼자가 되신 후로는 오로지 아버지만 의지하며 살아오셨으니까. ……손자에게도 연락은 했는데 아마 안 오겠지"라고 부정하듯 말했다.

"그래요. 역시 외로우신 거예요."

"음…… 아, 참, 탈의실 창문이 열려 있었다는 것은 거짓말이오."

"네."

료코는 알고 있었다는 듯이 고개를 끄덕였다.

"아침 준비할게요. 다케코 고모님은 여쭤보았더니 안 드신다고 하셨는데 괜찮을까요?"

"어, 고모는 원래 아침을 안 드시니까. ……나중에 일어나시거든 뭐라도 간단하게 준비해드리지."

"알았어요."

료코는 그렇게 말하고 부엌 쪽으로 갔다.

고조는 누워 있는 아버지의 시신에 눈길을 주면서 잠시 생각에 잠긴 듯 그 자리에 서 있었다.

장례식은 오후 한시부터였다. 지은 지 일 년도 채 안 된 장의회사의 오층짜리 빌딩에서는 아침부터 네 집의 장례식이 거행되고 있었는데, 고지마 가는 삼층의 오후 첫번째 시간대에 배치되어 있었다. 내장은 백색을 기조로 기둥의 표면이나 난간 등에는 알루미늄을 사용해, 그 은색이 밝게 반사되도록 남쪽 벽 전면에 창문이 크게 뚫려 있었다. 장의장이라기보다는 신축 사무실 같은 분위기로, 자동문 입구로 들어가면 바로 접수대가 있고 각 층은 모두 창가에 있는 엘리베이터로 연결되어 있었다.

방은 크기에 따라 세 종류로 구분되어 있었다. 고조는 어림잡아 중간 규모의 방을 골라놓았는데, 너무 넓은 게 아닌가 하는 걱정과는 달리 휴일인데다 어제 온 비까지 거짓말처럼 맑게 갰기 때문에 생각보다 많은 문상객들이 모여들어, 나중에는 임시용 파이프 의자를 벽까지 빈틈없이 늘어놓아야 했다.

식은 만사에 요란스러운 것을 싫어하고 검소한 것을 좋아했던 고인의 뜻을 참작하여, 제단은 다소 화려하게 하는 대신 장의와 고별식을 한꺼번에 끝내는, 장의회사가 제시한 '장의 플랜' 중에서도 가장 짧은 시간에 끝내는 것으로 선택되었다. 독경도 좀 짧게 줄였고, 참석자들의 분향도 바로 시작했고, 나카니시의 마음이 담긴 조사는 다소 길었지만 사회자에 의한 조전(弔電) 봉독도 최소한으로 그쳤다.

방 전체에 하얀 막이 드리워져 있어 등뒤의 창문으로 들어오는 햇빛을 투과하며 실내 전체를 밝게 비추었다. 천장에 정연하게 박힌 갓 없는 형광등은 사무실의 그것과 같이 모든 사람들의 표정을 책상 위에 있는 서류처럼 구석구석까지 비추었다. 그런 분위기 때문인지, 스피커를 통해 들려오는 사회자의 목소리도 비탄을 부추기는 그런 것이 아니라 마치 사무적인 수속 설명을 듣는 것 같은 느낌을 주어서, 눈물을 흘리면서 슬퍼하는 친척들은 몰라도 그리 깊은 관계도 아닌 참석자들 중에는 요즘은 이런 식으로 담담하게 장례식을 치르는 게 유행인가보다고 하는 사람도 있었다. 그리고 그것도 꽤 괜찮겠다고 생각하는 것이었다.

장의 후 참석자들에게는 출관하기 직전에 행할 헌화를 위해 하얀 국화와 고인이 사랑했던 벚꽃이 전해졌다. 마지막 대면을 끝낸 참석자들이 한 사람, 또 한 사람 방을 나가 에스컬레이터로 일층 주차장으로 사라진 후에, 친족들과 조문을 읽은 나카니시 등 몇 명이 남아서 관을 둘러쌌다. 역장 시절에 썼던 모자나 평생 피

위왔던 담배 등과 함께 다카시가 직접 마련한 술까지 부장품으로 넣고, 남은 꽃을 각자의 손으로 빈틈없이 깔자, 마치 인공전등 밑에서 재배되어 시신에서 피어난 것처럼 흰색과 분홍색이 관 안을 완전히 가득 채웠다. 그 꽃밭의 표면 위로 누워 있는 고체의 형체가 둔하게 전해져 완만한 기복을 나타내고 있었다. 인간의 시체가 보유한 풍요로운 양분이라는 기괴한 상상이 순간 고조의 뇌리를 스쳤다. 그것은 분명히 이국의 정글에서 숨을 거두어 그 육체를 열대의 아름다운 초목이 무성한 곳에 봉인한 전사자들의 환영에서 유래했다. 그리고 그날 밤, 아버지 곁에는 벚나무 한 그루가 서 있었다. 만개하기에 부족한 건 단지 그 죽음뿐이라고 말하는 듯한 모습으로.

단장한 시신의 얼굴은 그 꽃들 속에서 얼어붙은 물 속의 달처럼 떠 있었다. 고통의 흔적은 풀리고 눈매는 한결 온화했지만, 그 경직에는 액체가 갑자기 유동을 멈추고 응고됐을 때와 같은 정지가 있었다. 도끼가 내리쳐진 우연한 순간의 단면과도 같은 형상, 그럼에도 불구하고 동화(同化)를 거절하는 데는 완전한 침묵의 육화(肉化)가 있었다. 그것은 중단된데다가 영원히 재개의 기회를 빼앗긴 무산(無産)의 장소였다. 그리고 그 순간은 지금도 끊임없이 와해를 되풀이하면서 무한한 바닥으로 낙하해가고 있다.

수건으로 연신 코를 누르면서도 열심히 시신의 얼굴에 말을 걸던 다케코가 갑자기 균형을 잃은 듯 곁에서 비틀거리며 몸이 앞뒤로 흔들리기 시작해, 고조는 반사적으로 손을 내밀어 등을 떠받치고 "고모님, 괜찮으세요?"라고 물으면서 얼굴을 들여다보았다. 다케코는 몇 번이나 고개를 끄덕이면서 제대로 나오지 않는 목소리로 애써 고맙다는 뜻을 전하고는, 시신을 지켜보면서 계속 울어댔다.

관 뚜껑이 덮이자 돌 대신 쇠망치 두 개를 건네받고 다케코와 고조를 선두로 차례차례 못을 박아갔다. 이런 일이 처음이라 방법을 모르는 다카시는 목수가 하는 것처럼 한꺼번에 몇 번이나 내리쳐 못 머리만 남기고 혼자서 완전히 박아버렸다. 옆에 있던 히로시가 앗, 하며 막으려고 했지만 이미 늦었다. 그는 사람들 기색을 알아차렸지만 무엇을 잘못했는지도 모른 채 그대로 쇠망치를 넘기고 물러섰다. 그러고는 다른 사람들이 두 번밖에 쇠망치를 내리치지 않는 것을 보고 나서야 당혹스러워하며 시선을 이리저리 돌렸다.

마지막으로 고조와 겐지가 남은 못을 끝까지 박았다. 그 소리는 스위치를 미처 끄지 못한 사회자용 마이크에 잡혀, 직접 방에 보내지는 것과 별도로 스피커로부터 공중에 격하게 부딪혔다.

죽음이란 것이 이미 누워 있는 시신과 산 자 사이에 메우지 못할 거리를 만들었음에도 불구하고, 아버지가 그렇게 자신의 손에 의해 가두어져 다시는 나오지 못하게 되었다는 사실에 고조는 소름이 끼쳤다. 옛날에는 태우는 과정까지도 창문 너머로 볼 수 있었다고 한다. 가마에 넣어 불에 태우면 시체는 무척 날뛴다. 뜨거움에 발버둥치는 듯 사지를 마구 움직이거나 잠에서 깬 사람처럼 불쑥 상체를 일으키는 것을 보고, 아직 살아 있는 걸로 착각해 반광란 상태에 빠지는 친족들이 적지 않았다. 이어서 배가 터지거나 얼굴이 변형되거나 하면 더욱더 끔찍한 모습이 된다. 그런 이유로 자연히 그 관습은 없어졌다고 한다. 고조는 아주 오래전에 누군가로부터—그것이 누구였는지 확실히 기억나지 않는 것이 찜찜하게 느껴졌다—들은 그 이야기를 이 순간 돌연히 떠올렸다. 도망치지도 않는 시체를 위해 일부러 뚜껑에다 못을 박는 것은 틀림없이 날뛰기 시작할 때 그것으로 눌러두지 않으면 안 되기 때문일 것이다. 혹은 뚜껑이 달아나지 않도록 하기 위해서일까. 그런 추측은, 방금 눈앞에 있는 아버지의 관에 못을 박던 자신의 손바닥 안에 남아 있는 여운을 끌어당겨, 순식간에 생생한 감촉으로 살아났다.

쇠망치를 장의회사 담당자에게 돌려주고 화장장에 갈 때까지의 절차를 간단히 확인한 다음, 남자들은 관을 들고 엘리베이터로 일층까지 내려갔다. 고조가 위패를, 료코가 영정을 안고 마지막으로 올라탔다. 문득 다케코가 마음에 걸려 안쪽을 보니 사치코가 곁에서 모시고 있었다.

엘리베이터에서 내리자 눈앞에 영구차가 대기해 있고, 그 주변을 참석자들이 반원을 그리며 둘러싸고 있었다. 수는 줄지 않았다. 관을 차에 싣고, 먼저 내린 진행자의 지시에 따라 전원이 합장하며 고개를 숙였다. 상주가 인사할 차례가 되자 고조는 마이크를 들고 참석자들과 마주 섰다.

안경을 쓰지 않았기 때문에 얼굴은 거의 보이지 않았고, 단지 검고 흐릿한 그림자들로부터 나오는 흐느껴 우는 소리만이 이상할 정도로 또렷하게 들렸다. 고개를 숙여 감사의 말씀을 전하고, 향년과 사인에 대해서 간단히 말하고, 앞으로의 지원을 부탁하고 나서 마지막으로 다시 고개를 숙였다. 시야에서 사람들의 모습이 사라지자 순간 흐느껴 우는 소리가 더 높아진 것 같은 기분이 들었다.

화장장으로 이동할 때에는 상주인 고조만 영구차를 타고 나머지 사람들은 소형 버스를 탔다. 세 다리 굴뚝이 몇 개 우뚝 솟아 있고 도처에 복잡하게 조립된 금속제 파이프가 드러난 도카이(洞海) 만 주변의 공업지대 옆으로 이십 분 정도 달리자, 마치 그 관련시설의 하나인 것처럼 인기척 없는 매립지에 식수림으로 둘러싸인 큰 건물이 나타났다. 고조는 이십 년쯤 전 이 화장장이 생긴 당시 아버지와 같이 이곳을 찾아온 적이 있었다. 그때는 왜 단둘이었을까. 국철 퇴직 후에 아버지가 일하는 회사까지 차로 마중 나갔던 것일 게다. 뭔가 갖다드릴 것이라도 있었던 걸까? 아마 은퇴하기 일 년 전이었을 것이다.

먼저 말을 꺼낸 것은 아버지였다. 그리고 누구한테서 들었는지 그 최신식 전열가마에 대해, 태우는 데 시간은 어느 정도 걸리고─눈 깜짝할 사이라며 그 속도를 과장했다─, 연기가 안 나기 때문에 이렇게 민가 근처에 지을 수 있었다는 등의 이야기를 열심히 하고 있었다. 넓은 관내에 그 소리는 신경이 곤두설 정도로 크게 울렸다. 호텔 라운지 같은 대기실에서는 벌써 두 집안의 유족들이 도착해 있었다. 벽은 홀 중앙에 동그란 활 모양을 그리고 있고, 은색 문이 정연하게 같은 간격으로 늘어서 있다. 고조는 그중 한 문에 켜진 작은 램프에 시선을 멈추었다. 가마 속의 불꽃과 똑같이 쏘는 듯한 빨간색이었다. 그것은 어렸을 때 견학하러 간 제철소의 용광로를 문득 상기시켰다.

"나도 너도 마지막에는 여기서 태워지는 거야." 그때 아버지는 농담인지 진담인지 분간할 수 없는 어조로 중얼거렸다. 그 '여기서'라는 말이 묘하게도 마음속에 선명히 남아 있다. 직장에서 물러난다는 적요함이 아버지를 단숨에 죽음으로 다가가게 한 것일까? 지금이라면 나 역시 이해할 수 있다. 그리고 그 '여기서'라는 것은. ─

넓은 주차장을 지나 현관 앞에 차가 서자 모두들 말없이 내리고, 남자들은 다시 영구차 뒷부분에서 관을 끌어내렸다. 위패를 가슴에 안은 고조는 이번에도 그 상황을 바라보고만 있었다. 자신이 그 역할을 하지 않아도 된다는 것에 그는 안도를 느꼈다. 그 무력한 무게는 곧 그날 저녁, 엎드려 쓰러져 있던 아버지의 몸을 필사적으로 바로 뒤집었을 때 느꼈던 견디기 어려울 정도의 무력감을 틀림없이 상기시킬 것이었다. 그가 입맞춤한 것은 그 아버지였다. —그래, 그건 분명히 입맞춤이었다고 그는 생각했다. 아버지에 대한 뭔가 막기 어려운 격렬한 생각에 사로잡혔던, ……그때, 아내를 멀리한 것은 그 상황을 보이기 싫어서가 아니었을까? 그가 평생 가슴에 간직해온 감정의 마지막 표현으로서의 입맞춤. —하지만 그것은 너무 늦었고 결국 때를 놓친 것이었다.

직원 한 사람의 인도를 받아 가마 앞에서 관을 바퀴가 달린 운반대 위에 태우는 동안, 접수처 담당자에게 화장 허가증을 건네주며 아는 사이인 듯 친숙한 태도로 뭔가 말을 주고받던 K가 갑자기 엄숙한 표정이 되어 유족들이 모인 데로 돌아왔다. 그리고 간단히 화장한 뼈를 줍기까지의 절차를 간단히 설명하고 나서, 어제부터 몇 번이나 들었던 '나무아미타불'을 승려 대신 특유의 독특한 어조로 독경하고 합장을 했다. 그것에 이끌리듯 모두 합장을 하고 상주부터 차례로 분향을 했다. 이어서 고인과의 마지막 대면으로, 모두 돌아가면서 관 뚜껑에 나 있는 작은 창을 통해 고인의 얼굴을 들여다보았다.

얼굴은 조용히 그 밑에 가라앉아 있었다. 하지만 그때 눈앞에 다가온 소실(燒失)의 조짐이 머리에 떠오르며 갑자기 육신의 내부에서 소요가 일었다. 이제 다시는 이 얼굴을 볼 수 없다는 상상이 가져다주는 절망은, 현실로 눈앞에 실재하는 얼굴이 가진 압도적인 존재의 힘으로 억눌리고 있었다. 그리고 아마도 그것을 말리면 안 된다는 것을 모두가 알고 있었을 것이다. 인간의 육신이 죽음이란 계기를 통해 타서 재가 될 때까지 겪는 며칠 동안의 긴장에는, 그가 감수해야 하는 고통의 빛이 배어나는 것이 투명하게 드러난다. 그것은 이미 시삭되어 진행되고 있을 부패의 술렁거림이, 다가가는 사람들에게 마치 날개미가 나무를 갉아먹는 소리처럼 희미하게 전달되기 때문이 아닐까?

적어도 고조는 계속 그 소리를 들어왔다. 그리고 그 울림은 이이틀이란 시간을 초월하여 더 아득한 이전까지 거슬러올라가게 한다. 그 침식의 길이. 거기서 항상 느껴왔던 아버지와의 끊을 수 없는 연락의 어둠. ……

흰 장갑을 낀 직원이 관을 가마에 넣은 채 금속제 문을 닫고 나서 다시 그 '나무아미타불'을 되풀이하였고, 그에 맞춰 모두가 합장을 했다. 신호처럼 램프 켜지는 소리가 나자 콧물을 훌쩍거리는 소리도 높아졌다. 눈앞에서 얼굴이 사라지자 곧바로 그 공백이 상실의 실감을 가져다주었다. 타오르는 사육(死肉)의 환영은 그들의 내면까지도 격렬하게 태우려 했다. 인간의 차안(此岸)에 몰려드는 열화. 고조는 그 연소의 밑바닥에서 밤을 보고, 열대를 보고, 호우를 보고, 밀림을 보고, 그리고 시체가 겹겹이 쌓인 지옥을 보았다. 그 모든 것이, 지금 하나의 육체라는 장작에 의해 매장되려 한다는 사실에서 느껴지는 망연한 허탈감.

K는 적당한 때를 잡아 합장한 유족들이 놀라지 않도록 "모두 마음껏 고별을 하시기 바랍니다. 대기실은 왼쪽 끝에 있습니다"라고 말했다. 그리고 고조가 가장 먼저 자리를 뜨자 한 사람, 또 한 사람이 잇따라 나갔고, 마지막으로 다카시가 나가자 가마를 닫은 은색 문에는 창으로 들어오는 햇빛만이 눈부시게 반사되었다.

대기실은 특별히 방처럼 칸막이를 해놓은 것이 아니라, 이런 장소에 알맞게 문턱 없이 홀과 연결된 소위 배리어프리 구조로 되어 있었다. 탁자와 소파가 자유롭게 놓여 있고 창문은 마당을 향해 크게 열려 있었다. 밖에 심어놓은 나무들은 모두 상록수였고 실내에도 몇 가지 관엽식물 화분이 보였다. 무성한 녹색의 잎이 타오르는 불꽃과 보색관계에 있듯이, 거기서 확인되는 불변한 생의 충실은 지금 소멸되어가는 육체에 대해 무언가 영속하는 것의 존재를 증명하려는 것처럼 느껴졌다. 적어도 그런 의도로 설계된 것일 게다. 그것이 돌발적으로, 그리고 심오하게 사후의 생이란 것을 알리려고 할지, 혹은 기억처럼 어디까지나 개인의 생각 속에 머물도록 할지는 다를 수밖에 없겠지만.

테이블 위에는 샌드위치와 포테이토 칩, 그리고 카나페 등의 간단한 음식이 준비되어 있었고, 한 사람 한 사람에게 따뜻한 커피나 홍차가 제공되었다. 오는 길에, 이미 시신의 화장이 끝나 뼈를 주우러 가는 한 무리의 유족들이 스쳐 지나갔다. 대기실의 다른 테이블에는 거의 손대지 않은 접시만 남아 있을 뿐 사람은 없었다.

다들 말하기를 꺼리고 있었지만, 음료수의 온기는 굳게 얼어붙은 입술을 조금씩 녹여갔다.

고조 옆에 앉은 겐지가 분명 주위의 동의를 구하려는 듯 "뭐, ……" 하고 두 손으로 무릎을 치고는 코로 크게 숨을 내쉬며 중얼거렸다. "아버지도 편안히 가신 거죠. ……"

고조는 커피를 손에 든 채 잠시 가만히 있다가, 이윽고 "그래, 그렇지" 하고 동생의 시야에 겨우 들어갈 정도로 고개를 갸우뚱거리며 말했다.

겐지의 얼굴에 희미하게 웃음이 떠올랐다. 그리고 그것을 계기로 어색한 장소에서 잠깐 벗어난 사람처럼 부고를 받았을 때의 상황에 대해 "역시 놀랐지만요……"라고 말을 꺼내기 시작했다. 그 분위기가 조금씩 퍼져나가, 각자 눈치를 보면서 옆 사람과 말을 주고받기 시작했다.

의도한 것도 아닌데, 자연히 남녀가 따로따로 앉아 있었다. 다케코의 곁에는 료코가 있었고, 두 사람을 둘러싸듯 사치코와 도시코, 게이코 그리고 후사에의 친정인 고토 가 사람들이 모여 있었다. 고조와 겐지 주위에는 다카시와 도모노리, 히로시가 앉아 있었다. 다카시는 분위기가 다소 누그러진 것에 당황하며 골똘히 생각에 빠진 사람처럼 굳은 표정으로 잠시 앉아 있다가, 뼈를 줍는 시간을 확인하고 혼자서 자리를 떴다.

다카시는 고사쿠가 만년에 특별히 마음에 둔 손자였다. 오사카에 있는 대학을 나와 그 지방에서 취직한 게이코가 결국 양자를 맞지 않고 직장에서 알게 된 도모노리와 결혼하여 다케다의 성을 따르기로 했을 때, 그것을 허락한 고조에게 고사쿠는 한마디 항의도 하지 않았다. 그러나 고조의 눈에는 아버지의 실망이 역력히 보였다. 그래서 게이코가, 아마도 의무를 다할 마음으로, 요즘 시대에 '집안'이란 것 때문에 좋아하는 남자와 결혼하지 못하는 건 불합리한 일이라고 할아버지에게 직접 자신의 생각을 설명하겠다고 했을 때, 고조는 그것을 말렸던 것이다. "할아버지께는 결혼 보고만 똑바로 드리거라. 다른 말은 필요 없다." 이 말을 딸을 감싸주는 것으로 착각한 게이코는 자신도 이제 어른이니 자기 입으로 생각을 말씀드리고 싶다고 물고 늘어졌지만, 고조는 완강하게 불허했다.

고사쿠는 게이코가 결혼한 후에 다카시를 자신의 양자로 맞아들이기를 마음속으로 바라고 있었던 것이 분명했다. 아니, 그것은 이미 다카시가 태어났을 때부터 기대하고 있었던 것임에 틀림없었다. 자신이 죽으면 이 집은 어떻게 될까? 땅은? 가옥은? 무덤은 누가 지켜나갈 것인가? 고조는 지금, 그런 아버지의 불안이 이제 자신의 몫으로 주어졌음을 절실히 느끼고 있었다. 그리고 그 답을 살아 계실 동안에 안심할 수 있는 형태로 보여드리지 못한 것이 무척 아쉬웠다. 그러나 그런 얘기를 하기에는 다카시는 너무나 어렸다. 그리고 게이코 때만 해도 결혼은 집안이니 뭐니 하는 것에 구애받지 말고 좋아하는 사람과 하는 것이 제일이라면 서 그녀 편을 들어 상담에 응한 겐지가, 자신의 아들에게 그런 역할을 떠맡게 한다는 것은 도저히 생각할 수 없는 일이었다.

그럼에도 고사쿠가 희망을 버리지 않은 것은, 성장한 다카시가 집안의 일에 대해 관심을 가지고 그 나이에 흔히 있는 아버지에 대한 반발심으로 그의 태도를 무책임하다고 비난하기 시작했기 때문이었다. 다카시는 중학생이 되면서 방학을 이용해 혼자서 자주 이 집에 찾아와서는 할아버지와 큰아버지에게 노골적으로 친근감을 나타냈다. 겐지가 어머니를 간호하러 자주 찾아오게 된 것도 아마 그때부터였을 것이다. 고조는, 겐지의 심중을 헤아리자면 표면상으로야 어찌 됐든 순수하게 조카의 방문을 환영할 수는 없었다. 다카시가 스스로 그런 행동을 하기 시작한 거라고 생각하든, 혹은 이쪽이 그렇게 하게끔 만들고 있는 것처럼 보이든—고사쿠의 대응에 그런 측면이 있다는 것은 부정할 수 없었다—, 어쨌든 겐지 입장에서 기분 좋은 일은 아닐 터였다. 그리고 조카를 이 집으로 향하게 하는 것이 아버지에 대한 반발심이라면, 결국 언젠가는 끝나게 마련이다. 대를 잇는다는 것을 진지하게 생각하고 있다고는 볼 수 없었다. 혹은 젊은 사람들 사이에 그런 식의 시대착오 같은 귀향의 움직임이 있는 것일까.

고사쿠가 죽은 지금, 다카시가 고지마 가의 양자가 되는 것에 대해 어떻게 생각할지는 알 수 없었다. 고조는 언젠가 기회가 되면 그 일에 대해 솔직히 얘기할 생각이었다. 겐지도 함께 불러 냉정하게 얘기를 나눌 것이다. 아버지가 죽고 형도 이미 환갑을 넘긴 걸 생각하면 동생도 지금까지 이상의 책임을 자각하게 될지도 모른다. 그러나 그것이 형제간에 어떤 치명적인 균열을 초래하게 되지 않을까 하는 위구는 고조의 가슴을 떠나지 않았다.

도모노리는 히로시가 고토 가의 친척 사람들과 이야기에 열중해 있었기 때문에 의자를 약간 겐지 쪽으로 끌어 장인과의 이야기에 고개만 끄덕이고 있었다.

"도모노리 댁 할아버님 할머님께서는 다 건재하시나?"

이야기가 끊긴 것을 기회로 겐지가 물었다.

"예, 외할아버지와 외할머니는 건강하십니다. 친가 쪽 두 분은 다 돌아가셨지만요."

"아, 그래? 그러면 장례식에도 몇 번 참석했겠군."

"네, 그렇지요."

"아무래도 오사카하고 여기는 다르겠지?"

"글쎄요? 다만 오늘은 장의장도 그렇고 여기도 그렇고, 너무나 깨끗하고 근사해서 좀 놀랐습니다."

"정말 그래." 겐지는 그러면서 고조를 슬쩍 바라보며 물었다. "그 빌딩 대단하더군요. 언제 생긴 거예요?"

"글쎄, 작년이었던가? ……"

고조는 중얼거리면서, 한편으로는 뭔가 딴 생각을 하는 듯이 애매하게 시선을 떨구었다가 다시 고개를 들더니 "……깨끗하더라, 정말" 하면서 꼭 누구에게랄 것도 없이 말을 이었다.

"너무 지나치다 싶을 정도였지요?"

도모노리는 장인의 말을 받아 맞장구를 치듯 농담조로 말했다. 그 배려의 의미를 이해한 겐지도 "그래. 실내도 밝고, 마이크 소리도 어딘지 모르게 백화점 지하의 세일 안내 같더군" 하면서 웃어 보였다.

잠시 두서없는 말이 이어졌다. 그러던 중에 다카시가 돌아오자 모두 시계를 힐끔거리기 시작했고 자연히 말수도 줄어들었다.

한 시간 십오 분쯤 지나서 흰 장갑을 낀 K가 부르러 와 모두들 그를 따라갔다.

뼈를 담는 방에는 이미 유골을 실은 운반대가 와 있었다.

들어가자마자 몇 사람이 무의식중에 낮은 한숨을 뱉었다. 겐지는 좀 전까지 기다리면서 주고받았던 어조 그대로 "야, ……근사하다" 하고 감탄하듯이 말했다. 그 말에 동의를 나타내는 듯 중얼거리는 소리가 한두 사람 이어졌다.

그을린 철판 위에 남겨진 그 뼈에는 분명히 건강의 흔적이 있었다. 살덩이가 떨어져나간 자리에 감춰져 있던 건강의 흔적이 발견된 것은 모두에게 일종의 감동을 주었다. 고사쿠의 삶이, 그들이 모르는 데에서 오랫동안 비밀리에 좀먹고 있었던 게 아니라는 사실. 그것은 유일한 구원처럼 느껴졌다. 그리고 평생에 단 한 번도 남의 눈에 드러낸 적 없던 그 순연한 내부는 수월하게 정신의 본질이라는 관념과 결부되었다. 그 강인함과 무구함. ―그리고, 수많은 무력한 허연 파편들이 사람의 형태로 간신히 남아 있는 모습에는 왠지 모를 꿋꿋함이 스며 있었다.

다케코가 또다시 심한 오열로 비틀거리자 고조는 몸을 떠받쳐 주면서 "고모님, 같이 집으시지요"라고 말을 걸었고, 건네받은 대나무 젓가락으로 떨리는 다케코의 손을 배려하면서 발 뼈 두서너 개를 같이 집어들었다. 젓가락 끝에서 어느 쪽이 위고 아랜지 알 수 없는 파편이 금방이라도 떨어질 것같이 위태롭게 균형을 유지하고 있었다. 뼈항아리 밑바닥에 떨어진 뼛조각들은 그 속에서 서로 마찰하며 숯덩이 같은, 깨진 도자기 같은 덜그럭거리는 소리로 고조의 고막을 어루만졌다. 그 울림은 딱딱하고 게다가 깨질 것같이 연약했다. 겐지에게 젓가락을 건네자 이어 K가 뼈에 대해 하나하나 자세히 설명해주었고, 고조는 유족들이 차례로 뼈를 집어가는 모습을 가만히 지켜보았다. 육신을 잃은 체온이 공중으로 풀려나갔다가 다시 육신을 찾아 떠돌듯, 운반대에서 올라오는 여열에는 사람의 살에 직접 닿는 듯한 생생함이 있었다.

팔과 허리 주위의 뼈는 연한 초록색과 분홍색으로 물들어 있었다. 겐지가 흥미로운 듯 "이 뼈 군데군데에 있는 색깔은 뭡니까?" 하고 물었다.

"그건 헌화한 꽃의 색이 물든 겁니다. 이런 경우가 가끔 있지요."

"아, 꽃이요?" K의 설명에 감탄하는 듯한 겐지의 목소리와 동시에, 서로 나란히 선 사치코와 도시코가 "어머,⋯⋯" 하며 침울한 얼굴 위에 뭔가 생각지도 않았던 위로를 받은 듯한 표정을 내비치며 그것을 들여다보았다. 그 희미한 빛깔은 어딘가 화장한 얼굴을 연상시키면서, 마치 동침한 여인의 잔향(殘香)처럼 타다 남은 뼈에 물들어 있었다.

타고 남은 두개골은 커다랬다. K는 그것을 일단 젓가락으로 집어 뼈항아리 주둥이로 가져가다가, 너무 큰 것을 확인하고는 운반대에 도로 옮겨놓고, "나무아미타불"을 읊조리면서 젓가락 끝으로 내리쳐 세 개 정도의 파편으로 깨뜨렸다. 그 부서지는 소리에 과민하게 반응한 다케코가 제지하려는 듯이 "아" 하는 소리를 냈다. 두개골은 위에서 수직으로 가해진 힘에 아무런 저항 없이 갈라졌다. 너무나 능숙한 손놀림이라 다케코는 유골을 소홀히 다룬다는 느낌이 든 것이었다.

K는 동요하지 않고 뼈항아리에 그대로 넣을 수 없었단 것을 정중하게 설명했다. 그리고 고조와 다케코에게 깨진 두개골의 파편을 집도록 권유하고, 이어서 목울대 뼈를 가리켜 집도록 하여 그것은 뼈항아리와 다른 곳에 넣었다. 운반대 위에 아직 작은 뼈의 파편이 남아 있었는데 다케코는 그것을 떨리는 젓가락으로 필사

적으로 집으려고 하다 몇 번이나 실패했다. 고조와 겐지가 이를 도와주고 이제 대충 끝났다며 젓가락을 놓으려고 하자 그녀는 "아직 남아 있잖니" 하고는 불안하게 두 사람의 얼굴을 응시했다. 고조는 또다시 눈에 띄는 것을 조금 집었는데, 그 상황을 수습할 셈으로 K는 "나머지는 저희들이 정성껏 공양해드리겠습니다" 하고 말을 걸었다. 고조는 마지막으로 꽃조개만한 파편 하나를 집어 뼈항아리에 넣고는 "고모, 이젠 됐지요? 나머지는 이분들이 공양해주신대요"라고 귓전에 대고 속삭였다. 목소리를 낮춰서 말했기 때문에 처음에는 잘 안 들리는 모양이어서, 다시 한번 목소리를 조금 높여 천천히 반복하자, 다케코는 눈물을 주르르 흘리면서 두어 번 작게 고개를 끄덕였다.

장의회사의 소형 버스로 사람들은 일단 고조의 집에 가서 응접실에 놓일 장식 제단을 준비하고, 승려가 도착하는 것을 기다려 칠일재의 법요(法要)를 앞당겨서 치렀다. 의식이 끝나자 사치코의 오빠와 여동생, 고토 가 사람들 몇 명이 돌아갔다. 그후 승려를 모시고 장의장으로 돌아가서 오층 큰방에 사찰식의 연석을 마련했다. 시간은 예약해놓은 대로 오후 여섯시 전이었다. 한 사람씩 따로 밥상이 놓였고, 고조는 먼저 상주로서 짧은 인사말을 하고 사람들의 자리를 일일이 돌면서 맥주를 따랐다. 도중에 도모노리가 아무래도 오사카에 돌아가야 되겠다며 자리에서 물러나

급히 역까지 택시를 달렸다.

간사를 맡아준 도시코와 히로시에게는 앞서 칠일재의 법요 전에도 인계를 하고 사례의 인사를 했지만, 다시 정중하게 감사의 마음을 전했다. 그 다음에 다케코에게 갔더니 료코도 좀 불러달라고 해, 둘이서 다시 가자 눈물을 흘리면서 정말로 훌륭한 장례식을 올려줘서 고맙다며 머리를 깊이 숙였다. 그리고 료코의 손을 잡더니 "료코도 정말 고맙네. 올케언니 모시기도 힘들었을 텐데, 오빠도 료코가 있어주어서 정말 다행이었을 거야. 고맙네" 하고 배례하듯이 다시 몸을 굽혔다.

"고모님도 기운을 내세요."

료코는 등을 어루만져드렸다.

"그래요. 고모, 기운 내세요. 언제든지 또 놀러 오시면 되잖아요."

고조도 그렇게 말을 걸었다. 다케코는 오냐, 오냐, 하고 고개를 끄덕이며 또 고맙다는 인사를 했다.

식사가 한 시간 반 정도로 끝나자 마지막으로 다시 한번 고조가 인사를 하고 모임을 끝냈다. 승려에게는 집에서 나올 때 이미 사례 일체를 끝냈기 때문에 그대로 택시에 태워 보냈다. 도시코와 히로시 부부, 그리고 고토 가 사람들도 모두 귀로에 올랐다. 게이코는 고조 집에서 잘 생각이었다. 겐지 식구는 가까운 호텔에 방을 잡아놓았지만, 겐지 본인은 향후의 일에 대해 상의할 것도 있기 때문에 일단 형의 집에 들르기로 했다.

료코와 게이코와 겐지 셋은 택시를 타고 먼저 집으로 가고, 고조는 K와 함께 대금 지불 방법 등을 확인하고 나서 다케코를 집까지 바래다주고 난 뒤 돌아왔다. 아무도 없는 집에 혼자 두고 오는 것이 마음에 걸렸지만, 아무래도 지칠 대로 지친 것 같아서 푹 쉬시라는 말만 하고 자기 집에 가자고 권하지는 않았다.

집에 돌아와보니 창문을 덮은 커튼이 집의 조명을 환하게 비춰 보이고 있어 고조는 약간 미심쩍은 생각이 들었다. 현관을 봤더니 문이 활짝 열려 있었다. 안에는 아무도 없었다. 어찌 된 일인가 경계하며 통용구를 돌아 문을 열었더니, 마침 앞을 지나가려던 게이코가 "아," 하고 멈춰 섰다가 "어머, 아버지네. 깜짝 놀랐어요" 하면서 가슴을 쓸어내렸다. 잇따라 욕실이 있는 복도 안쪽 막다른 데에서 겐지가 "형수님, 여기에는 없는데요" 하면서 나왔다. 그리고 현관에 서 있는 고조를 보고 말을 걸었다.

"아, 형님 돌아오셨어요?"

"응, 지금 방금."

"고모님은요?"

"모셔다드리고 왔어. 그건 그렇고, 웬 소동이야?"

문을 닫아걸고 구두를 벗고는 복도에 올라서자, 료코가 방에서 나와 "이제 오셨어요" 하고 파랗게 질린 얼굴로 말했다.

"무슨 일이오?"

셋은 누가 사정을 말해야 좋을지 망설이듯이 거의 동시에 얼굴을 마주 보고는, 결국 겐지가 "아니, 집에 돌아왔을 때, 게이코가 고양이가 복도를 뛰어 도망치는 걸 봤다고 하길래, ⋯⋯찾고 있었던 거예요"라고 말끝에 다소 사투리 억양을 섞어 말했다.

"고양이라니?"

"그래요, 제가 제일 먼저 집에 와서 제단에 가보니까 방석 위에 앉아 있지 뭐예요. 그래서 아! 하고 소리를 질렀더니 복도를 뛰어 도망갔어요. 정말이에요. 복도에 미끄러져서 발톱으로 긁은 흔적도 남아 있어요. 저기요."

게이코는 그렇게 말하면서 손가락으로 어딘가를 가리켰다. 그녀도 장례식의 긴장이 풀렸는지 평소처럼 오사카 사투리를 쓰고 있었다.

과연 자세히 들여다보니 희미하게 할퀸 흔적 같은 것이 보였다. 이 집을 지은 지도 그럭저럭 삼십 년이나 됐는데 니스가 벗겨진 데를 보니 나무껍질이 여전히 새것처럼 보여 고조는 다소 놀랐다.

"그런데, 결국 못 찾았어?"

"네, ⋯⋯" 게이코는 대답은 하면서도, 그 말이 원래 고양이 같은 건 없었다는 결론에 이르는 것 같아 내심 불만스러워하는 모습이었다.

"문을 열어놨으니까 벌써 도망쳤을 거야."

료코는 그것을 알아채고 감싸듯이 말했다. 고조는 그 말에 고개를 끄덕였다.

"아침에 다케코 고모님도 그런 말씀을 하시더라. 그놈이 어디 숨어 있었는지도 모르지."

"다케코 고모님이 보셨단 말이에요?"

겐지는 점점 더 유창한 기타큐슈 사투리로 말하기 시작했다.

"아니, 울음소리만 들렸다고 하시길래 착각이겠지 했거든."

고조 또한 그 말을 받아 주저하지 않고 사투리를 썼다. 게이코가 말했다.

"소름이 끼쳐요. 난 어떡하지. 아버지, 이층에서 잘 때 같이 방까지 따라와주세요."

"네가 어린애냐?"

"그렇지만 어둠 속에서 갑자기 나타나기라도 하면 무섭잖아요. 아까도 전 심장이 멎는 줄 알았다니까요."

"그래…… 그럼 그때 말해. 같이 가줄 테니까."

고조는 희미하게 쓴웃음을 지으며 그렇게 말했다.

겐지는 처음에는 그냥 한 시간 정도 있다가 호텔로 돌아갈 생각이었는데, 오랜만에 부모님 집에서 편히 쉬고 있다보니 일어나기가 귀찮아져서 "아버님도 그렇게 하시면 기뻐하실 거예요"라며 형수가 권하는 대로 아내에게 전화로 연락을 하고 그대로 하룻밤 자고 가기로 했다.

게이코와 겐지가 차례로 목욕을 하는 동안 고조와 료코는 조의

금을 계산하고 장의 비용 출납을 확인했다. 중간에 게이코가 이 층에 올라간다고 해서 고조가 앞장서 계단으로 올라갔는데 방에는 아무 이상도 없었다. 출가한 이래 게이코의 방은 조금씩 창고로 변해가고 있긴 하지만 그래도 침대 주변은 옛날 그대로였고, 이번에도 료코는 딸이 언제든지 잘 수 있도록 이불을 준비해놓았다. 게이코는 아주 감격하여 감사하다는 말을 하더니 그대로 잠자리에 들어가 어린아이처럼 고조더러 방의 전깃불을 꺼달라고 부탁했다.

겐지가 목욕을 끝내고 나오자 료코는 캔맥주와 손수 담근 야채절임을 갖다주고, 어제 고조와 같이 잔 방에 그의 이불을 깔아주었다. 그러고 나서 자신도 목욕을 하고 형제를 남겨둔 채 먼저 침실에 들어가 쉬었다.

겐지는 상속 문제며 아버지가 가입해 있는 자기 회사의 생명보험에 대해서 고조와 의논할 생각이었는데, 야채절임이 너무 맛있어서 자꾸만 젓가락이 가게 되어 "형수님 솜씨는 어머니랑 똑같네요"라고 감탄하면서 맥주를 연달아 몇 캔이나 비웠다. 고조도 같이 맥주 한 캔을 마시고는 목욕을 했다. 겐지는 두서너 번 화장실에 갔다 와서 잠깐 쉴 생각으로 이불에 누웠다가 그만 저절로 잠이 들어, 고조가 왔을 때는 기분 좋게 드르렁드르렁 코를 골고 있었다.

겐지가 잠에서 깨어난 것은 새벽 두시 반쯤이었다. 방 불은 꺼지고 모르는 사이에 목까지 이불이 덮여 있었다. 누군가 불을 끄고 간 것이 아련하게 기억났다. 아마 고조였을 것이다.

그런 생각을 하며 몸을 일으키려는 순간, 겐지는 맹장지 건너편에서 선향(線香)의 향기와 함께 희미하게 빛이 새는 것을 알아차렸다. 맹장지를 열어보니 역시 제단 앞에 잠옷으로 갈아입은 고조가 책상다리를 하고 혼자 앉아 있었다.

"형님, ……" 겐지는 약간 주저하면서 말을 걸었다. "잠이 안 와요?"

고조는 천천히 고개를 들었다.

"어, ……아니, 목욕하고 나와보니까 네가 벌써 이불 위에서 기분 좋게 배를 젓고 있어서, 나도 일단 자긴 잤는데, ……"

"저도 피곤해서 그랬는지 취기가 정말 빨리 돌았어요. 형님이야말로 아주 피곤하실 텐데."

"피곤하지, ……아무래도. 그렇지만 장례식 때문이 아니라 요즘 들어 늘 그래. 밤중에 꼭 잠이 깬단 말이야."

겐지는 맹장지 건너편에서 나와 방구석에 포개놓은 방석 하나를 꺼내 고조 옆에 앉았다. 그러고는 "그래요? ……그렇지만 그런 상태로는 낮에 움직이기 힘드실 텐데" 하고 걱정스럽게 말했다.

"아니, 어머니가 입원하신 후로는 맥이 빠졌는지 낮에 자주 선잠을 자거든…… 이러다 머지않아 노망이나 들지 않을까 모르겠다."

"형님도 참, 바보 같은 소리 하지 마세요. 형님까지 수발 들게 만들면 형수님이 너무 불쌍하시잖아요."

고조는 그 말에 갑자기 얼굴을 들고 잠시 뜸을 들이다가 "그렇지. ……" 하고 중얼거렸다.

젠지는 형의 대답에 깊은 실감이 담겨 있는 것을 느끼고는, 코로 크게 숨을 쉬다가 일단 멈추고 토해내듯, "참, ……" 하고 말을 꺼냈다. 그러고는 "……정말 형수님한테도 형님한테도 전 면목이 없어요. 어머니 때문에 고생도 많으시고. 이렇게 말하면 안 되지만, 어머니도 병원에 입원해 계시고 아버지는 돌아가셨으니까, 형수님도 형님도 당분간 편히 사셨으면, ……" 하며 끝을 애매하게 얼버무렸다.

고조는 다소 긴장을 푼 표정으로 동생의 눈을 쳐다보다가 곧 고개를 숙였다. 그리고 "글쎄, ……" 하고 무슨 말을 하려다 말고 잠깐 생각하는 눈빛으로 방바닥을 내려보더니 이윽고 얼굴을 든 채 제단의 영정으로 눈을 돌렸다가 아무 말 없이 다시 고개를 떨구었다.

젠지는 그 모습을 가만히 보고 있다가 잠시 후 말을 이었다.

"그렇지만, ……형님은 역시 장남다워요, 정말. 어제 오늘 쭉 생각했는데, 인사말도 흠 잡을 데 없었고 다케코 고모님을 대하는 모습을 봐도 정말 이 동네 사람이 다 되신 거 같아요. 가장이란 말은 좀 구식이지만, 역시 어딘지 믿음직스러워요."

겐지는 어렸을 때부터 공부는 물론 뭘 해도 자기보다 우수했고 그만큼 사춘기 때에는 반항도 많이 했던 형이, 결국은 단지 장남이라는 사실 때문에 그대로 이 고장에 남아 이곳 대학에 진학하고 이곳의 시청에 취직했다는 불우함을 요즘 들어 자주 생각해보곤 했다. 형이 단념한 자유를 마치 대행이라도 하듯이 지낸 자신의 과거를 돌이켜볼 시간이 그만큼 길어졌기 때문일지도 모른다. 겐지는 지금 53세였다. 열여덟 살 때 집을 떠나 도쿄에 있는 사립대학에 진학한 뒤로, 어머니에게 치매 증상이 나타나기 시작할 때까지 집에는 거의 다니러 오지도 않았다. 그건 오로지 이 고장에 머문다는, 회피하는 일이 절대로 불가능했었다고는 할 수 없을 숙명을 묵묵히 받아들여준 형의 존재가 있었기에 가능한 일이었다. 다카시가 그것을 어떻게 느꼈는지 언제부터인가 혼자서 기타큐슈에 있는 집에 놀러 오게 되어, 그리고 그만큼 아버지인 자신에게 강하게 반항하면서부터, 흔히 있는 이야기라고 자조하면서도 그 자신 또한 처음으로 아버지 고사쿠의 심경을 헤아리게 되었다. 그후로 겐지는 어머니를 간병하기 위해 도쿄에서 비행기로 부지런히 오갔다. 그것이 단지 자기만족 정도의 의미밖에 안 된다는 것은 알고 있었지만, 아무것도 안 하고 가만히 있을 수는 없었다. 물론 그것은 어머니에 대한 애정뿐만이 아니라, 형에게 진 빚 때문이기도 했다.

겐지는 자신이 과거에 ─ 그리고 아마 지금도 여전히 ─, 도대체 무엇 때문에 집에서 멀어지게 되었는지를 생각해보았다. 아버지와 얼굴을 맞대고 싶지 않았던 것은 확실하다. 하지만, 정작 그가 두려워한 상대는 형이 아니었을까? 왜 그랬는지는 알 수 없다. 단지 형이 이곳에 계속 살고 있다는 사실이 그에게는 매우 견디기 힘들었다.

겐지는 대학 졸업 후 생명보험회사에 취직하여 지금 사는 도쿄에 오게 되기까지, 젊었을 때는 혼자서, 서른을 넘어서는 아내와 아이와 함께 수년마다 전근을 되풀이했다. 그때마다 그의 말투에 섞여든 각 지역의 사투리는, 저도 모르는 사이 마치 그가 사는 임대맨션처럼 일시적으로만 자기 것으로 존재하는 차용물 비슷한 것이 되어버렸다. 겐지에게 귀향이란 토지보다 언어에 귀착하는 것이었을지도 모른다. 그리고 그가 부재한 지난 삼십오 년간, 형 고조는 꾸준히 한 가지 말만을 써왔다. 그것도 도망치기 어려운 필연이라기보다는 아마 하나의 결단으로서. ─

고조는, 전혀 악의는 느껴지지 않았지만 동생의 말에 일종의 **태평함**을 느꼈고, 특히 그것이 다카시의 장래에 대해 낮 동안 생각한 문제와 맞물리는 바람에 좀 복잡한 표정을 지었다. 그리고 결국 그 화제는 입에 담지 않은 채, "장남이라 해야 지켜야 할 곳간(蔵)이 있는 것도 아니고"라고 자신의 이름자를 빗대어 말을 꺼내고는, "결국 남은 건 이 집과 산소를 지키는 것뿐이야. 어머니도, ……네가 그렇게 걱정할 필요는 없다"라고 말했다.

겐지는 대꾸할 말을 잃고 입을 다물었다. 꾸밈없는 찬탄의 뜻으로 한 말이었는데, 그것을 형이 차남다운 무책임으로 받아들인 것은 왠지 모르게 납득이 갔다. 그러면서도 이어지는 침묵을 이기지 못해 넌지시 화제를 바꾸려고 "······조용하네, ······" 하고 머리를 돌리면서 중얼거리고 "······장례식 때, 생각보다 사람들이 많이 왔어" 하고 역시 혼잣말처럼 중얼거렸다. 그리고 이번에는 확실히 고조를 향해 물었다.

"나카니시 씨는 물론이지만 기쿠헤이단 전우들도 몇 명 왔죠? 그 사람들은 아버지랑 교류가 있었나요?"

"아니, 없었을 거야. 우리 쪽에서도 나카니시 씨한테만 연락을 했으니까."

"그럼, 나카니시 씨가 알려준 건가요?"

"그렇겠지, ······아마."

"형님은, ······" 겐지는 다소 망설이는 듯 말을 끊었다. "······아버지한테서 버마에서 있었던 일에 대해 자세히 들어본 적 있어요?"

고조는 다소 갑작스러운 그 물음에 표정을 바꾸지 않고, "아니, 거의 없어" 하고 짧게 대답했다. 그리고 약간 견제하는 듯한 눈빛으로 동생의 얼굴을 쳐다보았다.

겐지는 그 눈빛을 피하듯이 말을 이었다.

"그랬군요. ······저기, 나카니시 씨가 오셨을 때 말예요, 그분은 술에 취하면 말이 많아지니까 가끔 이야기가 그쪽으로 흐를 때가 있었는데, 그럴 때도 아버지는 별로 기분 좋은 내색을 안 하셨죠?"

"글쎄, ……그랬던가."

고조는 동생이 도대체 무슨 말을 하려는 건지 의아해하며 계속 주시했다.

"원래 나카니시 씨와의 관계도 그분이 먼저 아버지를 만나고 싶어해 찾아오셨던 모양이고. ……나도 나랑 나이가 비슷하거나 좀 위인 사람들하고 어쩌다가 전쟁에서 돌아온 자기 아버지 이야기를 하곤 하는데, ……대충 둘로 나눠지거든요. 질릴 정도로 전쟁터 이야기를 들은 사람하고, 전혀 못 들은 사람하고."

"그래서, 왜?" 고조는 잠시 날카롭게 말을 가로막으며 끼어들었다. "말하기 싫을 수도 있겠지. 물어볼 수 없는 것도 있고."

그 말에 순간 기가 꺾이기는 했지만 겐지는 "……형한테도 그랬어요?"라고 뜻밖이라는 얼굴로 말했다. "나한텐 정말 아무 말씀도 안 하셨지만, 형한테는 자세히 이야기하신 줄 알았어요." 그러고는 "그랬구나. ……"하고 스스로 뭔가 납득한 듯한 어조로 중얼거렸다.

고조는 잠시 아무 말도 하지 않고 동생의 모습을 바라보았다. 겐지는 천천히 말을 이었다.

"이런 말을 꺼낸 건, ……아니, 저, ……방금 말한 제가 아는 사람이요, 그 사람은 전혀 못 들었다는 쪽인데 ― 그 사람의 아버지는 필리핀이었던 모양이에요 ―, 전쟁터 이야기를 전혀 하지 않는 건 역시 현지에서 상당히 못된 짓을 하고 왔기 때문이라는 거예요. 그 말을 듣고 저도 좀 생각하게 됐죠. ……그야 전쟁은 나쁜 거지만 그렇다고 아버지를 탓할 생각은 없어요. 그게 아니라 혹시 아버지 마음속에 말 못 할 일이 있어서 그걸로 쭉 괴로워하셨다면, 어른이 된 후에라도 제가 먼저 여쭤볼 걸 그랬다고. ……필리핀하고 버마는 또 다르겠지만, ……전쟁터라 아버지도 역시 사람을 죽였을 거고, ……별로 깊이 생각해본 적은 없었지만, 막상 돌아가시고 나니, ……"

고조는 일단 겐지에게서 눈을 떼고는 역시 아무 말도 없이 입술을 꼭 깨물었다. 그렇게 충분히 생각을 정리하는 시간을 갖고 나서야 그는 말했다.

"……살아 있을 때 말해줄 걸 그랬다고 후회해도, 죽은 후니까 말할 수 있는 것도 있지. ……결국 말하지 않기를 잘한 건지도 몰라."

겐지는 반발을 느끼는 것이 아니라 그저 그 시비를 판단하지 못한 듯 "글쎄, 그런 건가……" 하고 동의를 보류했다.

고조는 그 모습에 의식적으로 표정을 바꾸고 다소 목소리를 높였다.

"다만, 네 말대로 필리핀과 버마는 달라. ……게다가 아버지가 출정한 것은 1943년 설날이었지. 그때는 전황도 꽤 나빠졌고, 게다가 아버지는 무선부대소속이라 최전선에는 계시지 않았으니까 실제로 백병전에서 적병을 쏘거나 하지는 않았을 거야. 전사자들 중에도 말라리아나 아메바성 이질로 병사한 사람, 강을 건너다가 익사하거나 정글에서 영양실조로 쓰러지거나 한 사람들이 꽤 있었던 모양이고. ……"

"……그랬군요."

겐지는 그렇게 말하며 고개를 끄덕였다. 그러나 마음속으로는 이를 부인하고 있었다. 아무리 최전선에 없었다 하더라도 이 년 동안이나 전장에 있었는데 사람 하나 죽이지 않았다는 게 있을 수 있는 일일까. 실제 전장에 대해서는 완전히 무지했지만, 그럼에도 불구하고 그 사실을 의심스럽게 만드는 것은 그의 상식이었다. 그것이 무엇에 의해 형성되었는지는 돌이켜보지 않았다. 하지만 그것은 기묘하게 견고했다.

그러나, 겐지는 고조가 한 말에 반론하려 하지 않았다. 그가 직감한 것은 형이 뭔가를 알고 있다는 것이었다. 그리고 그것을 굳이 숨기려 하고 있다. 만일 형이 지금 말한 대로 아버지의 가해성(加害性)을 믿지 않는다면 '물어볼 수 없는 것도 있다' 같은 말을 할 리도 없을 것이다. 물어볼 수 없다니, 그것은 아버지가 심정적으로나 윤리적으로는 말할 수 없는 무언가를 마음속에 간직하고 있었다는 것을 긍정하는 말이다. 알면서도 그것을 덮어 숨기려 하고 있다. 말하기를 기부하고 있다. 형은 아버지의 그 무언가를 공유하고 있는 게 아닐까? 혹시 아버지가 돌아가신 지금, 형이야말로 그 무언가를 이어받은 게 아닐까?

겐지는 눈길을 돌려 아버지의 영정을 가만히 바라보았다. 그리고 형의 말을 납득했다는 듯 몇 번이나 고개를 끄덕여 보였다.

"하긴 그런지도 모르죠. ……" 그러고는 살짝 미소를 띠며 말했다. "그래도 가끔 나카니시 씨랑 정글 이야기 같은 건 하셨어요. 두 달 동안 어느 산 속에서 매일 풀과 죽순밖에 못 먹었다고요."

"페구라는 곳이었지."

고조도 어느 정도 굳은 표정을 풀고 말했다.

"아, 맞아, 맞아, 페구라고 하셨어요. ……" 겐지는 새삼 기억이 났는지 이렇게 덧붙였다. "……다른 얘기도 하셨죠. 비단뱀을 먹은 얘기라든지, 밤중에 호랑이와 마주친 얘기라든지. ……"

"이라와지 강에서 물소 무리를 적으로 잘못 본 얘기라든지."

"그래요, 그런 얘기도 하셨지요. ─ 생각해보면 참 희한한 곳에 가 계셨다 싶어요. 이런 논밭밖에 없는 일본 시골에서 태어난 젊은이가 말이에요. ……또 있잖아요, 왜 그 커다란 원숭이 얘기."

"그래, 맞아. 원숭이. ……"

고조도 그 원숭이 이야기만은 아버지한테서 직접 들은 기억이 있었다. 나카니시와 같이 있었을 때 나온 이야기라는 것은 틀림없지만, 그렇다 치더라도 아버지가 스스로 전지에서 경험한 일에 대해 말하는 일은 무척 드물었기 때문에 어쩌면 심하게 술에 취한 상태였을지도 몰랐다. 후콘 작전 말기, 고사쿠가 밤중에 혼자서 야영지 뒷산으로 적정 시찰을 하러 나갔을 때의 일이다. 갑자기 눈앞의 나뭇가지에 커다란 원숭이가 한 마리 나타났다. 일본에서 흔히 보는 것과 달리 사람 크기만큼이나 되는 긴팔원숭이의 일종이었다. 고사쿠는 그 자리에서 발을 멈추고 잠시 숨을 죽인 채 그 원숭이를 노려보았다. 그러다가 충분히 때가 무르익었다 싶은 순간에 배에다 힘을 주고 "이야아앗!" 하고 위협하듯 소리를 질렀다. 그러자 원숭이는 큰 나뭇가지를 흔들면서 쏜살같이 그 자리에서 도망쳤다는 이야기였다.

"……임펄 함락 전날 밤의 이야기지."

고조의 말에 겐지는 감탄하듯 "아, 그래요?" 하고 목소리를 높였다.

"그렇게 말씀하셨어, 아버지가."

"호, 그렇군, ……" 겐지는 그것이 무엇을 의미하는지를 생각하는 듯했다. "지금까지는 우스운 이야기라고 여겼는데 그 말을 들으니 어쩐지 비장한 느낌이 드네요. ……스트레스라고 하면 너무 가벼워 보이지만, 실제로 심한 스트레스였을 거고, ……소리치지 않을 수 없는 기분이었던 걸까요?"

"글쎄, ……그야 야심한 산 속에서 그런 짐승하고 마주쳤으니 놀라지 않을 수 없으셨겠지."

"물론 그러셨겠지만, 원숭이가 위협해왔다면 또 모를까," 하고 겐지는 엉겁결에 실소했다. "보통 그런 상황에서 소리를 지르진 않잖아요. 인간인데."

"글쎄, ……"고조는 몸을 약간 일으켰다. "잘 모르겠지만, 아버지는 검도를 하셨잖아. 아마 거기서 나온 거였을 게야."

"아, 그렇겠네," 겐지는 납득이 간 듯 말했다. "검도라. ……과연. ……"

둘은 거의 동시에 제단의 영정과 유골을 쳐다보았다. 고조가 피운 두 개의 선향은 어느덧 재가 되어가고 있었다. 침묵은 순간 한층 더 무거워졌다. 그 분위기에 이끌린 겐지가 숱이 적어진 머리카락의 흐트러진 부분을 새삼스럽게 누르면서 말을 이었다.

"그런데, ……아버지도 당신께서는 버마에서 죽었을 운명이었으니 돌아온 후의 인생은 여생이나 마찬가지라고 자주 말씀하셨는데, 그걸 생각하면 또 한이 없으시겠다 싶어요. 여든네 살까지 사셨으니까."

고조는 계속 제단 쪽을 향한 채 뒤돌아보지 않았다. 겐지는 일부러 가벼운 투로 내뱉은 자신의 말을 받아들이지 않는 듯한 형의 태도에 어색함을 느끼며 억지로 말을 이었다.

"난, 일단 죽은 셈 쳤다가 돌아오신 아버지가 낳아주신 거잖아요. ……그런 생각을 하면 기분이 묘해요. ……지금 여기 없더라도 이상할 게 하나도 없으니까. ……"

고조는 그제야 동생의 얼굴을 보았다. 그러나 디디고 일어설 지면이 무너져내려 위로 올라오지 못하는 것처럼, 아무리 소리를 내려고 해도 말이 입 밖으로 나오지 않았다.

"……왜 그래요?"

겐지는 그 이변을 알아차리고 의아스럽게 물어보았다. 고조는 짧게 "아니, ……"라고만 대답하고는 그대로 입을 다물었다.

"슬슬 잘래요? 보험이며 이런저런 얘기를 좀 하고 싶었는데, 그거야 내일 해도 되니까요. 피곤하지요? 형님도."

겐지는 그렇게 말하며 따분한 듯 애써 미소지었다.

―그러다 그때, 겐지는 갑자기 무언가에 신경을 잡아채인 듯이 복도 쪽을 보았다. 그리고 양미간에 주름을 지으면서 귀를 기울였다.

고조도 거의 동시에 얼굴을 들었다.

"들렸죠?" 하며 겐지가 뒤를 돌아보았다.

"어, ……" 고조는 고개를 끄덕이고는 다시 귀에 신경을 모았다.

그리고 다음 순간, 두 사람은 목욕탕이 있는 쪽으로 눈길을 향하고는 서로 얼굴을 마주 보았다. 그때 다시 귀에 들러붙듯이 길게 꼬리를 끄는 고양이 울음소리가 들려왔다.

"어디 있었던 거지?" 고개를 갸우뚱하며 겐지가 일어섰다. "벽에 구멍이라도 난 거 아닐까요?"

고조도 같이 일어서면서 "음, ……목욕탕 쪽인가" 하고 혼잣말처럼 중얼거렸다.

복도에는 벽이나 천장에서 배어나온 듯한 어둠이 웅크리고 있다가, 전깃불을 켜자 재빨리 불빛이 닿지 않은 구석으로 몸을 감추었다. 계단 가장자리나 액자 모서리 같은 데에는 찢어진 그림자가 작게 남아 있었다. 겐지가 앞장서서 복도의 전깃불을 하나하나 켜가며 놓치지 않고 어둠을 몰아갔다. 막다른 곳에 통용구가 있고 거기서 좌우로 복도가 갈라져, 한쪽은 현관으로, 다른 한쪽은 목욕탕으로 이어진다. 둘은 여기서 양쪽으로 나뉘어 겐지는 오른쪽으로 돌아가 현관 쪽을, 고조는 왼쪽으로 돌아가 목욕탕 쪽을 살피고 오기로 했다.

복도를 걷는 사람의 기색을 알아차렸는지 순간 고양이 울음소리가 딱 그쳤다. 필경 어둠에 몸을 숨기고 어딘가에서 말끄러미 이쪽 동태를 살펴보고 있으리라. 그러한 예감은 복도 판자를 밟는 고조의 발을 조금 긴장시켰다.

이층으로 통하는 계단 옆을 지나, 부부의 침실과 돌아가신 아버지의 방 사이로 난 복도를 건너 목욕탕 쪽으로 걸어갔다. 탈의실의 전깃불을 켰지만 뭔가 있는 기색은 전혀 없었다. 그렇다면 저 맨 끝에 있는 창고일까? 문이 반쯤 열려 있는 창고로 다가가서 고조는 안을 살짝 들여다보았다. 마지막으로 남은 어둠이 복도에서 들어오는 빛에 몸을 움츠린 채 입구에 서 있는 그의 침입을 경계하고 있다. 손끝만 살짝 넣어 벽을 더듬었다. 스위치에 닿자 불을 켰다. 연말에 선물로 받은 통조림이나 헌 옷이 들어 있는 상자, 먼지막이로 비닐봉지를 덮어놓은 전기스토브나 오래 전에 사용하던 대형 전기청소기 등이 어수선하게 쌓여 있다. 알전구가 매달린 이 방은 사람들이 거의 건드리지 않아, 가족들이 빈번히 드나드는 장소보다도 오히려 빨리 낡아갔다.

전체를 둘러본 다음에는 안으로 들어가서 물건으로 가려진 곳을 들여다보기도 했지만 고양이는 어디에도 없었다.

고조는 전깃불을 켰을 때와 반대로 하나하나 꺼나갔다. 침실 앞을 지나갈 때 혹시 여긴가 생각했지만, 문이 닫혀 있었고 료코를 깨우고 싶지 않아서 방 안을 들여다보지는 않았다. 맞은편의 아버지 방도 역시 문이 닫혀 있었다. 그리고 꼭 방 안에 여전히 아버지가 자고 있는 것 같은 착각이 들어, 어쩐지 꺼려져서 거기도 확인하지 않았다.

계단 앞에서 정면 현관 쪽에서 돌아오던 겐지와 마주쳤다. 그도 역시 전깃불을 끄면서 돌아온 터라 등뒤에 달라붙듯이 어둠이 다가와 있었다. 두 사람을 비추는 것은 희미한 통용구 조명뿐이었다.

"있어요?"

잠자는 사람들을 배려해 겐지가 낮은 소리로 물었다.

"아니, 없어."

고조 역시 작은 소리로 대답했다.

"이상하네, ……" 겐지는 작게 혀를 차더니 얼굴을 들어 주위의 어둠을 바라보면서 말했다. "어쩐지 꺼림칙한데."

"밖에서 울고 있던 건지도 몰라. 여긴 맨션처럼 창문이 단단히 밀폐되어 있지 않아서 바깥 소리도 잘 들리거든."

고조는 고양이 울음소리가 분명 집 안에서 들려온 것을 알고 있었지만, 겐지의 반응에 기분이 석연치 않아 일부러 그렇게 말했다.

"어쨌든 오늘은 너무 늦었으니까 내일 날이 밝으면 다시 한번 둘러보마. 너도 이제 자야지."

"그래야겠어요. ……그런데 아무래도 맨션에서 오래 살아서 그런지 한밤중의 오래된 일본 가옥은 어딘가 좀 괴기한 느낌이 들어요. 어렸을 땐 밤중에 소변 보러 가는 것도 무서웠어요. ……아버지 유령이라면 한번쯤 만나보고 싶기도 하지만."

겐지는 허세를 부리듯 농담조로 말했다. 고조도 얼굴의 긴장을 풀고 고개를 끄덕였다.

"맹장지를 닫아놓으면 고양이도 못 들어와."

"그래요. ……들어오면 또 어때요. 호랑이라면 모를까."

겐지는 조금 전에 한 이야기와 관련시켜 그렇게 농담을 하고는 맥이 빠진 듯 웃어 보였다.

다음날 아침, 고조가 차로 호텔까지 바래다주기로 했기 때문에 겐지는 일찌감치 마당에 나와 만발한 벚꽃 아래 서서 형이 나올 때까지 가만히 그것을 쳐다보고 있었다. 그리고 자신을 부르러 온 고조에게 "벚꽃이 활짝 피었네요"하며 감탄한 어조로 말을 건네고는, "아버지께도 보여드리고 싶었는데. ……"라고 혼잣말처럼 중얼거렸다.

호텔까지 바래다주었다가 거기서 어머니와 같이 기다리고 있던 다카시가 꼭 다시 한번 유골에 배례하고 싶다고 해서, 셋을 태우고 다시 집으로 돌아왔다. 그 때문에 게이코가 부모와 지낼 수 있는 모처럼의 오붓한 시간은 없어졌지만, 대신 그만큼 화목한 분위기로 다같이 나가 국도에 면한 근처 패밀리레스토랑에서 점심을 먹었다.

화제는 자연히 고양이 이야기로 옮겨갔다. 료코에게는 아침에 일어났을 때 이야기해놓았지만 게이코는 전혀 몰랐기 때문에, "어머, 일층에 없었다면 이층에 있었던 거 아니에요? 징그러워!"라고 돌아가기 직전에야 겨우 되찾은 기타큐슈 사투리로 말했다. 원래 실내에서 동물을 기르는 습관이 없는 가족이라 고양이의 침입이 더욱 불결하고 징그럽게 느껴지는 듯했다. 사치코와 다카시도 다케코의 증언으로까지 거슬러올라가는 그 이야기에 신기한 듯 귀를 기울이고 있었다. 날씨는 흐렸지만 창문으로는 밝은 햇빛이 들어왔고, 가끔 고조에게 확인을 구하며 이야기하던 겐지도 어젯밤 얼마나 겁을 먹었는지를 다소 익살맞은 표정을 섞어가면서 흉내내 모두를 웃겼다. 그래도 사치코가 혹시 진짜 고양이가 있는 기라면 제단의 신향이나 촛불은 정말 조심해야 한다고 말하자 갑자기 불안해졌는지, "정말이지, 형님. 조심하셔야 해요. 모르는 사이에 쓰러지면 불이 난단 말이에요" 하며 집요할 정도로 같은 말을 되풀이했다.

식사를 끝낸 후에는 다같이 후사에가 입원하고 있는 병원을 찾아가 얼굴만 잠깐 보고 나와, 료코가 게이코를 가까운 역까지, 고조가 겐지의 가족을 후쿠오카(福岡) 공항까지 각자의 차로 바래다주었다.

돌아오는 고속도로에서 고조는 차 안의 정적을 견디지 못해 계속 작게 라디오를 켜놓았다. 손님이 돌아간 후의 적요함이 스며들어 무게를 더한 피로가 그의 몸을 운전석 깊숙이 가라앉혔다. 구름 사이로 새어나오는 오후의 미약한 햇빛만이 눈꺼풀을 깨우고 있었다. 고독감이 밀려와 한시라도 빨리 집으로 돌아가고 싶은 기분이었다.

차를 차고에 세워놓고 정면 현관으로 들어서자 또 문이 열려 있고, 한발 먼저 돌아온 료코가 빗자루를 든 채 불안한 표정으로 복도를 왔다갔다하고 있었다.

"다녀왔소."

고조가 말을 걸자 료코는 어제 게이코가 그랬듯이 약간 과장되게 놀라면서 "아, 당신이에요? 어서 오세요"라고 말했다. 그리고 그가 무슨 일인지 물어보기도 전에 "여보, 역시 있었어요"라고 말을 이었다.

"고양이 말이오?"

고조는 곧 상황을 헤아려 물어보았다.

"네, 그래요. 조금 전에 돌아오니까 글쎄, 제단 앞의 방석 위에 앉아 꼼짝도 않고 가만히 있는 거예요. 제단도 엉망으로 만들어놓고요."

"그래서?"

"내가 가까이 갔더니 재빨리 달아나서는, 아마 안방으로 해서 부엌 쪽으로 빠졌다가 다시 이쪽으로 도망친 것 같아요. ……바로 문을 열고 찾아봤는데도 없는 걸 보니까 어쩌면 벌써 도망갔을지도 몰라요."

"그래? 여기 있는 게 좋은가보군. ……어떤 고양이였소?"

"어떤 고양이긴요, ……그냥 도둑 고양이지요."

그렇게 말하긴 했지만, 그 말을 듣고 보니 순간 그렇게도 선명하게 남아 있다고 생각했던 고양이의 환영이, 마치 잠에서 깨기 직전에 꾸던 꿈이 깨어나면 순식간에 사라지는 것처럼 전혀 떠오르지 않는 것이었다.

고조는 구두를 벗고 올라서며 말했다.

"어쨌든 문을 다 열어놓읍시다. 내버려두면 도망가겠지."

그 얼굴에 피로한 기색이 역력해, 료코는 "그래요"라고 말하고 나중에 다시 한번 혼자서 찾아보기로 마음먹었다.

하룻밤 푹 자고 나니 몸의 피로는 다소 풀렸으나, 고독감은 그만큼 짙고 무거워진 것 같았다.

흐렸던 날씨는 일변하여 아침부터 맑게 갰다. 료코는 오전 내내 뒷정리를 겸한 방 청소와 쌓인 빨래를 하느라 바빴다. 고조는 차를 타고 집집마다 인사하러 나갔다가 구청을 방문해 장례비와 매장비 지급에 관한 수속 등을 마치고, 마지막으로 다케코 집에 들러서 잠시 잡담을 하고 돌아왔다.

둘 다 말수가 적었지만 그것이 평소의 생활이었다. 점심때에는 죽음의 슬픔보다 장의가 끝난 후의 피로에 대해 솔직히 이야기를 나누고, 어쨌든 이제 한시름 놓았다고 서로를 위로했다.

"그런데 옛날에는 이런 일들을 다 이웃 사람들의 도움을 받아 했을 거 아녜요. 어머님께서 증조할아버님 장의 때 얼마나 힘들었는지를 자주 말씀하셨는데 정말 그랬을 거예요. 지금이야 장의 회사가 알아서 다 해주니까 힘이 덜 들지만……"

"그렇지, 그만큼 사람이 하나 죽는다는 것이 얼마나 큰일인지도 강하게 실감했겠지, 지금보다도. ……"

그런 이야기를 쉬엄쉬엄 나누었다. 그리고 고조는 그 시대에 전쟁터에서는 무수한 시체가 땅바닥에 뒹굴고 있었을 거라고 생각했다.

그런 생각은 식사가 끝난 후에도 계속 이어졌다.

오후에 고조는 툇마루에 남겨진 아버지가 애용했던 의자에 앉아서 무심코 마당을 내려다보고 있었다.

침묵은 돌연 아무런 예고도 없이 지난밤에 겐지와 주고받은 이야기를 떠올리게 했다. 왜 그런 이야기를 나누어야 했을까? 다른 곳도 아닌, 아버지가 죽고 화장되어 그 유골이 안치된 제단 앞에서.……

고조는 아버지 고사쿠가 종전 후 몰멘에서 일 년간의 포로 생활을 거쳐 고향인 기타큐슈에 돌아온 날의 기억을 떠올렸다. 8월의 더위가 기승을 부리던, 어머니 손에 이끌려 N역까지 그 사람을 마중하러 가던 날의 그 쨍쨍 내리쬐던 태양. ─꼭 쥔 어머니의 손은 심하게 열을 띠고 있었다. 걷는 중에도 몇 번이나 "괜찮니?"라고 말을 걸어왔지만, 쉬고 싶다고 떼를 쓰는 것은 용납되지 않으리라는 것쯤은 어린 마음에도 알고 있었다. 조부모는 분명 집에 남아서 자신들의 아들을 맞이할 준비를 하고 있었을 것이다. 그 봉건적인 조부모가─그 때문에 어머니 후사에는 끝까지 남편에게 경어를 쓰는 습관을 버리지 못했고, 결국은 료코에게도 그런 영향을 끼쳤다─감히 자신들보다 먼저 며느리에게 재회를 허락한 것은 실로 놀라운 일이었지만, 어쨌거나 어머니와 고조는 역까지 약 삼 킬로쯤 되는 거리를 단둘이서 걸어갔다.

역에는 전장에서 돌아오는 남편이나 아들을 기다리는 가족들이 구름처럼 모여들어 있었다. 그 구석에서 암거래로 산 쌀을 들켜 경찰에게 힐문을 받고 있던 중년 여성이 묘하게 인상에 남았다. 일단 인파 속에 들어가자 보이는 것은 앞사람의 등밖에 없었다. 당시 고조는 겨우 여섯 살이었다. 어머니는 아들이 미아가 될까 걱정스러워서가 아니라, 뭐라도 그렇게 잡고 있어야 된다는 듯이 힘을 주어 그의 손을 잡고 있었다.

꽤 기다렸다. 가끔 발돋움을 해보았지만 시야는 막혀 있었다. 답답해서 더이상 견딜 수 없다고 말할까 망설이는데, 갑자기 어머니가 여태 한 번도 들어본 적이 없는ー적당한 형용사가 없다면 흉하다, 또는 우스꽝스럽다고 해도 될 기묘한 소리를 내며 오열하기 시작했다. 몸은 격렬하게 떨리고 있었다. 그런 어머니에게 지금 누군가가 무슨 말인가를 하고 있다. 그러나 사람들에게 가려져서 모습은 보이지 않는다.

"고조예요, 여보! ……"

그렇게 말하면서 어머니는 힘껏 손을 당겨 아들을 자신 앞에 세워놓고 거칠게 어깨를 쥐었다. 올려다보니, 얼핏 이상한 거지같이 보이지만 그렇다기에는 너무나도 살벌한 풍모의 한 남자가 거기에 서 있었다. 얼굴은 햇볕에 새까맣게 타고 거무칙칙하고 게다가 땀과 기름에 절어 육지에 오른 물고기 비늘처럼 번들거리고 있었다. 살은 바싹 말라 달라붙은 듯 뼈를 덮고 있다. 두 개의 광대뼈가 혹처럼 튀어나왔고 뺨은 누가 도려낸 것처럼 움푹 패어 있다. 수염은 드문드문했고, 머리는 빡빡 밀었다. 입가에는 노인처럼 주름살이 잡히고, 그것을 벌릴 때마다 이가 다 빠진 텅 빈 내부에서 혀만 바쁘게 움직이고 있는 모양이 보였다. 그리고 무엇보다도 그 눈. 절망인지 분노인지 분간할 수 없는 그 눈빛. ─ 그 얼굴은, 말하자면 하나의 풍경이었다. 그가 살아온 현실이 그대로 들러붙은 듯이, 처참한, 황량한. ……

"……고조야, 아버지셔! 자, 아버지! ……"

격한 공포에 시달려 금방이라도 울음이 터질 것 같았다. 그제야 처음으로 두 손으로 아들의 몸을 흔들어대며 같은 말을 자꾸 되풀이하는 어머니의 목소리가 귀에 들어왔다. 아버지를 마중 나간다는 것은 집을 떠나기 전부터 몇 번이나 들어 알고 있었다. 그러나 그것이 무슨 뜻인지는 거의 아무것도 모르고 있었다.

돌아오는 길에 고사쿠는 흥분하여 아내에게 큰 소리를 마구 질러댔다. 히로시마(広島)의 오타케(大竹)에서부터 열차를 탔는데, 열차가 N역에 도착할 때까지 누구 하나 자리를 양보해주는 사람이 없었다. 고생 많으셨습니다, 라고 위로의 말 한마디 거는 사람도 없었다. 그것이 도저히 참을 수 없었던 모양이었다. 어머니는 그저 묵묵히 아버지가 퍼붓는 성난 매도를 받아들이기만 했다. 그런 어머니가 불쌍해서 견디다 못해 눈물을 흘리자, "사내 녀석이 울긴 왜 울어!" 하며 이번에는 그 울화의 화살을 고조에게로 돌렸다.

아버지와의 첫 대면의 기억은 그후의 인생에서 몇 번이나 집요하게 고조의 뇌리에 떠올랐다. 훗날 그는 해골 같던 그날의 아버지 모습이 비교적 대우가 좋았던 포로수용소에서 생활하면서 다소 나아진 거라는 걸 알았지만, 혹은 그 때문에 기억은 그 상(像)을 더욱 비참한 것으로 변용시키고 어떻게든 전쟁터의 광경을 이끌어내려고 했는지도 모른다.

귀향한 후에도 아버지의 울화는 수습할 방도가 없었다. 그 분노가 언제나 도리에 어긋났기 때문에 당시에는 늘 겁을 냈지만, 돌이켜보면 안타까울 정도로 격렬했다. 그리고 거의 한 달마다 말라리아가 재발하여 고열에 시달리면서 밤중에 몇 번이나 "도망쳐!" "적의 습격이다!" 하며 절규했다.

고조는 당시의 자신이 전쟁이란 현실에 대해 어느 정도의 지식을 갖고 있었을까 하는 생각을 해본다. 그에게 가장 구체적인 경험은 공습경보와 방공호였으며, 나중에는 소개(疎開)하여 안전한 어머니 고향으로 몸을 피했기 때문에 주위가 불에 타버리거나 쑥대밭이 되는 따위의 비참한 경험은 하지 않아도 되었다. 때문에 전쟁터에 대한 상상은 언제나 어렴풋한 것이었고, 전지에서 아버지가 보내준 엽서도 검열을 예측해서 쓴지라 대부분 목가적인 내용뿐인데다가, 그것마저 얼마 안 가 두절되고 말았다.

그런 그가 귀향 후의 아버지의 모습과 쉽게 결부시킨 것은 바로 지옥이었다. 그 관념이 무엇에 의해 초래되었는지는 분명하지 않지만, 실제로 눈으로는 확인하지 못한, 그리하여 상상 가능한

한 가장 절망적인 세계라는 뜻에서 전쟁터는 정확하게 지옥이었다. 따라서 아버지가 내리는 모든 불합리한 심판은 곧 지옥의 심판이 되었고, 모든 격앙이, 모든 분노의 외침이, 모든 폭력이 그 지옥에 직결되어 그를 공포에 빠뜨렸다.

아버지 고사쿠의 울화는 국철에 복직하여 이럭저럭 가족을 부양해나갈 수 있는 자신이 생기면서부터 조금씩 가라앉았고, 이년 정도 지나고 나서는 말라리아 증상도 점차 사라져 차남 겐지가 태어난 후로는 거의 발작이 일어나지 않았다.

겐지와 고조에게 아버지라는 존재가 결코 같은 의미일 수 없는 것은 바로 그 이유 때문이었다. 동생은 아버지한테서 형이 두려워한 지옥을 단 한 번도 본 적이 없었다. 그러나 고조에게 아버지는 결국 평생 동안 지옥을 간직하며 살아온 자였다. 실제로 아버지 자신의 생활을 죽을 때까지 계속 지배했던 그 인색함의 유래를 찾아보면 곧바로 지옥에 도달하지 않을까. 어떤 형태로든, 그러한 행위의 당위성 또한 모두 그 지옥이 명령한 바가 아니었을까. 유일한 사치였던 저녁 반주 습관마저 아마 그러한 지옥으로부터의 위안이었을 것이다.

고조는 새삼스레 아버지의 침묵에 대해 생각한다.

그는 분명히 스스로 그에 대해 말을 건네기를 거부했다. 그러나 그것을 허락하지 않은 것은 결국 아버지였을 것이다.

지금 이 죽음에 의해 마지막으로 개시된 결정적인 침묵. 그렇다면 생전의 **침묵**은 일시적인 것에 지나지 않았을까.

고조는 겐지가 무슨 말을 하려는 것인지 잘 안다. 아버지가 전지에서 경험한 것을 말하려 하지 않은 것이 심리적인 저항 때문이었다는 것은 그리 상상하기 어렵지 않다. 동포의 죽음 앞에서 느끼는 슬픔도 당연히 있었을 것이고, 그들을 두고 올 수밖에 없는 원통함도 있었을 것이다. 자신을 덮친 사건이 가진 예사롭지 않은 무게에 시달렸을 것이다. 거기에 잠재하는 광기의 조짐은 무의식적으로, 그리고 전적으로 그 땅의 기억을 멀리하게 했을 것이다. 죄의식은 어떨까. 아버지가 최전선에 있지 않았었다는 것은 나카니시의 말을 들어도 확실한 것 같았다. 나카니시 또한 위생병으로서 늘 후방에서 대기하고 있었기에 죽지 않고 돌아올 수 있었다고 자주 말하곤 했다. 물론 전세가 악화되고 부대가 괴멸적인 타격을 받아 전장에서 큰 혼란이 일어났을 때도 과연 그런 통제가 유지됐었는지 의심을 갖게 되는 것은 당연한 일이었다. 그러나 결국은 상상의 영역을 벗어나지 못한다. 적어도 겐지는 그것을 믿지 않는다. 그리고 아버지의 침묵을 피해자로서보다 오히려 가해자로서의 의식에 의한 것이라고 이해한다. —하지만, 전쟁터에서 어떤 개인이 살인을 했느냐 안 했느냐는 사실에 과연 얼마나 의미를 둘 수 있겠는가. 모름지기 병사는 익명의 한 부분이다. 서로 차이가 없고 항상 교환이 가능하다. 전선의 병사는 적병을 공격했고 후방의 병사는 공격을 하지 않았다. 그때 양자 사이에 존재하는 것은 단순한 우연에 지나지 않는다. 죄에 차이는 없다. 그리고 전선 병사가 죽고, 후방 병사가 죽지 않았다는 것 또한 단순한 우연이다. 아버지는 줄곧 귀향 후 자신의 삶을 '여생'이라고 말해왔다. 그 뜻은 죽을 수 있는 가능성 속에 있으면서도 죽지 않고 돌아왔다는 요행으로서의 '삶'은 아닐 것이다. 아버지는 분명 버마의 정글에서 죽었다. 동포들이 자신들의 죽은 살덩이를 짐승한테 던져주고 화초에 제공했듯이. 그렇다면, 어째서 그 침묵이 단지 일시적인 것일 수 있을까. 그것은 바로 죽음 그 자체가 개시한 절대적인 침묵이 아니었을까.

아버지의 지옥이 그렇게도 빈번하게 격렬히 발현되면서도 끝내 표현할 말은 몰랐다는 사실. 그 생각은 지금 고조에게 돌발적으로 그날 밤을 떠올리게 한다. 그것은 최후의, 그리고 가장 뚜렷한 지옥의 발현이었다. 그것 또한 말이 없었다. 단지 다른 점은 거기에 하나의 입맞춤이 끼어들었다는 것이었다. 이제 막 완전한 것이 되려는 침묵에 대한, 그 자신의 비통할 정도로 격렬한 애정으로서의 입맞춤. 언어가 도저히 닿을 수 없었던 그 장소로의. ……

그리고 죽음은 이미 환갑을 지난 고조의 시야에도 그 그림자를 어른거리기 시작했다. 아직 한참 먼 훗날 같지만, 아마 어느 날 갑자기 그것이 자기 곁에 다가와 대기하고 있는 것을 발견하게 될 것이다. 혹은 그것조차 알아차리지 못한 채 받아들이게 될지도 모른다.

마당 가장 깊숙한 곳에서 끝없이 꽃잎을 흩날리는 벚꽃을 바라보면서 고조는, 그 반복적인 삶이 극복해가는 한 가닥 시간의 흐름을 생각해보았다. 이 땅에 분명히 깊이 뚫려 있는 **구멍**. 거기를 꾸준히 채워온 것은 언제나 새로이 이어받을 시간에 제일 먼저 태어난 자들이었다. 장남으로서, 아버지는 여기서 죽었다. 낯선 열대지방 이국땅에 병사의 몸으로 가서, 그 밀림 속에서 이 땅의 말을 쓰고, 그 시체와 함께 돌아와 어쨌든 여기서 죽었다. 그리고 그 빈자리에는 이렇게 내가 몸을 담그고 있다. 더이상 여기서 평생을 마칠 사람은 없다. 이윽고 대지의 장력(張力)은 그리하여 마지막 증발을 끝내고 텅 빈 **구멍**을 천천히 평평하게 만들어갈 것이다. 그리고 **침묵**은 하나의 거대한 **침묵**으로 회수되어 영원히 그 행방을 감추게 될 것이다. ……

다음날은 아침부터 계속 비가 왔다.

오후가 되자 고조는 어제와 같이 툇마루에 나왔지만, 의자에는 앉지 않고 선 채로 마당 풍경에 눈길을 주었다.

벚꽃은 오늘 비로 다 떨어질 것이다. 비를 맞은 꽃잎이 빗방울을 업은 채 무겁게 떨어지는 모습이 안타까웠다.

어제 저녁에는 료코가 마당으로 내려가서 화분에 물을 주었다. 그 전날에는 간단하게 쓰레질만 했는데, 그것만으로도 마당의 모습이 한층 부드러워져 여자 손이 간 것이 느껴졌다. 그는 그것을 신기한 마음으로 바라보았다.

—오늘은 아버지 방을 정리해야지.

고조는 드디어 차일피일 미루어온 그 일에 착수하기로 마음먹었다.

어제 그렇게나 많은 말을 소비하며 그 속을 채우려고 한 침묵. 그 침묵이야말로 언어 속에서 울리는 것을 기대하고 있었을지 모른다. 그러나 하룻밤 지나고 나니 모든 것이 실로 쓸데없는 짓처럼 느껴져서 기분이 그리 좋진 않았다.

지금 아버지 방에 남겨진 것들은 모조리 소유자를 잃고 말 그대로 침묵에 빠져 있다. 그것이 방금 시작된 거라면, 그 물건들은 아직 잔향을 머금고 있을지도 모른다.

고사쿠의 방은 고조 부부가 쓰는 방의 맞은편에 있다. 원래는 후사에와 둘이서 쓰던 방이었는데, 아내가 입원하고 나서부터는 자연히 고사쿠의 독방이 되었다.

밤샘 날 몇 번이나 드나들어 영정에 쓸 사진을 찾아낸 후로 닷새 만에 그 문을 열고 안으로 발을 들여놓은 고조는, 낡은 방바닥에서 뭔가 고약한 냄새가 나는 것을 느꼈다. 그가 즉시 부패를 떠올린 것은, 이 시체가 된 생활을 잠시 외면하고 방치해놓은 꺼림칙함을 스스로 잘 알고 있기 때문이었다.

안으로 들어가서 방 가운데 매달린 끈을 당겨 불을 켜자 곧 이변을 알아차렸다. 아버지가 무언가를 쓸 때 늘 사용했던 책상 위가 어딘지 모르게 흐트러져 있었다. 방 한구석에는 개어 쌓아놓았던 속옷이 몇 장 널브러져 있고 노란 얼룩이 눈에 띄었다. 냄새는 거기에서 나는 것 같았다. 고조는 곧 사태를 파악했다. 주위를 둘러보니 뒤뜰로 난 창문은 커튼이 쳐져 있었다. 다가가서 확인해보니 창문도 고리가 잠겨 있었다. 등뒤를 돌아보다 문득 장롱 위로 눈을 돌린 고조는 "아, ……" 하고 소리를 질렀다. 지붕 밑으로 통하는 천장 뚜껑이 비스듬히 어긋나, 꼭 고양이 한 마리가 지나다닐 수 있을 정도의 공간이 나 있었다. 아마 거기로 드나들었던 모양이다.

방 안을 더욱 자세히 살펴보니 방바닥 위에 흙이 남아 있었다. 똥이 있으면 어쩌나 하고 눈을 크게 뜨고 살펴보았지만 다행히 없는 것 같았다. 혹시 주인이 있는 고양이일지도 모른다는 생각이 들었다. 아니면 전에 그랬던지. 옥내에서 똥을 누지 않는다는 것은 그렇게 길들여졌기 때문이 아닐까.

고조는 오줌이 스며든 속옷 더미를 손으로 들춰보다가, 빨면 깨끗이 빠지려나 하는 엉뚱한 생각을 해보았다. 그러다 곧 그 무의미함을 깨닫고 거실로 쓰레기 봉지를 가지러 갔다.

료코는 남편을 찾고 있었는지 "여보, 이것 보세요!" 하며 비닐 봉지에 들어 있는 타월을 내밀었다.

"고양이에요. 아직도 집 안에 있어요."

아마 어제 빨아서 개어놓은 것에도 오줌을 누고 간 모양이다.

"아, ……실은 아버지 방에도 들어갔던 모양이야. 거기서도 속옷을 더럽히고 갔소."

고조가 그렇게 말하자 료코는 약간 지나칠 정도로 "어머! 정말이에요?" 하고 소리를 지르고는 진지한 표정으로 고개를 갸웃거렸다. "어디로 들어왔을까요?"

"아무래도 천장으로 들어온 모양이오. ……그렇지만 거기는 문을 잠가놓았으니까, 여기로는 아마 또다른 곳에서 들어와 드나들고 있었겠지."

"그래요? ……아직도 안에 있을까요?"

"모르지. 다시 한번 집 안을 싹 살펴봐야겠소."

고조는 료코한테서 비닐봉지를 받아들고 다시 아버지 방으로 가서 오줌으로 더러워진 속옷을 하나하나 확인하며 봉지 속에 넣었다. 맨 위에 있던 것은 겉은 말랐지만 겹쳐진 뒷면이 아직도 꽤 축축해서 그만큼 무겁고 냄새도 심했다. 그 다음 것부터 점점 가벼워지고 맨 밑에 있는 것은 노란 얼룩만 남아 있었지만 습기는 오히려 심했다. 그것을 보았을 때도 고조는 또다시 쓸데없이 빨면 얼룩이 빠질까란 생각을 했다.

방바닥 위에는 속옷에서 스며난 오줌이 손바닥만한 얼룩을 만들어놓고 있었다. 바닥 역시 어느 정도 습기를 띠고 있었고, 냄새는 발효한 것처럼 더욱 지독했다. 처음엔 걸레로 닦아볼까 했지만 아무래도 바닥을 새로 갈아야겠다 싶었다.

비닐봉지 입을 가볍게 묶었다. 눌러서 안의 공기를 빼내자 구역질이 날 정도로 심한 악취가 코를 찔렀다. 방 한구석에 놓고 커튼을 열자, 료코가 눈치 빠르게 물걸레를 가져왔다. 그리고 방바닥을 슬쩍 보고는 "어머, 여기네요" 하며 눈을 크게 떴다.

고조는 그 말에 대답하지 않고, 곧장 거실로 나가 손을 씻고 의자를 하나 가지고 와서는, 무릎을 꿇고 방바닥을 닦는 아내 뒤에 놓고 그 위에 올라섰다. 그리고 장롱 위로 난 천장의 구멍을 들여다보았다.

"조심하세요." 밑에서 료코가 걱정스럽게 말했다. 그러고는 "잡고 있을까요?" 하고 몸을 일으켰다.

"괜찮아."

고조는 그렇게 말하고 일단 의자에서 내려와, 다시 회중전등을 가지고 올라가 안을 비추면서 자세히 들여다보았다. 천장 안을 보는 것은 처음이었다. 그러고 보니 전에 전기 배선공사를 했을 때도 단골 전파상 사람이 회중전등을 가지고 이 위로 기어올라간 일이 있었다. 그때는 상태가 상당히 심할 줄 알고 조금 미안하게 생각했었는데, 천장 안에 들어갔다가 나온 전파상 사람은 "이런 게 있던데요" 하며 공을 세운 듯 자랑스러운 표정으로 너덜너덜해진 구렁이 허물을 손에 들고 있었다. 그가 돌아간 후 방바닥이 먼지투성이가 됐다고 어머니가 매우 화를 냈던 것이 기억난다. 유복한 집안에서 자란 어머니는 단골 쌀집이나 전파상 사람 등을 얕보는 악습을 버리지 못했다. 평소 업신여기던 사람에게 집안의 치부를 보여준 것 같아 굴욕을 느꼈는지도 모른다.

고조가 보니 과연 지은 지 오래된 것에 비해 목재 상태는 나쁘지 않았지만, 벽 구석에는 몇 개의 거미줄과 알이 있었고, 밑바닥에는 쥐나 바퀴벌레의 똥이 보였고, 한복판에는 소름이 끼칠 정도로 큰 지네 시체가 하나 있었다. 아마 집의 어느 지붕 밑을 보아도 크게 다를 바 없겠지만, 그것이 부모가 쓰던 방 바로 위라는 것이 그를 다소 동요시켰다. 뒤뜰에 접해 있는 곳이라 그렇지만 작은 동물이나 벌레들이 벽을 따라 기어올라오기 쉬울지도 모른다. 걱정하던 고양이 똥 같은 건 없었지만 군데군데 먼지가 쓸린 자국을 보아 여기를 통해 드나들고 있었던 것은 틀림없는 것 같았다.

정확히 어디로 들어왔는지는 알 수 없지만, 밑에서보다 빗소리가 가까이 들리는 걸 보아 어디 구멍이 뚫린 거라는 짐작은 갔다. 한번 사람을 시켜서 둘러보게 해야 할 것 같았다.

뚜껑을 덮고 밑을 보니 료코가 걱정이 되는 듯 의자 다리를 잡고 이쪽을 쳐다보고 있었다. 그리고 아래로 내려온 그에게 "먼지 묻었어요"라며 손을 뻗어 머리를 털어주었다.

"고맙소" 하고 고조는 크게 한 번 심호흡을 했다. 아마 무의식적으로 숨을 멈추고 있었던 모양이다. 심장이 쿵쿵거릴 정도는 아니었지만 박동이 약간 빨라지는 게 느껴졌다.

"여기는 뚜껑을 덮어놨으니 괜찮겠지만, 다시 한번 집 안을 둘러보고 오겠소."

그렇게 말하고는 잊고 있던 회중전등의 스위치를 끄고 혼자 방에서 나갔다.

집 안을 다시 둘러보고 여태 살펴보지 않은 이층에 있는 방까지 하나씩 확인했지만 고양이의 모습은 찾을 수 없었다. 경사가 급해서 계단까지 오르진 못할 거라 생각했던 그대로였다. 흔적이라도 남기지 않았을까 싶어 찾아보았지만 그럴듯한 것은 없었다. 게이코가 자고 간 이불만이 그대로 남아 있을 뿐이었다. 어째서, 왜 찾아내지 못하는 걸까?

고조는 자신이 왠지 침착성을 잃은 것 같은 느낌에 애가 탔다.

만일 장례식 날 밤에 겐지와 둘이서 둘러보았을 때 아버지 방도 살펴보았더라면 거기서 찾아낼 수 있었을지도 모른다. 그렇다면 이렇게 집 안이 엉망이 되지도 않았을 것이다. 혹은 그때야말로 지붕 밑에 있었던 걸까?

아버지 속옷에 스며든 고양이 오줌의 구역질나는 악취가 고조의 콧속에서 자꾸만 되살아났다. 어제까지는 그까짓 고양이 한 마리, 하며 별로 마음에 두지도 않았던 것이 갑자기 그를 괴롭히기 시작한 이유는 분명히 그 배설물 때문이었다. 그 불결함은 그에게 한 마리 짐승이 가진 모든 불쾌한 특질을 상상하게 만들어, 그것이 지금도 털에 덮인 뜨뜻미지근한 살을 걸치고 이 집 안을 마음대로 드나들고 있다는 것에 심한 혐오감을 느끼게 했다. 그리고 또다시 그를 그날 밤으로 되돌리려 하고 있었다. 그가 찾아내려고 했던, 가장 절실한 의미의 밑바닥에서 맹렬히 일어서는 부정(不淨). 사실 그는 그 입맞춤에 대해 결단코 누구에게도 말할 수 없으리란 것을 예감하고 있었다. 침묵이란 완벽하게 청정한 무음(無音) 속에 반드시 하나의 이상한 오예(汚穢)를, 지옥을 내포하는 것이 아니었을까. ……

저녁 식사 때는 둘 다 되도록 고양이 이야기는 꺼내지 않으려고 했다. 그것이 그 남겨진 오줌의 기억을 끄집어낼 것은 뻔했다.

대신 둘은 또 그 얘기인가 하면서도 따로 할 얘깃거리도 없어서, 아버지 사망 후의 분주함을 위로하듯 돌이켜보았다.

"내일이 진짜 칠일재네요."

료코가 다소 진지한 어조로 말했다.

"……그렇군."

"사십구재 때까지는 안정되지 않겠지만, 어쩐지 일단락된 느낌이 들어요."

"옳은 해석인지 아닌지는 모르겠지만, 이칠일재, 삼칠일재, ……하는 건 칠일재의 반복이나 마찬가지지. 정말 일단락된 느낌이 드는군."

"역시 그런 경우에도 일주일이라는 게 하나의 단위가 되는 거네요."

"그래, ……그런 것 같구먼."

"그건 어느 나라 종교에서도 마찬가지인가요?"

"글쎄, 어떨까. ……"

밥그릇을 왼손에 든 채, 고조는 조금 생각하는 양 고개를 갸우뚱했다.

그 다음날 고조가 잠에서 깨보니 옆 이불에 료코의 모습이 없었다. 바깥은 조금씩 밝아지기 시작했는데, 시계를 보니 아직 여섯시 전이었다.

처음에는 화장실에 갔겠지 하고 생각했다. 요즘에는 아내도 잠이 없어서 아침 일찍 일어나기 때문에 반드시 자신이 먼저 이부자리에서 나온다고는 할 수 없었지만, 이불의 흐트러진 상태가 잠깐 자리를 비운 듯한 모습이라서 곧 돌아올 거라고 생각했다.

멍하니, 그래도 마음에 걸려하면서 기다리던 중에 복도 쪽에서 갑자기 사람이 쓰러지는 듯한 큰 소리가 났다. 고조는 이불을 박차고 일어나서 급히 침실을 나왔다. 나와보니 통용구로 통하는 복도가 고타쓰*의 덮개판으로 막혀 있었다.

고조는 무슨 일인가 싶어 수상쩍은 기분이 들었다. 그것을 손

---

* 일본 특유의 난방기구. 탁자 밑에 전열 내지는 적외선 장치를 설치하고 위에다 이불을 덮어씌운 형태.

으로 밀어내고 앞으로 나갔더니, 마침 료코가 부엌에서 고타쓰의 야구라* 부분을 들고 복도로 나오고 있었다.

"뭐 하는 거요?"

고조가 묻자 료코는 순간적으로 "쉿!" 하며 목소리를 죽이도록 재촉하고, 그것을 현관으로 통하는 복도에 세워 바리케이드처럼 길을 막았다. 그리고 숨을 크게 쉬고 땀을 닦으면서 돌아오더니 낮은 목소리로 속삭였다.

"있었단 말이에요!"

"뭐가?"

그렇게 묻는 순간 고조 스스로도 알아차렸지만, 료코가 먼저 "고양이 말이에요!"라고 대답했다.

새벽에 료코는 갑자기 화장실에 가고 싶어져서 눈을 떴다. 그리고 남편이 깨지 않도록 몰래 방을 빠져 나왔는데, 그 순간 뭔가 획 하고 발밑을 빠져나가는 걸 느꼈다. 자기도 모르게 소리를 지르고—그 소리에 고조가 깨지 않은 것은 좀 의아스러웠다—앞을 보니, 고양이가 툇마루 쪽을 향해 달아나는 것이 보였다. 쫓아가서 잡을 생각도 했지만 도저히 그 민첩함을 당해낼 수 있을 것 같지가 않았다. 잘못하다 또 이상한 데에 숨어버리면 큰일이다. 그래서 우선 도망갈 수 있는 길을 모조리 막아놓고, 그 다음에 문을 열

─────────────
* 고타쓰에서 탁자 위에 놓고 이불을 씌우는 틀.

이 빗자루 같은 걸로 위협하여 쫓아낼 생각이었다. 그런데 복도를 가구로 막으려다 그만 고타쓰의 야구라를 쓰러뜨리고 말았다. 그 때 마침 고조가 일어나 나왔다는 이야기인 것 같았다.

고조는 아내의 착상과, 힘들게 나른 고타쓰며 의자 등을 보고 쓴웃음이 나왔지만, 이렇게 해놓고 각 방의 맹장지만 제대로 닫아놓으면 고양이가 드나들 수 있는 데는 통용구에서 툇마루까지의 도망칠 수도 숨을 수도 없는 공간밖에 없는 것이 사실이었다. 만약 지금 이 통용구 주변에 없다면 고양이는 틀림없이 툇마루의 막다른 공간에서 꼼짝 못하고 있을 것이었다.

고조는 "알겠소" 하며 고개를 끄덕이고는, 우선 통용구 문을 활짝 열어놓고 료코가 계단 옆에 준비해둔 빗자루를 손에 든 채 숨을 죽이면서 툇마루 쪽으로 걸어갔다. 다행히 방의 맹장지와 응접실 문은 계속 닫아놓았기 때문에 고양이가 그쪽으로 도망쳤을 가능성은 없다. 과연 독 안에 든 고양이 꼴이었다.

어쩌면 궁지에 몰려 약간 흥분하고 있을지도 모르겠다고 생각했다. 그러나 정작 그를 사로잡은 것은 그런 경계심이 아니라 어제 본 오줌에 대한 기억이었다. 발걸음을 옮길 때마다 복도의 판자가 삐걱거렸다. 도대체 어떻게 생긴 고양일까?

가까이 접근해가는 고조의 뒤에서 료코가 몇 번이나 "있어요? 있어요?" 하고 말을 걸었다. 제단이 있는 방을 오른쪽으로 돌아 마침내 툇마루로 나왔는데, 예상과는 달리 이번에도 고양이의 모습은 없었다.

고조가 "없소" 하면서 뒤를 돌아보니, 료코는 그 말에 고개를 크게 가로저으면서 "그럴 리가. 분명히 있을 거예요. 그쪽으로 달아났다니까요"라고 말했다.

고조는 어쨌든 마당을 향한 유리문을 열고 고양이가 언제든지 나갈 수 있도록 해놓았다. 그리고 혹시 놀라서 나오지 않을까 하여 복도 바닥을 발로 두서너 번 쿵쿵 굴러 위협해보았지만 전혀 기척이 없었다.

료코는 그럴 리가 없다며 막무가내였다. 결국 방을 구석구석 둘러보고 다닌 후에야, "이상하네요. ……" 하며 납득할 수 없다는 듯 고개를 갸우뚱거렸다. 고조는 이번에도 또 소란만 피우고 만 것을 생각하니 심사가 뒤틀렸지만, 아내가 좀 안됐다 싶어 같이 찾는 시늉이라도 보여주려고 어젯밤부터 걷힌 채로 묶여 있던 커튼을 빗자루 끝으로 무심코 걷어올렸다. 그때, 밑으로 뭔가 털뭉치 같은 것이 보였다. 고조는 순간 동작을 멈추었다. 그러고 나서 신중하게 다시 한번 천천히 커튼을 풀었다.

료코도 이미 그쪽으로 눈을 돌리고, "……있어요. ……"라고 속삭이듯 작은 목소리로 말했다.

잡종처럼 얼룩이 있는 커다란 고양이가 동그랗게 웅크리고 앉아, 꼼짝도 않고 가만히 이쪽을 쳐다보고 있었다. 고조는 커튼을 빗자루로 받친 채 입을 꾹 다물고 그 반짝이는 두 눈을 뚫어지게 바라보았다. 침묵이 그를 도망치지 못하게 붙잡고는 더 무겁게 깊숙이 가라앉히려고 했다. 다음 찰나, 고양이의 입가가 조금, 일순 일그러진 그때, 고조는 큰마음을 먹고 있는 힘을 다 내어 "이야아앗!" 하고 소리를 질렀다.

그 소리에 놀란 고양이는 순식간에 맹렬한 기세로 도망치기 시작했다. 마룻바닥에 발이 미끄러지면서 고조의 다리 밑을 빠져나가 쏜살같이 마당으로 달려나가더니, 눈 깜짝할 새에 멀리 달아나 벚나무 쪽 담을 뛰어넘어 모습을 감추어버렸다.

고조는 숨을 몰아쉬면서 그 행방을 눈으로 좇았다. 그리고 잠시 후 커튼을 누르고 있던 빗자루 끝을 마룻바닥에 툭 떨어뜨렸다.

등뒤에서 료코가 "아휴, 깜짝 놀랐어요, ……아아, ……" 하고 가슴을 쓸어내리면서 어처구니없다는 듯이 말했다. "……아무리 그래도 그렇게 큰 소리를 낼 것까지야 없지 않아요? ……"

고조는 흥분을 가라앉히려고 목 주위를 강하게 손으로 누른 다음에야 뒤를 돌아보고 어색하게 한마디 했다.

"……또 오면 곤란하잖소. ……"

"그야 그렇지만, 그렇다고……"

료코는 그렇게 말하려다가 남편의 표정이 뭔가 예사롭지 않음을 알아차리고, 그냥 입을 다문 채 의심스런 눈으로 그를 쳐다보았다.

고조는 툇마루에 서서 마당 한가운데 남겨진 한 줄의 고양이

발자국을 바라보았다. 정확하게 같은 간격으로 흙을 차낸 그 파선(破線)은 도중에 정원석 있는 데서 끊어졌다가 곧바로 담 밑까지 뻗어 있었다.

벚나무에는 아직, 볼 만한 꽃들이 조금 남아 있었다.

고조는 어느새 훤하게 밝은 마당 경치를 잠시 묵묵히 구경하고 있었다. 그리고 료코가 아직 곁에 있는지 확인도 하지 않은 채,

"……다케코 고모한테 고양이가 있었다고 말씀드려야겠군.……" 하고 중얼거렸다.

볼거리

남자는 도쿄에 본사를 둔 유명 식품회사의 부동산 영업부에서 일하는 젊은 사원이다. 간사이(關西) 일원의 택지 재개발 사업을 담당하기 때문에 자주 신칸센을 타고 도쿄와 오사카를 오가고 있다. 독신이지만, 요즘 만나는 여자에게 아이가 생겨서 이를 계기로 결혼할 생각이다.

그제부터 오사카에 와 있다가, 오늘은 본사에 돌아가서 보고를 할 예정이다. 출근은 오후에 해도 되겠지만 아마 늦게까지 잔업을 해야 할 것이다.

출장은 처음에는 좀 설렜지만 요즘은 피곤하기만 하고 아무 재미도 없다. 어제는 오사카 지사에서 일하는 동료의 권유로 오랜만에 기타신치(北新地)에 나갔는데, 1차 술자리에서 벌써 잠이

와서 2차는 거설하고 바로 우메다(梅田) 역 근처에 있는 호텔에 돌아왔다. 목욕도 안 하고 유카타*로 갈아입고는, 꽤 늦게까지 멍하니 텔레비전을 보다가, 도중에 두 번 정도 잠이 깨긴 했지만 어찌어찌 아침까지 간신히 잠든 것이었다.

남자는 부스스한 머리털을 누르며 어둠 속을 걸어가 커튼을 열어젖혔다. 유카타를 입고 자면 언제나 그렇듯 오늘 아침 역시 느슨해진 허리띠만이 그대로 남아 있고 나머지는 마구 흐트러진 상태였다. 두꺼운 천으로 된 커튼에 가려, 어두컴컴한 방 안에 비해 바깥이 너무 밝아 좀 당황했다. 날씨는 좋았다. 눈을 가늘게 뜨면서 빌딩 아래쪽을 내려다보자 양복을 입은 샐러리맨들이 처마 밑의 흰개미처럼 움직이는 모습이 보였다. 잠시 자신의 콧김 소리를 들으면서 그것을 내려다보고 있던 남자는 문득, 인기척 같은 것을 느끼며 고개를 들었다.

맞은편 건물은 여러 회사가 입주해 있는 고층 빌딩이다. 그중 한 창문에 정면을 향해 서 있는 사람이 있다. 급탕실인지 휴게실인지 하여튼 그런 분위기로, 많은 사람이 드나드는 곳은 아닌 듯했다. 멀어서 얼굴까지는 확실히 보이지 않는다. 하얀 와이셔츠에다 누런색 넥타이를 맸으니 남자일 것이고, 체형으로 헤아려보건대 나이는 많아 보이지 않았다. 그 남자가 아무래도 계속 이쪽

---

* 목욕 후에 입는 가벼운 겉옷.

을 보고 있는 기분이 드는 것이다.

처음에는 착각이겠거니 생각했다. 그렇더라도 너무 오랫동안 꼼짝도 안 하고 창문에 달라붙어 있는지라, 남자는 이윽고 확신을 얻어 유카타를 제대로 고쳐 입으면서 노골적으로 상대를 마주보았다.

저자는 틀림없이 매일 저기서 이 호텔 방을 훔쳐보고 있는 것일 게다. 뭔가, 그래, 볼거리라도 기대하면서 말이다. ……한심한 놈이다, 정말. ……아마 몇 번 재미있는 거라도 보았겠지. 그러다 어느샌가 그것이 지극히 지루한 나날의 유일한 낙이 되었다, 뭐 이런 얘기겠지. 놀고 있네. 내가 이런 모습으로 나왔으니 여자라도 있는 줄 아는 모양이다. 그래서 기다리다보면 여자도 이렇게 흐트러진 모습으로 나타나리라 기대하고 있는 거다. ……바보 같은 녀석. ……

남자는 코웃음을 치면서 이왕이면 앞을 드러내고 아예 팬티까지 벗어줄까 생각했다. 그렇게 하면 저 얼빠진 놈이 생각지도 않았던 볼거리에 완전히 흥분해서, 아마 어쩌다 눈에 들어온 맞은편 호텔 방에 머리가 돈 노출광이 있었다는 둥의 얘기를 동료들에게 퍼뜨리면서 돌아다닐 것이다. 그리하여 저자의 오늘 하루는, 흥분할 만한 일은 아무것도 일어나지 않았던 평범한 어제와도, 그 어제의 어제와도 다른 특별한 날이 될 것이다.

그런 생각을 한참 하고 있던 중이었다. 남자의 시선이 닿은 곳에서 뜻밖의 일이 일어났다. 맞은편 빌딩에 있는 남자가 이쪽을 향해 천천히 손을 흔들기 시작한 것이다. 아는 사람일까? 순간 그런 의심이 들었지만 곧 부정했다. 설마, 그럴 리가 없다. 얼굴은 똑똑히 알 수 없지만 입장을 바꿔 말하자면 그건 저쪽도 마찬가지일 테니까, 누군지 알고 손을 흔드는 것은 아닐 것이다. 그럼에도 불구하고 그 동작에는 분명히 느낄 수 있는 친근감이 담겨 있다!

남자는 갑자기 모욕을 당한 것 같은 불쾌감이 들어 냉담하게 무시하고는 커튼을 치고 머리를 득득 긁으면서 욕실로 향했다. 유카타를 아무렇게나 내던지고 소변을 본 다음에 욕조에 들어가 머리 위로 뜨거운 물을 끼얹었다.

……도대체 저놈은 뭐 하는 놈이야? 갑자기 친근한 척 손을 흔들어대다니. 내가 저놈과 같은 부류의 인간으로 여겨지나?…… 하지만 이제 저놈은 오늘 하루 종일 남에게 말도 못 하는 창피한 환멸에 시달리면서 지내게 될 거다. 꼴좋다. 흥! 고소하다. 누가 그런 흉한 유혹에 넘어갈 줄 아느냐? 생각만 해도 징그럽다.

……그건 그렇고, 참 한심한 놈이다. 저놈은 틀림없이 앞으로도 계속 그 창가에 서서 이곳을 훔쳐볼 것이다. 여전히 어리석은 기대감을 안은 채. 그러다가 때로는 아까 한 것처럼 손을 흔들어 보일 거야. 바보 같으니. 그것이 저자의 인생이겠지. 평생 그렇게 단조롭고, 지루하고, 아무 자극도 없는 생활 속에서 끊임없이 소소한 볼거리를 기대하면서, 운이 좋게 원하던 것을 보게 되었을

때는 길에서 뼈다귀라도 주운 들개처럼 그것으로 며칠 혹은 몇 주일간 재미있게 지내겠지. 그러다가 결국 별탈없이 살다가 늙은이가 되어 죽을 테지. 정말로 보잘것없는, 시시한 인생. 있거나 말거나 상관없는, 어디에나 있는 개미들의 일생과 전혀 다를 바 없는 인생이다. 딱하기도 하지. ……

욕실에서 나와서 타월을 허리에 두른 채 다시 커튼을 걷어봤더니, 맞은편 빌딩에 남자의 모습은 이미 사라지고 없었다. 그자는 얼마나 실망스러운 기분으로 손을 밑으로 내렸을까? 그것을 상상하니 누가 뱃속을 간질이는 것처럼 웃음이 터져나왔다. 남자는 "아아" 하고 실로 어리석다는 양 짧은 탄식을 내뱉고 나서, 텔레비전을 켜 사극 드라마 재방송을 보면서 돌아갈 채비를 하기 시작했다.

도쿄로 돌아가는 신칸센 안에서 남자는 몇 번이나 오늘 아침 호텔에서 있었던 일을 생각해보았다. 그러다 결국 참지 못하고 회사 서류는 옆에 밀쳐둔 채 핸드폰으로 애인과 친구들에게 마구 메시지를 보내댔다. 그러다가 싫증이 나면 낮잠을 잤고, 가끔 깨면 몇 통 들어와 있는 메시지에 웃음을 참으면서 엄지손가락으로 답장을 썼다. 그런 일을 되풀이하다보니 일도 별로 못 했는데 어느덧 종점인 도쿄에 도착해버렸다.

일단 집으로 돌아갔다가 바로 회사에 나가 상사에게 보고를 마치고 쌓인 일에 착수했다. 어느 정도 진척된 상태에서 일을 접고,

같이 잔업을 하던 동료와 함께 역 앞에 있는 술집으로 식사를 겸
해 한잔하러 갔다.

맥주를 마시고 요리를 몇 가지 주문한 후, 남자는 삶은 풋콩을
까 먹으면서 취기가 돌기도 전에 그 애기를 꺼냈다. 그날은 일하
다가도 그 일이 자꾸만 머리에 떠올라 통 집중할 수 없었다. 몹시
피곤했지만, 누군가에게 애기하고 싶어 죽을 지경이던 것이 드디
어 애기를 들어줄 상대를 찾아내 지금은 아주 들떠 있었다.

남자는 가능한 한 재미있게, 다소 과장도 섞어가면서 일의 전말
을 애기했다. 목이 촉촉해지고 순식간에 위가 부풀었다. 주말이라
술집은 손님들로 가득 차고, 활기 찬 점원의 목소리가 통로와 주방
을 오가고 있다. 그놈은 틀림없이 매일같이 그런 짓을 하고 있을
거다. 그리고 앞으로도 영원히 계속할 거다. 그것이 그놈의 자그마
한 낙일 거다. 응, 동정할 가치도 없는 인생이 아니냐. ……

동료도 같이 맥주를 마시면서 이따금 맞장구도 쳐주며 애기에
귀를 기울였다. 그리고 남자가 이제 충분하다 싶을 만큼 말을 하
고 나자, 담배를 한 대 피우고 짧게 감상을 말했다. 마침 점원이
마지막으로 주문한 요리를 가져왔을 때였다.

"뭐, 그거 꽤 괜찮은 볼거리였겠군."

간힌 소년

두터운 구름에 덮인 일몰 직전의 어두운 거리를 정신없이 계속 달리고 있었다.

나는 혼자였다. 그리고, 나는 헐떡이고 있었다. 교복은 몹시 더러워져서 아무래도 이대로는 집에 돌아가지 못할 것 같다. 몸은 흠뻑 젖어 차가웠지만, 목덜미에는 땀에 젖은 미지근한 온기가 불쾌하게 달라붙어 있다.

장마가 끝날 무렵이지만, 한여름의 소나기같이 세찬 비가 가차없이 나를 때린다. 몇 번이나 얼굴을 훔치고 머리카락을 쓸어올렸다. 나는 마치 발바닥 깊숙이 가시가 박힌 짐승처럼 슬프고 살기를 띠고 있었다. 심장이 송곳니를 드러내고 가슴을 파먹고 있다. 도저히 감당할 수 없을 만큼의 초조와 불안. 절망적인 흥분에 가열되어 나는 금방이라도 무너져내릴 것만 같았다.

놈들의 얼굴이 피처럼 얼룩져 머리에서 떠나지 않는다……

나에게는 더이상 도망칠 곳이 없다. 나는 궁지에 몰렸다. 아아, 이 비가 내 기억을 남김없이 씻어주었으면.

나를 피를 토할 때까지 계속 발로 차고, 교과서와 노트를 물 속에 던져버린 그 강변을 지나간다. 놈들에게 줄 돈을 만들기 위해 만화책을 훔쳐다 팔러 간 헌책방 앞을 지나간다. 방과후 히죽거리는 얼굴로 기다리던 놈들의 그림자가, 나란히 서 있던 고가도로 밑의 어둠 속을 지나간다.

비는 전혀 멎을 기색이 없다.

나는 물을 흠뻑 먹어 무거워진 운동화를 쇠고랑처럼 질질 끌면서 달렸다. 인간들의 그림자가 내 곁에서 흐려진다. 거리는 물에 젖은 수채화처럼 번져서 그 형태를 무너뜨리고 있다.

나를 항상 가장 심하게 후려갈겼던 그놈은 오락실 앞에서 제 패거리들에 둘러싸여 얼빠진 얼굴로 입을 뻐끔거리고 있었다.

나는 걸음을 멈추고 멀리서 그 모습을 바라보았다. 토할 것 같았다. 현실의 반응이 불확실해진 것을 느낀다. 피의 흐름이 혼란해져 몸의 도처에서 미아가 되어버린 듯하다.

오토바이 한 대가 물을 튀기면서 바로 옆을 추월해갔다.

똘마니 하나가 느닷없이 뒤를 돌아 나를 노려보더니 톤을 높여 흥분한 목소리로 욕설을 퍼부었다.

나는 가능한 한 마음의 동요를 드러내지 않으려고 애썼다. 내 얼굴에서는 아마 아무런 감정의 움직임도 읽어낼 수 없을 것이다.

거친 호흡을 가라앉히려고 깊이 숨을 쉬면서, 오른손을 주머니에 찔러넣었다. 머리가 멍하고 몸은 계속해서 떨렸다. 입술을 꽉 깨물고 목에 걸린 타액 덩어리를 간신히 삼켰다.

놈들의 우산은 돋보기로 확대시켜서 본 자양화처럼 한군데에 모여 있었고, 게다가 병든 것처럼 검었다.

나는 고개를 들었다. 나의 오른손은, 잃어버리면 안 된다고 어머니가 늘 주의를 주는 집 열쇠처럼, 접이식 나이프를 꽉 쥐고 있다.

심장의 고동이 빨라졌다. 다음 찰나, 나의 다리는 세차게 웅덩이를 차며 아스팔트 위에 흙탕물 같은 물방울을 흩뿌렸다.

바로 그때 멀리 하늘에서 한 순간 번개가 치더니 천둥 소리가 낮게 울려퍼지는 것이 들렸다. 그놈은 놀란 듯이 두 눈을 크게 뜨고 무슨 일이 일어났는지 알 수 없다는 표정으로 나를 보았다.

던져진 우산이 나뭇잎처럼 노상에 뒹굴고, 여기저기 비창한 비명 소리가 일었다. 그것은 마치 내가 괴롭힘을 당했을 때 질러댔던 것과 같은 필사적이면서도 무력한 목소리였다.

"그만둬 —!"

나는 공포에 질려 경직된 그놈의 몸을 향해 다짜고짜 돌진했고, 그의 하얀 셔츠는 내 증오의 충격으로 순식간에 새빨갛게 물들었다.

"그만둬 —!"

그것은 마치 내가 괴롭힘을 당했을 때 질러댔던 것과 같은 필사적이면서도 무력한 목소리였다. 던져진 우산이 나뭇잎처럼 노상에 뒹굴고, 여기저기 비창한 비명 소리가 일었다.

그놈은 놀란 듯이 두 눈을 크게 뜨고 무슨 일이 일어났는지 알 수 없다는 표정으로 나를 보았다. 바로 그때 멀리 하늘에서 한 순간 번개가 치더니 천둥 소리가 낮게 울려퍼지는 것이 들렸다.

다음 찰나, 나의 다리는 세차게 웅덩이를 차며 아스팔트 위에 흙탕물 같은 물방울을 흩뿌렸다.

심장의 고동이 빨라졌다.

나의 오른손은, 잃어버리면 안 된다고 어머니가 늘 주의를 주는 집 열쇠처럼, 접이식 나이프를 꽉 쥐고 있다.

나는 고개를 들었다. 놈들의 우산은 돋보기로 확대시켜서 본 자양화처럼 한군데에 모여 있었고, 게다가 병든 것처럼 검었다.

입술을 꽉 깨물고 목에 걸린 타액 덩어리를 간신히 삼켰다. 머리가 멍하고 몸은 계속해서 떨렸다. 거친 호흡을 가라앉히려고 깊이 숨을 쉬면서, 오른손을 주머니에 찔러넣었다.

내 얼굴에서는 아마 아무런 감정의 움직임도 읽어낼 수 없을 것이다.

나는 가능한 한 마음의 동요를 드러내지 않으려고 애썼다.

똘마니 하나가 느닷없이 뒤를 돌아 나를 노려보더니 톤을 높여 흥분한 목소리로 욕설을 퍼부었다.

오토바이 한 대가 물을 튀기면서 바로 옆을 추월해갔다.

피의 흐름이 혼란해져 몸의 도처에서 미아가 되어버린 듯하다. 현실의 반응이 불확실해진 것을 느낀다.

토할 것 같았다.

나는 걸음을 멈추고 멀리서 그 모습을 바라보았다.

나를 항상 가장 심하게 후려갈겼던 그놈은 오락실 앞에서 제 패거리들에 둘러싸여 얼빠진 얼굴로 입을 뻐끔거리고 있었다.

거리는 물에 젖은 수채화처럼 번져서 그 형태를 무너뜨리고 있다. 인간들의 그림자가 내 곁에서 흐려진다. 나는 물을 흠뻑 먹어 무거워진 운동화를 쇠고랑처럼 질질 끌면서 달렸다.

비는 전혀 멎을 기색이 없다.

방과후 히죽거리는 얼굴로 기다리던 놈들의 그림자가, 나란히 서 있던 고가도로 밑의 어둠 속을 지나간다. 놈들에게 줄 돈을 만들기 위해 만화책을 훔쳐다 팔러 간 헌책방 앞을 지나간다. 나를 피를 토할 때까지 계속 발로 차고, 교과서와 노트를 물 속에 던져버린 그 강변을 지나간다.

아아, 이 비가 내 기억을 남김없이 씻어주었으면.

나는 궁지에 몰렸다. 나에게는 더이상 도망칠 곳이 없다. 놈들의 얼굴이 피처럼 얼룩져 머리에서 떠나지 않는다 ……

절망적인 흥분에 가열되어 나는 금방이라도 무너져내릴 것만 같았다. 도저히 감당할 수 없을 만큼의 초조와 불안. 심장이 송곳니를 드러내고 가슴을 파먹고 있다. 나는 마치 발바닥 깊숙이 가시가 박힌 짐승처럼 슬프고 살기를 띠고 있었다. 몇 번이나 얼굴을 훔치고 머리카락을 쓸어올렸다. 장마가 끝날 무렵이지만, 한여름의 소나기같이 세찬 비가 가차없이 나를 때린다. 몸은 흠뻑 젖어 차가웠지만, 목덜미에는 땀에 젖은 미지근한 온기가 불쾌하게 달라붙어 있다.

교복은 몹시 더러워져서 아무래도 이대로는 집에 돌아가지 못할 것 같다.

그리고, 나는 헐떡이고 있었다.

나는 혼자였다.

두터운 구름에 덮인 일몰 직전의 어두운 거리를 정신없이 계속 달리고 있었다.

빈사의 오후와
파도치는 물가의 어린 형제

빈사의 오후

남자는 전부터 이 지역에서 자주 발생하던 날치기 사건의 상습범이었다.

키는 170센티 정도에 마른 체형, 살갗이 희고 머리는 검고 부스스하며, 나이는 26세(목격자 증언에는 이십대 중반이라고 기록되어 있었다), 일본인이었지만 주변 주민들 사이에서는 중국인이 아니냐는 소문이 나 있었다.

남자는 일정한 직업을 가지고 있지 않았다. 일하기 싫은 것은 아니었다. 기회만 있으면 날품팔이로 공사현장에 나가기도 했는데 그것도 운이 좋을 때 얘기고, 어쩌다 편의점이나 음식점 아르바이트 자리에 면접을 보러 가기도 했지만 채용된 적은 없었다. 이유는 가지가지였다. 학생을 구하고 있다는 소리를 들을 때도 있고, 반대로 경험자를 찾고 있다고 거절당한 적도 있다. 나중에 연락해주겠다는 소리를 하고는 다른 사람으로 이미 결정되었다는 구실을 갖다대기도 했다. 그중에는 얼버무리지 않고 사실 그대로를 말해주는 가게 주인도 있었다.

요컨대 남자는 인상이 무척 좋지 않았던 것이다.

어쩔 수 없이 남자는 도둑질을 하게 되었다. 범행 패턴은 대개 늘 비슷했다. 수중에 돈이 떨어지면 우선 심야에 오토바이를 훔치러 나간다. 그러고는 집에 가져와서 얼굴이 비치지 않도록 백미러를 더럽히거나, 좀 오랫동안 탈 생각이라면 번호판에 세공을 가하기도 하여(구부리거나, 'ㆍ'이나 '6'을 '8'로 고쳐 쓰거나 했다), 다음날에는 아침부터 일에 몰두했다.

남자는 도난 차량을 몰고 다니면서 동네 여기저기에서 사냥감을 물색했다. 이른 아침에는 남자한테서 선물받은 백을 한쪽 손에 들고 비틀거리며 걷고 있는 술집 여자, 낮에는 점심을 먹고 지갑을 손에 든 채 직장으로 돌아가는 배부른 여직원, 오후에는 자전거 앞바구니에다 쇼핑백을 던져넣은 주부, 해가 기울기 시작하면 산책하는 노인, 저녁에는 시내에 놀러 가는 여고생. ……남자는 신중하게 표적을 고르고 나면, 알아채지 못하게 뒤를 밟다가, 인기척이 없어졌을 때 단숨에 다가가서 얼른 사냥감을 낚아채고 비명 속을 달려 도망쳤다. 범행의 순간 남자는 맹수처럼 민첩했다. 놀라서 백을 꽉 쥐어봤자 대개는 헛일이었다. 아연히 서 있기만 하는 피해자도 있었다. 무슨 말을 할 틈이 거의 없었다. 어쩌다 욕이나 고함을 질러도 순식간에 작아져가는 범인의 등에까지 닿은 적은 없었다.

위험을 줄이기 위해서 범행은 신속해야 했는데, 수확이 적을 때에는 한꺼번에 두서너 건의 일을 해치우기도 했다. 그리고 채 신고가 되기도 전에 도중에 오토바이를 버리고, 내용물만 꺼내고 백은 강이나 도랑 속에 내던졌다. 그러고는 장갑과 선글라스를 벗고 역 화장실에서 미리 준비해놓은 다른 옷으로 갈아입은 후 조심스럽게 전철이나 버스를 타고 집으로 돌아갔다.

낚아챈 돈은 거의 다 파친코에 쏟아붓고, 당분간은 태평스레 빈둥거리며 살았다. 애초에 남자가 상습적으로 날치기를 하게 된 것은 파친코를 시작했을 때와 마찬가지로 소위 '비기너스 럭'이란 것 때문이었다. 첫번째 범행으로 낚아챈 백 속에 운좋게 삼십만 엔이 들어 있었던 것이다. 그후 그만한 사냥감을 만난 적이 없었고, 어느새 낚아챈 지갑을 열고 혀를 차는 것이 버릇처럼 되어 있었다.

그런 생활을 거의 일 년 가까이 지속해왔다.

그날도 남자는 여느 때와 같이 전날에 훔친 돈을 가지고 파친코 가게에 틀어박혀 있었다. 새 기종이 들어온다고 해서 일부러 개점 전부터 줄을 서서 파친코대를 확보했는데, 웬일인지 영 잘 풀리지가 않아, 결국 오후가 되자 가진 돈을 모조리 써버려 빈털

터리가 되고 말았다. 남자는 일어나서 힘껏 기계를 걷어찼고, 그것을 본 젊은 아르바이트 점원이 주의를 주자 실컷 욕설을 퍼붓고는 가게 뒷문을 통해 밖으로 나갔다. 어제 세운 공은 이것으로 상쇄되고 말았다. 그렇게 생각하니 화가 치밀어 속이 부글부글 끓었다. 냉방이 되는 실내에 장시간 앉아 있던 몸은 완전히 차가워져 있었다. 낡고 구깃구깃한 흰 티셔츠에서 나온 두 팔이 바깥 공기에 닿자 오히려 소름이 돋았다. 그것은 몹시 인공적인 열로, 빌딩 사이로 뿜어져나와 죽은 듯 고여 있는 공기의 더위였다.

집에 돌아가기 전에 어디서 한건 올려볼까? ……사람들의 왕래가 드문 상가 뒷골목에서 타고 온 오토바이를 찾으면서 남자는 문득 그렇게 생각했다. 가게 안의 요란스러운 음악 소리와 파친코 구슬의 금속음으로 아직도 머리는 욱신욱신했다. 간신히 오토바이를 찾아냈는데 누가 그랬는지 쓰러져 있는 바람에 남자는 "제기랄!" 하고 소리를 지르면서 타이어 언저리를 발로 걷어찼다.

짜증이 났다. 오토바이를 일으키고 훔쳤을 때 같이 딸려온 헬멧을 집어들고 시트에 앉아 주머니에서 담배를 꺼내 불을 붙였다. 올 때 한 갑 샀는데도 한 개비밖에 남아 있지 않았다. 경품으로 한 보루를 따낼 생각이었는데 결과는 이꼴이다. 속이 빈 담뱃갑을 구겨 길바닥에 내버리고, 한숨과 함께 길게 연기를 뿜어냈다.

이대로는 도저히 수습이 안 될 것 같았다. 갑자기 여자를 몹시 안고 싶어졌지만, 그럴 상대도 돈도 없다. 차라리 어디서 강간이라도 해볼까. 그것은 결코 충동적인 생각이 아니라, 실행은 안 했지만 여태까지 몇 번이나 남자의 머릿속을 스쳐간 생각이었다. 아무라도 좋아, 이 근처를 걸어가는 젊은 여자 뒤라도 밟아볼까. —그러자 바로 그때, 대각선 위치에 서 있는 잡거빌딩에서 나오는 오십대 정도로 보이는 여자의 모습이 눈에 띄었다. 동반자도 없고, 오른쪽 겨드랑이에는 소중히 백을 껴안고서, 마침 남자에게 등을 보이며 일방통행의 왼쪽 길을 걸어가기 시작했다.

여자가 나온 건물은 질이 나쁜 사채업자가 세들어 있는 곳으로 이 주변에서 소문난 빌딩이었다.

순식간에 남자는 사냥감임을 직감했다. 사전에 아무런 준비도 안 한 상태였지만 눈 뜨고 이 기회를 놓칠 수는 없었다.

당분간 희망을 이어붙인 대신 앞날에 또하나의 새로운 절망이 드리워진 인간답게, 여자의 얼굴에는 일시적인 안도가 난잡하게 퍼져 있었다. 이미 완전히 하얗게 센 귀밑머리가 화장한 흔적조차 없는 창백한 볼에 칠칠치 못하게 달라붙어 있었다. 걱정스럽게 시계를 들여다보니 한시 오분이었다. 한 군데 더, 아니 어쩌면 두 군데가 될지 모르겠다. 시간에 댈 수 있을까? ……

방은 한산했고 안에는 남자가 둘 있었다. 한 사람은 사십대 중반 정도로, 칸막이 안쪽 소파에 큰 대자로 누운 채 자는지 깨어 있는지 알 수 없는 표정으로 멍하니 천장을 쳐다보고 있었다. 머리는 갈색으로 물들였고, 크게 드러낸 앞가슴에는 금색 목걸이가 걸려 있었다. 방으로 안내받아 들어왔을 때 그것이 언뜻 눈에 들어와 그녀는 순간 고개를 숙였다. 그 태도를 보고 얼른 눈치를 챈 이십대의 젊은 남자가 "어서 오세요"라고 재촉하듯 말을 걸어왔다. 어쩌면 아들보다 젊을지도 모른다. 더블 슈트를 입고, 검은 머리에, 뺨은 병적으로 홀쭉한데다가 다박나룻이 그 위를 엷게 덮고 있었다.

여자는 그때, 지금껏 어떤 인간 앞에 나섰을 때보다도 비굴해져 있었다. 한 방에 있는 두 사람이 짐승처럼 느껴졌고, 물론 공포심도 있었지만 그것보다는 경멸감이 훨씬 컸다. 그러나 어떻게든 돈을 빌려가야 했기 때문에, 안 된다고 거절당했을 경우에는 매달려서라도 애걸복걸할 생각이었다. 오후 세시까지 어떻게든 십오만 엔을 마련해야 한다. 그렇지 않으면 회사는 부도가 난다. 오만 엔은 이럭저럭 만들 수 있었다. 그러나 나머지 십만 엔이 문제였다. 그 정도 금액이라면 어떻게 할 수 있을 것 같았지만, 할 수 있는 모든 수단을 동원해서 긁어모은 것은 고작 오만 엔이었다. 나머지 십만 엔. 겨우 만 엔짜리 지폐 열 장. 단지 그것 때문에 이십오 년 넘게 남편과 둘이서 지켜온 공장을 잃게 된단 말인가. 게다가 오늘 이 하루를 넘길 수 없다는 이유만으로. ─그래, 어떻게든 오늘만은 넘겨야 한다. 이틀 전에 남편이 뇌졸중으로 쓰러져 구급차로 실려간 다음부터, 그녀는 간병하는 한편 돈을 마련하기 위해 여기저기 부단히도 돌아다녔다. 남편이 회복되어

퇴원했을 때 회사가 도산했다는 걸 알면 어떻게 될까. 도저히 그런 일은 생각할 수 없었다. 오늘 무리를 해서라도 무사히 넘기기만 하면, 남편이 회복되어 다 해결해줄 거야. 그때까지는 어떻게든 회사를 지켜야 돼. 도산하면 모든 것이 끝장이다. 나중에 후회해봤자 이미 엎지른 물이 될 것이다.

소파에 누운 남자는 가끔 에어컨 리모컨을 눌러가며 풍향과 풍량을 바꿔댔다. 주의를 기울여 조절하느라 실내에는 몇 번이나 삐 — 하는 기계 소리가 울려퍼졌다. 젊은 남자는 그것이 신경에 거슬리는지 소리가 날 때마다 짜증스럽게 얼굴을 찌푸리고 칸막이 쪽을 노려보며 책상이 덜컹거릴 정도로 무릎을 떨어댔다.

회사는 유명 전기기기 메이커의 말단 하청기업으로 주로 업무용 공조 설비 부품을 제조하고 있었다. 불황에 시달리면서도 오년 전까지는 경영도 어느 정도 안정되어 있었고 사원도 늘 열 명 안팎은 있었다. 그러던 것이 모회사의 실적 악화와 더불어 일의 양이 격감된데다가 뒤이어 금융기관도 노골적으로 대부를 꺼리기 시작해, 지금은 최성기의 삼분의 일밖에 안 되는 일을 부부와 창업 이래 쭉 같이 일해온 숙련공 한 명, 아시아계 사원 두 명만으로 간신히 해내고 있다. 그 사이 빚은 부풀 만큼 부풀어 집도 공장도 다 저당잡혔다. 업적도 나쁘고 마땅한 담보조차 없다면서 은행도 신용금고도 절대로 추가 융자를 허락해주지 않았다. 할 수 없이 임시변통 자금을 조달하기 위해 개인 명의로 신용판매회사의 현금 시비스를 이용했는데, 그것도 모자랄 경우에는 소비자 금융에서 빌렸다. 그것이 점점 버릇이 되어갔다. 금액이 커지면서는 이자를 내는 것조차 부담이 되어 드디어 옴짝 못하게 되었다. 생명보험을 해약하고 가진 것을 조금씩 전당잡히고 아들 부부에게도 빚을 졌다. 최근 한 달 정도는 식비도 가능한 한 줄였다. 남편이 쓰러져 입원한 것도 그로 인한 결과였다.

그녀는 과로 탓이라고 생각했다. 그리고 그 과로는 이 세상 탓이다. 아들 부부는 하루 병문안을 왔다가 곧 신칸센으로 돌아가버렸다. 돈을 갚아달라고는 하지 않았지만 그 대신 경영 상황에 대해서도 물어보려 하지 않았다. 처음 돈을 빌릴 때 이것이 마지막이라고 서로 못박아놓은 상황이었다.

그녀는 그 사이에도 계속 마지막 믿을 만한 데를 생각하고 있었다. 그것은 요 며칠 잇따라 배달된 수상쩍은 다이렉트 메일이었다. 냉장고에다 자석으로 붙여놓은 그 엽서들 어느 것에나 '즉일 불입' '면접불필요' '무담보·무보증인으로 최고 삼십만 엔까지 융자가능'이라는 문구가 춤추고 있었다. 드디어 어음 지불 기일이 되자 그녀는 머뭇거리면서 그중에서 가장 상식적인 인상을 준 곳 하나에 연락해보았다. 전화를 받은 것은 젊은 남자였는데, 예상보다 예의 바르게 대응해주었다. 이름, 연령, 주소, 전화번호, 현재의 채무상황 등을 자세히 물어왔다. 삼십 분간의 '심사' 후에 다시 전화를 해봤더니 처음이라 직접 사무실에 오지 않으면 융자는 어렵다고 했다. 여자는 망설이지 않고 그 말에 동의했다. 사무실로 오라고 한 이상 빌려주는 건 틀림없겠지. 혼자 가기는 불안했지만 그런 생각을 하고 있을 때가 아니었다. 주소를 물어보니 지하철로 삼십 분이면 갈 수 있는 곳이었다. 어쨌든 할 수 있는 데까지는 해봐야지. ……

젊은 남자는 필요사항을 기입한 신청서를 손에 들고 일단 안쪽에 있는 방으로 들어갔다가, 금방 돌아와서는 느닷없이 공갈 협박을 하듯 전화로 알려준 채무상황과 다른 점이 있다고 여자를 질책하기 시작했다. 그것은 사실이었다. 사실대로 채무액수를 털어놓으면 문전 박대를 당할지 모른다고 생각하여 얼떨결에 액수를 적게 말했던 것이다. 컴퓨터로 알아보면 어떤 정보라도 즉시 알 수 있다, 요즘은 그런 시대라고 남자는 그럴듯한 어조로 말했다. 여자는 착각한 거라고 필사적으로 사과한 다음에 정확한 차입금액을 고백하고 남편의 입원 이야기까지 하면서 제발 돈을 빌려달라고 몇 번씩이나 머리를 조아렸다. 칸막이 너머에서는 여전히 에어컨 리모컨 소리가 들려왔다. 남자는 잠시 여자의 주장에 귀를 기울이고 있다가 자리에서 일어나더니, 뭔가 확인하러 소파가 있는 데에 갔다가, 안쪽에서 현금과 몇 가지 서류를 가지고 진지한 표정으로 돌아왔다.

여자는 남자를 보자마자 빌듯이 감사의 말을 전했다. 돈은 빌릴 수 있게 되었다. 그러나 그 조건은 엽서의 내용과는 완전히 달랐다. 융자액수는 십만 엔인데, 빌릴 때부터 수수료 오천 엔과 열흘에 오십 퍼센트인 이자를 빼기 때문에 손에 들어오는 돈은 사만오천 엔뿐이었다. 어떻게든 오늘 안으로 십만 엔이 필요하다고 버텨보았지만 처음에는 갚은 '실적'이 없기 때문에 무리다, 싫으면 다른 데로 가보라고 냉담하게 거절을 당했다. 물론 달리 갈 데는 없었다. 그리고 여자는 지금 무엇 하나 제대로 생각할 수 없었다. 공포에 시달리고 초조했다. 시간이 없다는 것, 회사가 도산 직전에 있다는 것, 돈이 필요하다는 것, 여기 아니면 빌려줄 데가 없다는 것, 남편이 입원하고 없다는 것, 자기가 어떻게든 해야 한다는 것, ……그런 갖가지 사정들이 복잡하게 얼키설키 뒤얽혀 머릿속을 채우고 있었다. 분명한 것은 돈을 빌려야 한다는 것, 이것 하나뿐이다. 점점 무서울 정도로 낙관적인 희망이, 진공상태처럼 사고력을 삼켜갔다. 어쨌든 사만오천 엔이라도 빌리자. 열흘에 오십 퍼센트라는 이자는 아무래도 불안했지만 못 빌려주겠다고 하면 어쩌나 하는 불안이 더 컸다. 나머지는 또 다른 데를 찾아갈 수밖에 없다. 그러기 위해서라도 더이상 여기서 시간을 들이고 있을 수가 없다.

차용증서에 서명을 하고 도장을 찍자, 형식적인 거라면서 '변호사불개입동의서' '전화가입권양도서'라는 것에도 같은 식으로 이름과 도장을 요구당했고, 백지위임장도 몇 장 내밀어졌다. 그러고 나서야 겨우 돈을 받을 수 있었다. 떨리는 손으로 몇 번이나 확인한 다음에 신중히 백에 넣고 다시 깊숙이 머리를 숙여 감사의 뜻을 전했다. 머리를 들었을 때 남자의 얼굴에는 미처 거두지 못한 비웃음의 흔적이 남아 있었다. 여자는 그 족제비 같은 더러움을 분명히 보았지만, 순간 얼굴을 숙여 못 본 체했다.

계단으로 내려와서 거리에 나왔더니 숨이 좀 찼다. 남의 눈이 꺼려지는 것과 동시에 도난당하면 큰일이라는 생각도 들어, 충분히 경계하면서 주위를 둘러보고, 백을 오른팔에 꼭 끼운 채 오래된 껌 얼룩과 허연 담배꽁초로 더럽혀진 아스팔트 위를 걷기 시작했다. 올 때에는 빌딩을 찾아 위쪽만 보고 왔는데, 새삼스레 눈길을 향해 보니 도로가 심하게 황폐했다. 비를 맞아 축축해진 전화방 광고 티슈가 여기저기에 흩어져 있다. 그리고 수상쩍은 인생상담소 전단이나 손으로 쓴 부동산 광고. 전신주에는 붙여진 지 일 년이나 지나 누렇게 색이 바랜 프로레슬링 포스터. 벽에는 스프레이로 휘갈긴 낙서와 아마추어 밴드의 벽보. ─

여자는 자리를 떠날 때 건네받은 또다른 업자의 안내 전단에 시선을 돌렸다. 정 오만 엔이 더 필요하다면 아는 데를 소개해주겠다며 젊은 남자가 가져온 것이었다. 마지막에 가서는 보통 이상의 정다운 어조로, 전화로 이야기해놓을 테니 걱정하지 마라, 보통은 이렇게까지 안 해주는데 사모님이 너무 안돼서 특별히 마음을 써주는 것이다, 라고 말했다. 전화박스 등에서 자주 보는 것과 비슷한 명함 크기만한 전단에 씌어 있는 문구는 다이렉트 메일에서 본 것과 거의 같았다. 난지 '블랙 손님 환영'이라는 낯선 문구가 눈에 띄어 순간 무슨 뜻인지 생각했다. 그리고 그것이 금융업자 '블랙리스트'에 올라가 있는 고객을 가리키는 것이라는 걸 깨달았을 때, 자신이 드디어 그런 말로 불리는 인간이 되어버린 것에 아연실색했다. 그리고 마취에서 깨어난 듯 또다시 공포심에 시달리기 시작했다. 주소를 보니 지하철로 십오 분이면 갈 수 있는 거리였다. 시간은 있다. 그러나 또 열흘에 오십 퍼센트나 이자를 뺏길 것인가? 그리고 그 백지 위임장. 그것은 도대체 어디에 쓰일 것인가? ……

방을 나올 때, 여자는 또 에어컨 리모컨 소리를 들었다. 수상한 느낌이 또 한번 무섭게 되살아났다. 마치 자신에게 이별 인사라도 하는 것 같았다. 어쩌면 실제로 그런 뜻이었는지도 모른다. 그 두 사람은 도대체 어떤 관계일까? 조직 폭력배일까? 그도 못 되는 불량배 나부랭이일까? 빚을 못 갚을 때에는 어떤 재촉을 당할 것인가? 아마 곱게 끝나지는 않을 거다. 아들 부부 연락처도 써버리고 말았다. 손자한테 무슨 짓을 하면 어쩌지, ……아아, 오싹해라. ……

피우던 담배를 던져버리고, 남자는 스탠드에서 차체를 내리고 턱끈도 매지 않은 채 헬멧을 쓰고 시동을 걸었다. 오토바이 역시 훔친 것으로 어제 범행 때 쓴 것인데, 리미터를 떼어내어 무서운 스피드를 낼 수 있게 해놓은 일품이었기 때문에, 버리지 않고 번호

판만 다른 것으로 갈아놓았다.

곧 큰길이 나온다. 여자는 밝게 입을 벌린 출구 너머를 바쁘게 오가는 차들 쪽으로 멍한 시선을 돌렸다. 왼쪽으로 돌아 조금 더 걸어가면 지하철역이다. 거기서 지하철을 타고 한 군데 더 들렀다 은행에 가면 공장은 살아남을 수 있다. 그 다음은 남편이 어떻게 해주겠지. ─ 아니면 이제 끝이 다가오는 것일까? ……여자의 머릿속으로 이전까지는 미처 상상해본 적도 없는 그런 생각이 스쳐 지나갔다. 돌이킬 수 없는 실수를 저지른 건지도 모른다. 어쩌면 좋담. 도저히 혼자서는 결정을 못 하겠다. 아, 남편만 건강했더라면! 여기서 그만두고 방금 빌린 돈을 갚으면 안 될까? 그런 일은 절대로 받아들여지지 않는 걸까? ……

피로와 더위 때문에 핸드백을 낀 오른팔의 힘이 좀 빠져 있었다. 그때 도로 왼편에 길게 줄을 서 있던 불법 주류 자전거가 요란한 소리를 내면서 뒤에서부터 잇따라 넘어졌다. 여자는 깜짝 놀라서 무의식중에 뒤를 돌아보았다. 그러자 마치 그것을 여자가 쓰러뜨리기라도 했다는 듯 날카로운 클랙슨 소리가 짧게 두 번 울렸다. 누가 불러 세운 것처럼 움찔하며 여자는 반대편 찻길을 돌아보았다. 그 순간 뭔가 날카롭게 뻗쳐왔다. 손이었다. 여자는 반사적으로 위협을 느끼며 비명을 질렀는데, 그것이 살덩이째 잘라 떼어가기라도 하듯 잡아챈 것은 핸드백의 어깨 끈이었다. 정신이 들었다. 잡아채려는 핸드백에 필사적으로 달라붙었다. 쉽게 해치울 수 있는 일이라 생각했던 남자는 예상 밖의 저항에 당황했다. 왼손으로 몇 번이나 힘껏 사냥감을 잡아당기다가, 균형을 잃으면서 오른손으로 힘껏 액셀을 돌렸다.

"안 돼! 그만 해! 도둑이야! 사람 살려! 도둑이야!"

여자는 절규하면서 어떻게든 백을 놓지 않으려고 두 팔에 모든 힘을 주었다. 남자도 미친 듯이 팔을 움직였다. 다음 순간 오토바이 엔진 소리가 한층 높아지며 여자의 몸이 앞으로 잡아당겨졌고, 결국 다리가 꼬여 큰 소리를 내면서 땅바닥에 고꾸라졌다. 그러면서도 여자는 백을 놓지 않았다. 남자는 상관하지 않고 여자를 질질 끈 채 몇 미터나 달려갔다. 큰길로 통하는 출구에서는 통행인 몇 명이 무슨 일인가 하며 걸음을 멈추고 이쪽을 쳐다보고 있다. 남자는 비틀거리고 악전고투하면서도 마지막으로 혼신의 힘을 주어 백 끈을 잡아당겼다. 그러자 백 양쪽 가장자리에 달려 있는 멈춤쇠 하나가 끊어지는 바람에 고리가 끈이 되어 그 길이가 배는 되었고, 그 순간 남자의 손에서 빠져버렸다. 가벼워진 오토바이는 맹렬한 기세로 발진했다. 이윽고 남자가 혀를 차며 앞을 본 순간, 큰길로 뛰쳐나간 오토바이는 주행중인 원박스카 측면에 격돌했다. 헬멧이 날아가고 남자의 몸은 공중으로 튀어올라 길바닥에 머리부터 곤두박질쳤다.

급브레이크를 건 원박스카 뒤에서 오던 차가 두 대 잇따라 충돌했다. 타이어 고무가 마찰되는 짧고 요란한 소리와, 유리와 금속덩어리가 동시에 깨지고 찌부러지는 소리. 비명 같은 클랙슨 소리와 통행인들의 웅성거림. ……

여자의 감색 원피스는 크게 찢어져 베이지색 속옷이 드러났고, 까진 얼굴과 두 팔, 어깨와 무릎에는 선홍빛 피가 번져 몹시 아파 보였다. 핸드백은 가슴에 꼭 안겨진 채였다.

통행인뿐만 아니라 빌딩이나 가게에서도 사람들이 몰려나와 순식간에 일대는 인산인해를 이루었다.

핸드폰으로 경찰이나 소방서에 연락하는 사람들이 있는가 하면, 사고 상황을 카메라로 찍으려는 사람들도 있다. 창가에는 사람이 모여들어 밀치락달치락하면서 아래를 내려다보고 있다.

쓰러진 여자에게 몇 사람이 다가갔다. "괜찮아요?" 하고 묻자, 여자는 아픔에 얼굴을 찡그리면서도 경계하듯 핸드백을 가슴에 고쳐 안았다. 그리고 작게 고개를 끄덕이고는 고통스럽게 숨을 몰아쉬면서 얼굴을 일으켜 왼팔로 눈을 돌렸다. 시계 유리는 금이 가고 깨져 눈부시게 햇빛을 반사하고 있다. 그 안쪽에서는 초침이 아랑곳없이 소리를 내면서 째깍거리고 있다.

남자는 꼼짝도 하지 않았다.

구경꾼들은 멀리 둘러싸고 그 상황을 지켜보면서, 그렇게 있는 것도 왠지 꺼림칙한지 옆 사람에게 "머리를 다친 것 같은데 움직이면 안 되는 게 아니에요?"라고 말을 걸기도 하고, "아니, 벌써 죽었을 거야, 저 사람" 하고 말하기도 했다. 그러다가 모두 도대체 무슨 일일까 하고 서로 속삭였다.

　오토바이는 엔진이 걸린 채로 여전히 시커먼 배기가스를 뿜어내고 있다. 충돌한 차에서 운전기사가 내려 목을 누르면서 남자에게 다가가자 끌려가듯 몇 사람이 따라왔다. 운전기사는 "사고, 사고가, ……"라고만 할 뿐, 더이상 말을 잇지 못했다. 구급차가 올 때까지 이대로 내버려두어도 되느냐고 모여 있던 사람들끼리 몇 마디 말을 주고받았다. 양복을 입은 중년 남자가 웅크리고 앉아 쓰러진 남자에게 말을 걸자 다른 사람들도 그를 들여다보았다. 반대편 차선을 달려 지나간 덤프카의 굉음이 아스팔트를 타고 파도 소리처럼 떠올랐다. 남자는 반응하지 않았다. 단지 그 진동을 받아 희미하게 몸이 흔들리고 목이 움직이더니 남자의 더러운 귀에서, 바닷가 바위 사이에서 기어나온 한 마리 작은 게처럼 검붉은 피가 넘쳐나와 천천히 땅바닥에 흘러 떨어졌다.

파도치는 물가의 어린 형제

형과 동생은 다리를 다 건너고 나서야 겨우 입을 열었다.

"형, 무서웠지?"

동생은 보조바퀴를 뗀 지 얼마 안 되는 자전거를 타고 가끔씩 비틀거리면서 형 뒤에 붙어 따라오고 있었다. 형은 동생에게 그 것을 물려준 후에 쭉 자전거 없이 지내다가 이번 여름 부모님에 게 드디어 염원하던 이십 인치 타이어 산악자전거를 선물받아, 오늘은 의기양양하게 그 페달을 밟고 육단 변속 기어를 잡으며 보란 듯이 촤르륵촤르륵 소리를 내고 있었다.

"하나도 안 무서워! 넌 겁났냐?"

형이 그렇게 말하자 동생은 "겁 안 났어. 그냥 물어본 거야" 하 며 고개를 저었다.

둘은 방금, 학교 구역의 경계선에 해당하는 강을 건너온 것이
었다. 여름방학에 보호자의 동반 없이 교구(校區) 밖으로 나가면
안 된다는 것은 종업식 날 교실에서도 엄중히 주의를 받은 바였
기 때문에, 들키면 틀림없이 양쪽 뺨따귀를 맞을 것이다.

그래서 오늘은 둘 다 부모님에게도 친구에게도 비밀로 하고 집
을 나선 것이다. 아무에게도 말하지 않고 몰래 바다에 갈 작정이
었다.

"거짓말 마. 무섭지?"

"무섭지 않아!"

형에게 집요하게 놀림을 당한 동생은 금방이라도 울음을 터뜨
릴 듯한 얼굴로 말했다.

"알았어, 알았다고. 그깟 거 갖고 울지 마."

형은 기가 차다는 듯 말했다.

"안 울어!……" 동생은 그 말에 더 눈물이 나올 것 같아 뺨을
부풀렸다. "……형이 그런 말을 하니까 그렇지. ……"

둘은 그후로 잠시 아무 말 없이 자전거 페달을 밟았다. 집 근처
에 있는 이발소에서 같은 모양으로 자른 짧은 스포츠머리에 고인
땀이 까맣게 탄 얼굴로 쉴새없이 떨어진다. 눈에도 스며들어 따
끔거리는 바람에 둘은 아까부터 계속 눈을 깜박였다. 형의 티셔
츠도 동생의 러닝셔츠도 흠뻑 젖어 등에 달라붙어 있다. 파랗게
갠 하늘에는 애매미 울음소리가 한없이 울려퍼진다.

"형, ……덥지?"

동생은 조금 전에 주고받은 말이 마음에 걸리는지 어색하게 말을 걸었다.

"응, 되게 덥네."

형도 이번에는 순순히 동의했다.

"덥고 힘들어. ……형, 아직 멀었어?"

"조금만 더 가면 돼. ……"

형은 예전에 딱 한 번, 바다로 이어지는 이 지방도로에 같은 반 친구와 와본 적이 있다. 그때 발견한 자동판매기의 주스가 무척이나 맛있었던 기억이 있어서, 오늘도 내심 그것을 고대하고 있었다. 그래서 출발하기 전부터 중간에 거기에서 잠깐 쉬기로 계획해놓았다. 동생한테도 마시게 해주고 싶다. 분명 눈을 동그랗게 뜨고 놀라겠지! 실은 아까부터 계속 그 자동판매기를 찾고 있었는데, 웬일인지 도무지 보이지가 않았다. 주변 풍경이 낯이 익은 걸 보면 길을 잘못 든 것도 아닌데. 혹시 벌써 지나쳐버린 걸까? ……

"아! 형, 저기 편의점이 있어!"

동생은 눈을 반짝거리면서 손가락으로 저쪽을 가리키다가, 하마터면 균형을 잃어 차도로 튕겨나갈 뻔했다.

"위험해!"

형이 소리치는 순간, 뒤에서 오던 차가 클랙슨을 울렸다. 동생은 그 순간 아슬아슬하게 핸들을 바로 잡고 자세를 고쳤다.

"어, 되게 위험했다."

동생이 웃으면서 말하자 형은 "조심해! 치이면 어쩔려구!" 하고 야단쳤다. 그리고 "……잘못했어"라고 사과하며 주눅이 든 동생에게, 잠시 후 "……저기 들렀다 갈까?"라고 말을 걸었다.

동생은 금방 웃는 얼굴을 되찾고는 "응, 가자! 나 아이스크림 먹고 싶어!" 하며 떠들어댔다.

둘은 자전거를 주차장 구석에 세워놓고 땀을 닦으면서 가게 안으로 들어갔다. 냉방이 잘 되어 있어서 기분이 상쾌했다. 동생은 쏜살같이 아이스크림이 들어 있는 냉동박스 쪽으로 달려가 슬라이드식 유리문에다 얼굴을 갖다댔다. 형은 탄산이 들어 있는 주스를 한 병 골라들고 동생에게로 돌아왔다.

"형, 난 저거 할래!"

동생이 손가락으로 가리키며 말했다.

"너, 주스와 아이스크림 중에 하나만 먹어야 돼. 아이스크림으로 할 거야?"

형은 보호자답게 확인하듯 말했다.

"응, 난 차가운 게 좋아. 빨리 사자!"

동생은 그렇게 말하고는 더이상 기다리지 못하고 뚜껑을 열더니, 손으로 부스럭부스럭 헤집어가며 제일 밑에 있는 차가운 소다맛 아이스크림을 움켜쥐었다. 박스에서 올라오는 하얀 냉기와 고운 서리가 맞부딪쳐 부서지는 소리가 시원하게 느껴졌다.

형이 찍찍이가 달린 천지갑에서 잔돈을 꺼내 두 사람 몫의 계산을 하고, 둘은 밖으로 나와 건물의 그늘진 곳에 앉았다. 그리고 땀을 닦으면서 제각기 주스를 마시고 아이스크림을 먹었다.

"형, 저 강도 바다로 흘러들어가는 거야?"

"어? 그래, 아마."

"그렇구나. 빨리 보고 싶어!"

"알았어. ……"

형은 아직 찾아내지 못한 자동판매기에 미련이 남아 있었기 때문에 건성으로 대답했다.

잠시 후 예상했던 일이 일어났다. 머리가 아파올 만큼 맹렬한 기세로 먼저 아이스크림을 다 먹어치운 동생이 맛이 밴 나무막대기까지 쪽쪽 빨고 나더니, "형, 나 주스 한 모금만 줄래?" 하며 졸라대는 것이다.

형은 아무 말도 하지 않고 캔을 건네주었다.

동생은 기다렸다는 듯 받아 마시고는 "아, 맛있다! 형, 이거 맛있어!" 하며 기대감에 찬 눈으로 캔을 돌려주었다.

그리고 잠시 후에 또다시 말했다.

"형, 한 모금만 더 줄래?"

형은 화를 내며 노려보았다.

"너, 그래서 아까 형이 둘 중에 뭘로 하겠냐고 물었잖아."

"그렇지만, ······목이 마른 걸 어떡해. ······"

"그럼 물통에 있는 걸 마셔."

동생은 일어나서 아이스크림 봉지를 버리러 가다가, 마지못해 자전거 바구니에서 물통을 꺼내 스트로에 입을 댔다. 안에 든 것은 보리차였는데, 어머니가 직접 만들어서 냉장고에 넣어둔 것을 형이 출발하기 전에 담아온 것이었다.

동생은 조금 마시다가 얼굴을 들고 말했다.

"형, 벌써 미지근해졌어. ······"

형은 동생을 무시하고, 차도를 달리는 새빨간 스포츠카를 바라보고 있었다.

동생은 다시 한번 "형,······" 하고 불러봤지만 대답이 없었다.

"형, 있잖아, 돌아올 때 내 주스 살 돈 지금 쓰면 안 돼? 난 돌아올 때 참을게."

형은 드디어 뒤를 돌아보며 버럭 소리를 질렀다.

"너 지금은 그렇게 말하지만, 어차피 또 형 거 달라고 할걸! 돌아올 때가 더 덥단 말이야! 참을 수 있겠어?"

야단을 맞자 동생은 "그래도, ······" 하면서 울기 시작했다.

형은 모르는 척하기로 마음먹고 다시 차도로 눈을 돌렸다. 조금도 멋지지 않은 극히 평범한 패밀리카 몇 대가 지나갔다. 동생은 울음을 그칠 기색이 없었다.

형은 단념한 듯 주스 한 모금을 마지막으로 천천히 음미하며 마시고는, 내용물이 사분의 일 정도 남아 있는 캔을 동생에게 내밀었다.

"이거 줄 테니까 그만 울어."

동생은 눈물을 닦고, 딸꾹질이 채 멈추지 않아 어깨를 위아래로 들썩이면서 겨우 캔을 받아들고는 기어들어가는 소리로 "고마워"라고 말했다.

"괜찮아. 그 대신 돌아올 때 네 주스 내가 한 모금 마실 거다."

형의 말에 동생은 고개를 작게 한 번 끄덕였다.

편의점을 벗어난 둘은 다시 자전거를 타고 바다로 이어지는 길을 달렸다.

얼마 안 가서 형은 자신이 찾고 있던 자동판매기가 길가에 서 있는 것을 발견했다. 스쳐 지나가면서 흘긋 쳐다본 모형캔 끝에는, 기억대로 평소에는 찾아보기 힘든 오렌지색 캔이 놓여 있었다. 계획이 엉망이 되어버렸구나 싶었다. 저기서 주스를 마신다, 그것은 어쨌든 중요한 일이었다. 자기도 마시고 싶었고, 동생에게도 마시게 해주고 싶었다. 게다가 깜짝 놀라게 해줄 셈으로 동생에게는 비밀로 해왔던 것이었다.

형제는 여름방학 때 아무 데도 놀러 가지 못했다. 부모가 맞벌이라서 원래 둘만 남아 있는 것에 익숙했고, 딱히 졸라대지도 않았지만, 그래도 약간의 기대는 하고 있었다. 명절 때 역시 시골집에는 내려가지도 않고, 부모 둘 다 집에서 빈둥거리고 있었다. 그러면서도 어쩌다 입을 벌렸다 싶으면 피곤하다, 피곤하다는 말만 헐떡이듯 되풀이했다. 할 수 없이 둘은 공원에 나가 아침부터 밤까지 축구공만 찼다.

명절이 지나고 개학 전의 마지막 소집일, 형은 교실에서 친구들이 여름방학 때 놀러 간 이야기를 하며 자랑하는 것을 지겹도록 듣고는, 우울한 기분으로 집에 돌아왔다. 그중에는 친절하게도 선물까지 사온 친구들도 있었다. 그도 프로야구를 보러 갔었다는 아이가 자랑스럽게 뿌린 인기선수의 사인이 들어간 사진을 한 장 받았는데, 별로 가지고 싶지도 않아서 집에 오는 길에 구겨서 풀숲에 던져버렸다. 집에 돌아오니 동생이 기쁜 듯이 반 친구한테서 받았다는 오스트레일리아 그림엽서를 들고 와서 보여주었다. 그것은 하나같이 여태껏 본 적이 없는 아름다운 풍경들이었지만, 그것보다 오히려 그 종이 자체에서 풍겨오는 신기하고도 낯선 향기가, 그로 하여금 아직 가본 적이 없는 외국의 풍경을 상상하게 만들었다. 이제 곧 여름은 끝나버린다. 그 전에 동생을 어딘가 데려가주고 싶었다. 자전거로 가는 게 좋을 것이다. 부모나 학교에는 비밀로 하고 단둘이서 가자! 그리하여 떠올린 곳이 바다였다. 바다에서 말미잘 머리에 나무젓가락을 꽂아놓고, 떠밀려 온 해파리를 해초로 장식하고, 군소에서 징그러운 자주색 체액을 빼내고, 바위틈에 숨어 있는 낙지를 끌어내자. 게나 소라게를 잔뜩 잡아다가 집에 있는 수조 속에 넣어 기르면서 같은 반 친구 몇 명한테만 자랑해야지. 그것은 비밀스러운 사육이다. 어른들에게 들키지 않도록 우리끼리 몰래 키우기로 하자. 완전히 자라나면 다같이 구워 먹어볼까? ……

긴 언덕길에 다다르자 둘은 자전거 차체를 옆으로 흔들면서 선 채로 페달을 밟았다. 형이 가끔 "괜찮아?"하고 물으면 동생은 "응"이라고 대답했다. 그렇게 잠시 올라가자 곧 꼭대기에 이르렀다. 멀리 건너편에는 하늘을 비춘 거울처럼 새파랗게 빛을 발하는 바다가 보였다.

"와! 형, 바다야!"

"어! 조금만 더 가면 돼. 힘내!"

"응, 멋지다! 형, 멋져!"

양다리를 들어올린 채, 둘은 곧게 뻗은 내리막길을 단숨에 빠른 속도로 내려갔다. 바람이 더위를 날려보냈다. 주변 풍경이 잇따라 시야의 끄트머리로 사라졌다. 낚시 도구를 파는 가게가 사라지고, 도시락가게가 사라지고, 수박을 파는 노점이 사라지고, 술집이 사라지고, 식당이 사라지고, 왠지 난잡해 보이는 'HOTEL'이란 간판이 사라지고, ……이윽고 해수욕장 안내도가 보이기 시작하자 둘은 피로도 잊고 힘껏 페달을 밟았다. 신이 난 동생의 모습을 보니 형도 기뻤다. 잠깐 골목길로 들어가는 바람에 우왕좌왕했지만, 그곳을 빠져나오자 드디어 해변 도로가 나왔다.

"와!"

동생은 환성을 질렀다. 여기에 오는 것이 처음은 아닐 텐데, 그
때 아직 어렸으니까 기억에 남아 있지 않을지도 모른다.

"엄청나게 크다, 형!"

"어, 차 조심해."

"알았어!"

문신을 새긴 것처럼 보기 흉한 낙서가 가득한 제방 쪽에는, 바
싹 마른 조개껍질이며 해초가 들러붙은 방파제가 엄숙하게 쌓아
올려져 있었다.

"와, 형, 바퀴벌레가 잔뜩 있어!"

"어디? 아, 이건 바퀴벌레가 아니야. 갯강구지."

"갯강구?"

"어, 말하자면 바다의 바퀴벌레 같은 거야."

"징그럽다, …… 와, 저기도 있네!"

"아무 데나 다 있어, 그런 건. ……야, 차 조심해."

"응."

형제는 잠시 보도도 없는 해변가 도로를 자전거로 달려, 해수
욕장 주차장 옆에 자전거를 세우고 바구니 속에서 물통과 비닐봉
지를 꺼내들고 바닷가로 향했다. 도중에 동생이 "형, 나 길가에
서 소변 보고 와도 돼?" 하고 묻자 형은 "어, 나도!"라고 대답하고
는, 둘이서 제방 벽에다 커다란 해파리 같은 얼룩을 나란히 두 개
만들었다.

모래사장에는 사람들의 모습이 드문드문 보였다. 아이들을 데리고 온 가족 일행들이 파라솔을 세워놓고 식사를 하거나 낮잠을 자고 있다. 곁에는 그 아이들이 만들어놓은 듯한 구멍이나 터널을 곁들인 모래성들이 있다. 커플들의 모습도 드문드문 보인다. 그러나 바다에서는 물을 몸에 끼얹는 정도일 뿐 헤엄을 치는 사람은 아무도 없었다.

"형, 바닷물 차가울까?"

동생은 눈이 부신 듯 얼굴을 찌푸리면서 형을 쳐다보고 말했다.

"아니. 하지만 지금은 해파리가 있어서 헤엄 못 쳐."

"해파리한테 물리면 아파?"

"아프지. 엄청 벌겋게 부어올라."

"그래? 형은 물린 적 있어?"

"아니, 난 없지만 내……" 하고 말을 꺼내려던 형은 갑자기 "앗!" 하고 소리를 지르더니, 이어서 "따라와!" 하며 동생 손을 잡고 뛰기 시작했다. 도착한 곳에는 파도에 떠밀려온, 삼십 센티미터나 돼 보이는 거대한 해파리 시체가 있었다. 게다가 반투명한 머리부분에는 빨간 막대 끝에 금색 장식이 달린 폭죽이 하나 꽂혀 있었다.

"와, 크다. ……"

동생은 눈을 끔벅거리면서 그 시체를 주시했다. 그리고 쿡쿡 웃었다.

"머리가 타버렸네, 형."

"어, 끔찍하네."

"폭주족들 짓일까?"

"그럴지도 모르지."

"끔찍해."

"너, 웃었지?"

"우습잖아. 시커멓게 타버려서."

동생은 다시 유쾌한 듯 웃고는, 수직으로 서 있는 폭죽 막대 끝을 손가락으로 눌러보았다. 그 진동에 시체 위에 앉아 있던 파리 두세 마리가 일제히 날아올랐다가 곧 제자리로 되돌아왔다.

"와, 물컹물컹하네. 징그럽다. ……"

형은 이 년 전 동급생 친구와 여기에 왔을 때는 파도에 떠밀려 온 해파리 시체를 직접 손가락으로 만져보기도 했지만, 지금은 그럴 마음도 생기지 않았다. 그저 "가자" 하고 동생을 재촉하고는 바위밭이 있는 쪽으로 걷기 시작했다. 동생은 약간 섭섭한 듯 뒤돌아보면서도 뒤떨어지지 않도록 형의 뒤를 따랐다.

적란운이 지금 막 일어서려는 거인들의 무리처럼 바다 먼 쪽에 잔뜩 몰려 있었다. 게다가 그것은 결정적인 순간을 찍은 사진처럼 불가사의하게 정지한 채 꼼짝도 하지 않았다. 멀리 있는 파도는 침묵하고, 몰려드는 파도는 울부짖고, 모래 위로 옅게 퍼졌다가 사라져가는 파도는 눈에 보이지 않을 정도로 자잘한 거품을 무수하게 뿌려대고 있었다. 모래사장에는 불꽃놀이와 바비큐를 한 흔적이 보였고, 페트병이며 담배꽁초 등이 여기저기에 흩어져 있었다.

형제는 신발에 모래가 잔뜩 들어가는 바람에 찝찝한 기분으로, 가끔 특이한 모양의 조가비를 줍거나 자갈을 던져 파도 위로 튀기거나 하면서 간신히 바위밭까지 걸어왔다. 뒤돌아보니 모래사장 위에는 길게, 거의 한 줄로 보이는 발자국이 남아 있고, 사람들의 모습은 아득히 먼 곳에 있었다. 마지막으로 스쳐 지나간 낚시꾼이 "너희들, 애들끼리 어디 가니?"라고 말을 걸어왔지만, 형이 재치있게 "저쪽에 아버지가 계세요"라고 대답해 위기를 넘겼다.

바위밭은 멀리까지 뻗어 있고, 크고 작은 구덩이마다 조수가 괴어 있었다. 띄엄띄엄 사람들의 모습도 보였다.

"굴등 미끄러우니까 조심해. 잘못하면 손 벤다."

"응, 알았어."

형에게 주의를 받고 동생은 신중하게 발밑으로 시선을 돌렸다. 그리고 "앗, 물고기가 있다!" 하며, 그 주위에서 가장 큰 조수 구덩이 가장자리에 쭈그리고 앉았다.

"어디?"

형도 뒤돌아 들여다보았다. 작은 물고기들이 민첩하게 몇 개의 가늘고 짧은 선을 그어가며, 해초와 말미잘이 무성하게 엉켜 있는 사이를 헤엄치며 돌아다니고 있었다.

"비닐봉지 줘봐!"

"형, 잡을 거야?"

"당연하지!"

형은 어깨에 비스듬히 매달고 있던 물통을 동생에게 건네더니, 살짝 허리를 굽히며 손을 가까이 가져가 물 속으로 슬그머니 들이밀었다. 그러나 물고기는 재빠르게 도망쳐버렸다.

"앗,"

동생이 대신 소리를 질렀다. 형은 계속해 아직 발밑에 남아 있는 다른 한 마리를 겨냥하며 다시 물방울을 튀겼다. 그러나 이번에도 또 놓치고 말았다.

"……별것도 아닌 게."

혀를 차며 일어난 형에게 동생은 "그물을 가져올 걸 그랬어"라고 말을 걸었다. 형은 어쩐지 그 말이 마음에 걸려 "그물 같은 거 필요 없어"라고 말했다.

형제는 바위밭 끝을 향해 더 걸어갔다. 동생이 가다가 소라게를 잡고 조개껍데기도 주워넣는 바람에, 바닷물과 함께 불룩해진 비닐봉지가 허벅지에 부딪히며 빙글빙글 돌아가고 있었다.

잠시 후 형은 뭔가 발견한 듯, 살금살금 조수 구덩이에 다가가 신중하게 쭈그리고 앉더니 다시 한쪽 손을 물에 들이밀었다. 손에 잡힌 것은 손가락 사이를 미끌미끌 빠져나갔다. 하지만 포기하지 않고 두 번 세 번 더 시도해보았다. 물이 시꺼메졌다. 그 속을 더듬어 찾다가 바로 다음 순간 "앗, 따가워!" 소리를 지르면서 손을 뺐다. 검게 물든 손등에서 피가 떨어지고 있었다.

"형, 피 나!"

동생이 깜짝 놀라 소리를 질렀다.

형은 상처를 핥아보고는 바닷물의 짠맛과 철 같은 미지근한 피 맛에 얼굴을 찌푸리며 말했다.

"아파. ……"

동생이 걱정스럽게 형을 쳐다보았다.

"괜찮아, 이까짓 것. ……"

형은 먹물이 묻은 입으로 말했다. 굴등에 베인 모양이었다.

"……아까 거기에 낙지가 있었어."

"낙지라고!"

"응, 작았지만."

"정말! 어디, 어디에 있었어?"

동생은 황급히 물 속으로 시선을 돌렸지만, 낙지가 도망치면서 뿜어놓은 먹물 때문에 물 속은 온통 꺼멓게 흐려져 있었다.

"낙지, ……아, ……나도 보고 싶었는데. ……"

동생은 진심으로 아쉽다는 투로 말하더니 약간 원망스러운 눈빛으로 형을 돌아보았다.

"형, 있잖아, 다음에 있으면 내가 해봐도 돼?"

형은 작은 마름모꼴을 촘촘히 깔아놓은 듯한 손등의 주름을 타고 흐르는 피를 바라보면서 말했다.

"어, ……해보고 싶으면 해봐."

"응! 내가 형의 원수를 갚아줄 테야!"

동생은 용감하게 말하고, 앞장서서 걸으면서 진지한 표정으로 바위밭 사이사이를 응시했다.

"미끄러지겠다. 조심해."

형은 뒤에서 겨우 그렇게 주의를 주었지만, 동생의 귀에는 들어오지 않았다.

그렇지만 공은 쉽사리 세워지지 않았다. 형과 동생이 번갈아가며 몇 번이고 물 속으로 손을 넣어봤지만 이렇다 할 수확을 건지지 못했다. 실패할 때마다 조금씩 앞바다 쪽으로 나아가고 있었다. 형은 한두 번 뒤를 돌아보았는데, 아직 돌아가기 힘들 만큼 멀리 와 있지는 않았다.

이윽고 동생이 "앗!" 하고 소리를 지르더니 주위보다 약간 높게 솟은 바위 한가운데 웅크리고 앉았다. 그리고 뭔가에 손을 뻗치려다 말고 황급히 손짓으로 형을 불렀다.

형이 가까이 가자 동생은, "형, 빨간 게가 있었어!"라고 하면서 바위에 뚫린 작은 구멍을 가리켰다.

"이 속으로 들어갔어."

"게?"

"응!"

"너, 못 잡았어?"

"……응."

형은 동생이 왜 그것을 잡으려다가 놓쳤는지 그제야 이해가
갔다.

"너, 집게발이 무서웠던 거지?"

"아니야. 안 무서웠어. ……"

동생은 곧 그렇게 반론했다. 그러나 구멍 속의 게를 어떻게든
갖고 싶은 마음에 결국 "형, 잡을 거야?" 하고 물었다.

"당연하지."

동생이 자리를 비키자 형은 구멍 앞에 쭈그리고 앉았다. 동생
은 형의 그런 모습이 믿음직하게 느껴져 잔뜩 기대하는 마음으로
곁에서 작업을 지켜보았다.

구멍은 수면 위로 드러나 있었지만 생각보다 깊었다. 들여다보
니 분명 안쪽 깊숙이, 집게발을 배에 딱 붙인 채 꼼짝도 않고 있
는 게의 모습이 보였다. 오늘은 이것을 잡아서 집에 가지고 가야
겠다고 형은 막연히 생각했다. 결코 크지도 특이하지도 않은 게
였지만, 동생이 갖고 싶어하는 한 그것은 특별한 게인 것이다.

형은 처음에는 손가락을 쑤셔넣어 직접 끄집어내려고 했지만,
손톱 끝이 겨우 닿는 정도라 오히려 게가 경계하여 더 깊숙한 곳
으로 들어가버리는 것 같아서, 이번에는 오는 길에 주운, 누군가

도시락을 먹고 버린 나무젓가락을 써서 긁어내는 방법을 시도해보았다. 게가 다치지 않도록 주의를 기울이며, 등딱지와 바위 사이에 나무젓가락 끝을 밀어넣어보았다. 가끔 일부러 쿡쿡 찔러보기도 하고 나무젓가락에 달라붙기를 기다리기도 했다. 그러기를 몇 번이나 되풀이했다.

이마에서 흘러내린 땀이 눈에까지 들어가, 바닷물에 젖은 손가락으로 무심코 문지르자 더 심하게 아파왔다. 손등의 상처도 계속 따끔거렸다. 형은 구멍에다가 바닷물을 붓기도 하고 찢은 해초를 미끼 삼아 나무젓가락 끝에다 말아 들이밀어보기도 했지만, 다 헛수고였다.

동생은 조금 싫증이 나기 시작한 모양이었다. 자기가 갖고 싶다고 졸라놓고서 이제 와서 됐다는 소리를 하면 혼날 것 같았지만, "형, 잡힐 것 같아?" 하고 말을 거는 것 외에는 할일도 없어서, 옆의 작은 물웅덩이에 아까 잡은 소라게를 놓아보기도 하고 말미잘에 손가락을 넣고 "와!" 하고 소리를 질러보기도 했다.

형은 약간 신경질이 났다. 구멍 속의 게는 여전히 움츠리고 있어 전혀 밖으로 나올 기색이 없다. 혼자라면 진작 포기했겠지만 동생 앞에서는 그러지도 못한다. 동생을 기쁘게 해주고 싶은 마음과 동생에게 바보 취급을 당하기 싫은 마음이 뒤섞여, 그는 도저히 그 자리를 떠나지 못했다.

해는 하늘의 정상을 천천히 내려오기 시작했다.

동생은 말을 걸어도 "어" 하고 짧게 대답할 뿐 뒤도 돌아보지 않는 형 곁에서 떨어져, 급기야 혼자서 말미잘에 소라게를 쑤셔 넣으며 노는 데 정신이 팔려 있었다. 얼마나 지났을까. 동생은 계속 쭈그리고 앉아 있다가 다리가 아파와서 기지개를 펴려고 일어섰다. 그러다가 무심코 물가 쪽으로 시선을 돌렸다. 어딘지 모르게 풍경이 달라졌다. 둘이서 걸어온 곳은 널찍한 바위밭이었을 터인데, 어느새 그것은 바닷물 속으로 숨어들어 구멍투성이 퍼즐로 변해 있었다. 사람도 없었다. 동생은 불안한 마음으로 "형, ……" 하고 불렀다. 그러나 대답이 없었다. 다시 불러보았다. "형, ……" 그리고 세번째로 "형, ……" 하고 불렀을 때, 형은 드디어 등을 돌린 채로 버럭 화를 내며, "시끄러워! 돌아가고 싶으면 혼자 가!"라고 소리쳤다.

동생은 다시 한번 물가 쪽을 바라보았다. 아직 괜찮을 것 같았다. 그래서 스스로 표지를 정해, 저 바위가 물 속으로 숨으면 한번 더 불러봐야겠다고 마음먹고 다시 놀기 시작했다. 그렇지만 조수는 동생이 생각한 대로 차오르지 않았다. 표지가 된 그 바위는 원래 다른 바위보다 돌출해 있었기 때문에 좀처럼 물 속으로 가라앉을 기미를 보이지 않았고, 그 동안에도 해변은 착실히 바닷물에 덮여갔다. 동생은 그 속도를 예측하지 못했다.

다음에 얼굴을 들었을 때, 바위밭은 이미 이쪽과 저쪽으로 갈라져서, 운동화를 적시지 않고는 저쪽으로 돌아갈 수 없는 상태

가 되어 있었다. 아직은 얕으니까 괜찮을 거다. 일단은 그렇게 생
각했지만 아무래도 불안해져서 동생은 다시 "형, ……" 하고 불
러보았다.

형은 여전히 구멍 앞에서, 분한 나머지 울음이 터질 것 같은 심
정으로 그 목소리를 무시하고 있다. 잠시 후 또 "형, ……" 하고
부르는 소리가 들렸다. 대답을 하지 않았다. 이 게를 잡을 때까지
는 절대 돌아갈 수 없다. 그러면서 다시 구멍 속을 쑤시고 있는
데, 등뒤에서 훌쩍훌쩍 동생이 우는 기척이 느껴졌다. 그리고 딸
꾹질 사이로 간신히 작은 목소리가 들렸다.

"……형. 나, 무서워. ……"

형은 그제야 이변을 알아차리고 뒤를 돌아보았다. 그러고는 몸
을 일으켜 앞바다 가득 조수가 들어찬 해변의 풍경을 아연히 바
라보았다. 길은 이미 끊겨서 바위밭은 군데군데 작은 섬이 되어
있었다. 파도 소리는 가까이에서 들려오고, 격렬하게 물방울이
흩날리고 있었다.

동생은 두 눈을 문지르면서 소리를 내어 울고 있었다.

"울지 마! 아직 돌아갈 수 있어!"

형은 손에 쥔 나무젓가락을 바다에 던지고, 현기증이 날 정도
의 공포를 느끼면서 뒤를 돌아보았다. 앞바다에서는 파도가 오후
의 햇빛을 사치스럽게 들이마시면서 천천히 부풀어오른다. 그 희
고 사나운 송곳니가 막 소년들에게 덤벼들려고 했을 때, 바위에

뚫린 작은 구멍에서는, 대낮에 길바닥에서 죽은 남자의 귀에서 흘러나온 피처럼 한 마리의 게가 기어나와 그 붉은 등딱지를 드러냈다.

les petites Passions

저편

소년은 교실 창문 너머로 하늘을 쳐다보고 있었다. 구름 한 점 없는 한없이 맑고 화창한 오후였다. 자세히 보면 군데군데 혈관이 비쳐 보이는데, 촘촘한 그물코 속으로 쉴새없이 피가 흐르고 있다는 것을 알 수 있다. 푸른색이 눈부실 정도로 신선해 보였다.

점심시간이 끝나면 하늘에서는 소년의 처형이 시작되었다. 금성과 같은 첫번째 책형(磔刑)은 가장 밝게 빛나는 모퉁이에서 행해졌다. 그것은 운동장에 쳐진 높은 네트와 체육관 건물이 궁전의 대문처럼 곧바로 길을 열어놓은 저편이었다.

소년은 거기에 두 팔이 묶인 채, 거센 바닷바람을 맞아 금방이라도 찢어질 듯 부풀어오른 새하얀 돛처럼, 육체의 십자(十字)를 수직으로 교차시킨 채 작은 가슴을 한껏 펴고 있었다. 형틀은 없고, 다만 의식에 쓰는 것 같은 흰 천을 한 장 허리에 두른 모습으로 파란 하늘에 직접 묶여 있었다. 소년은 얼굴을 똑바로 위로 두고 눈부신 듯 눈을 감은 채 몸이 비틀리는 고통을 참고 있었다.

집행 준비가 끝나자 정밀(靜謐)이 마지막으로 한 번 그를 포옹하며 자애 넘치는 입맞춤을 했다. 그것이 신호였다. 태양의 빛은 은색 창이 되어 그의 흉부를 노려 던져진다. 그것은 일격에 심장을 관통하여 소년의 숨통을 끊었다. 가는 목이 힘없이 축 늘어졌다. 상처로부터 끊임없이 피가 흘러내려와 허리에 두른 천을 새빨갛게 물들여간다. 이어서 두번째 처형이 같은 양상으로 다른 한 모퉁이에서 시작된다. 하늘에 일순 황연(煌然)하게 빛나는 창의 궤적. 다시 또하나, 그리고 또하나, ……파란 하늘은 별빛처럼 정화된 소년의 십자를 도처에 뿌려간다. 그것은 하늘의 광대한 가슴에 태양이 던진, 천 개의 창에 의한 천 개의 상처였다. 하나의 고통을 견뎌낼 때마다 소년은 또다시 새로운 고통으로 넘겨진다. 그리하여 처형은 마치 축제처럼, 일몰에 의해 태양의 마지막 창 하나가 던져질 때까지 계속되었다.

죽을 때마다 그는 용서받은 기쁨에 몸을 떨며 낮은 신음 소리를 냈다. 그것은 빗방울만큼이나 무거웠기 때문에, 떨어질 때마다 쥐죽은 듯이 조용한 오후의 운동장에 무수한 파문을 그려냈다.

소년은 고뇌하고 있었다. 그리고 오직 아픔만이 그것을 위로할 수 있었다.

수(數)

거리에는 이미 소문이 나 있었다. 그리고 다들 제각기 그 낯선 소년에 대한 연민을 늘어놓고 있었다.

소년이 사라진 곳은 바로 큰길을 끼고 있는 햄버거 패스트푸드 가게 건너편 보도였다. 그는 그 가게 단골손님이었다. 가게에 가는 날이면 언제나 이층 창가에 있는 금연석에 앉아서, 음료수의 얼음이 다 녹아 종이컵에서 고약한 약품 냄새가 날 때까지 스트로를 입에 물고 있었다. 그가 앉는 자리 쪽에는 항상 그처럼 멍하니 바깥을 내려다보는 손님들이 있었다. 그렇지만 소년은 그들 중 누구보다도 멋지게 턱을 괼 줄 알았다.

붐비는 양쪽 길에서는 상류에서 흘러 내려오는 냇물처럼 사람들이 바쁘게 오가고 있었다. 아무도 그 순간까지 소년에게 주의를 기울이지 않았다. 그의 외모에는 남의 시선을 끌 만한 어떤 요소도 없었고, 다만 입고 있던 하복 와이셔츠가 너무 하얬기 때문에 스쳐 지나가는 사람들의 가슴에 가끔 희미하게 성적인 수치심을 불러일으키고 있었다.

인파 속에서 소년의 발소리는 그의 심장 고동만큼 작았다. 그는 약간 고개를 숙인 채 걷고 있었다. 그러다 갑자기 나타난 몸집이 큰 남자와 부딪칠 뻔해 피하려고 한 순간, 앞으로 내디딘 오른쪽 다리가 모래처럼 힘없이 무너져내렸다. 이어서 무릎이 무너지고 허리가 무너졌다. 몸통까지 없어졌을 때 소년은 눈앞에 펼쳐진 인간의 다리로 된 나무숲을 똑똑히 보았다. 도움을 구하려고 필사적으로 팔을 뻗치자 손가락 끝에 누군가의 손이 닿았다. 그래서 손만은 없어지지 않고 그 자리에 남았다.

소년의 손은 영정처럼 흑백으로 변했다. 주위에 사람들이 모여들어 그가 시들지 않도록 모두 함께 눈물을 쏟아부었다. 그러고 나서 사람들은 제각기 해야 할 일이 떠올라, 누가 밟지나 않을까 걱정이 되어 계속 뒤를 돌아보면서 그 자리를 떠났다.

피어 있는 것은 소년의 손이었지만, 언제부터인가 그것은 소년 자체로 받아들여졌다. 그리고 그 사라진 소년의 이야기는 꽃으로 변신한 소년의 이야기로 사람들에게 잘못 전해지게 되었다.

성(性)

소년은 사랑을 하고 있었다. 그 소녀는 동급생 친구의 한 살 위누나였으며 같은 중학교 삼학년 학생이었다. 흰 살결에 몸집이작고, 그리 눈에 띄는 편은 아니었지만 소년은 아무리 많은 학생들 속에 있어도 단번에 그녀를 찾아낼 수 있었다.

소년은 단지 그 소녀가 보고 싶은 마음에 친구 집에 놀러 가곤했는데, 얼굴을 잠깐 마주치기만 해도 기뻐서 어찌할 바를 몰랐다. 때로는 말을 주고받을 때도 있었지만 그것은 너무나 어색하고, 대개는 슬플 정도로 우스꽝스러웠다.

어느 날, 학교에 가보니 소년의 사랑이 온 반에 알려져 있었다. 소녀의 동생이 틀림없다며 소문을 냈기 때문이었다. 소년은 다시는 그 친구 집에 놀러 가지 않았다. 소녀와 말을 나누는 일도 없었다. 그는 그녀가 갑자기 냉담해진 것을 느꼈다. 놀림을 당하기는 그녀도 마찬가지였다. 그리고 그것을 조금씩 귀찮게 느끼기 시작한 모양이었다.

그로부터 소년의 몸은 한 번도 하나로 이어진 적이 없다.

소년은 알몸으로 부유하며 어둠 속에 누워 있었다. 그리고 마치 시체처럼 무저항으로 모든 절단을 받아들였다. 머리 한가운데에서부터 성기 끝에 이르기까지, 그는 공업 제품과도 같이 정확하게 잘려 나뉘었다. 피는 한 방울도 나오지 않았다. 단면은 깎인 것처럼 매끈하고, 피부와 같은 살색이며, 뼈도 내장도 보이지 않았다. 실로 자른 삶은 달걀처럼 단면을 딱 맞춰놓으면 원래의 모습과 달라진 곳이 전혀 없어 보였다. 이번에는 똑바로 세워 자른다. 오른팔이 잘리고 몸통이 잘리고 왼팔이 잘렸다. 다음은 비스듬히 자른다. 오른쪽 어깨에서부터 허리 왼쪽 부분으로. 거기서 거슬러 거꾸로 비스듬히 자른다. 허리가 잘리고 왼쪽 다리가 잘리고 오른쪽 다리가 잘린다. ……살 조각은 점점 잘게 나뉘었지만 뿔뿔이 흩어지지는 않고, 바로 옆에 있는 살 조각과 조금 간격을 두면서도 소년의 형태 그대로 모여 하나가 되어 있다. 두 개의 단면이 교차하는 모서리는 새로 산 모형집의 조각들처럼 날카롭고 신선하여 결코 형태를 무너뜨리지 않는다.

소년은 무표정한 얼굴로 소리도 내지 않고 가만히 있었다. 또다시 새로운 단면이 몸을 가로지른다. 노트에 잘못 쓴 문장을 펜으로 칠하듯이, 그의 몸은 끊임없이 계속 절단되어간다. 가끔 마취에서 깨어난 것처럼 온몸이 아팠다. 오직 그 순간, 소년은 소녀에 대한 사모로부터 해방되었다.

기억

저녁, 그것은 소년이 처음으로 하늘의 죽음을 목격한 때였다.

그는 아무도 없는 방과후의 초등학교 교정에서, 철봉에 꿰여 집에도 돌아가지 못하고 서쪽 하늘을 바라보고 있었다. 철봉은 곧바로 겨드랑이 밑을 관통했기 때문에 두 팔로 몸을 떠받치지 않으면 몸의 무게로 살갗이 찢어질 것 같았다. 발돋움을 하면 끝이 간신히 땅에 닿는 정도였다. 가끔 지쳐 체중을 이동할 때마다 상처난 자리에 심한 통증이 일었다.

짙은 갈색으로 녹슨 철봉은 낮에 내리쬔 태양의 열을 아직도 그 깊은 곳에 유지하고 있었다. 아이들이 땀으로 미끄러지지 않도록 표면에 매일 모래를 바르기 때문에, 상처 주위의 굳은 피에도 많은 모래알이 섞여 있었다. 그 까끌거리는 감촉이 아주 불쾌했다. 등뒤에는 신기한 모양을 한 그림자가 길게 드리워져 있었는데, 시간이 경과함에 따라 점점 윤곽이 흐려져갔다.

소년은 고개를 들어 빨갛게 물든 하늘을 쳐다보았다. 거기서 태양은, 뼈가 툭 불거져나온 거대한 손에 꽉 쥐여, 갈기갈기 찢어져 엄청난 양의 피를 흘리고 있었다. 게다가 그것은 그 야만스러운 손가락 사이로 비어져나오면서도 아직도 기운 있게 맥박치고 있었다.

이렇게 하늘은 매일 어김없이 서쪽 능선에 마련된 광대한 형장에서 비통하고도 장엄한 죽음을 맞이하는 것이다!……

소년은 금방이라도 찌부러질 것 같은 그 하늘의 심장을 울면서 쳐다보고 있었다. 심장의 박동은 이미 미약했다. 저편에서 괴사(壞死)가 시작되어, 하늘의 가장자리를 검게 물들여간다. 소년은 훌쩍거리다가 가만히 귀를 기울였다. 그 마지막 순간이 되어서야 그는 겨우, 하늘의 심장박동이 자기 몸속의 맥박과 하나로 연결되어 있다는 것을 알아차렸다.

태양이 정지하자 순식간에 하늘은 거무스름한 시체가 되었다. 세계가 상을 당하고 침묵했다. 소년은 어둠 속에서 혼자 언제까지고 계속 울고 있었다. 아침은 아직 멀었다. 철봉은 밤 사이 타는 듯한 대낮의 열기를 잃어버리고, 지금은 차갑게 그의 몸을 관통하고 있다.

자기(自己)

해가 져서 컴컴해진 골목길을 소년은 혼자 걷고 있었다. 그는
고독했다. 사람이 무척 그리웠지만 아무도 이해해주지 않았다.

실제로 소년은 무섭도록 잔학한 피투성이 폭군이었다. 근처에
는 분명 사람들이 살고 있을 텐데 어느 집에서도 소리가 들려오
지 않는다. 그것은 그 자신의 공포가 강요한 그 자신에 대한 혐오
가 만들어낸 침묵이었다.

길 양쪽에서 유일하게 그를 맞이한 것은, 오늘도 긴장한 듯이
같은 간격으로 정렬하여 고개를 숙이고 있는 은색 가로등들이었
다. 똑바로 등을 펴고, 꼼짝도 하지 않고 가만히 그가 지나가는
것을 기다린다. 그것이 그들의 유일한 역할이다. 모두 소년보다
훨씬 키가 컸지만, 완전히 겁에 질려 침을 삼키는 기색조차 전해

져오지 않는다.

소년은 그 빛을 받으면서 입을 다물고 길 한가운데를 걷고 있었다. 그의 그림자는 사방으로 뻗어 있었다. 하지만 쥐죽은 듯 조용한 노상에, 울리는 발소리는 단 하나뿐이다.

갑자기 눈앞의 어둠이 작게 움직였다. 그리고 다음 찰나, 소년의 눈앞을 차가운 은백색 섬광이 지나갔다. 그것은 그가 평소 경계하던 사태였지만, 태세를 갖추었을 때는 이미 때가 늦었다. 칼은 망설이지 않고 내리쳐졌다. 소년을 대담하게 베고 가차없이 찔렀다. 육체의 모든 부분이 상처를 입고 피를 흘렸다. 그럼에도 불구하고 어둠은 손을 놓으려 하지 않는다. 밤의 어둠 속에서 그는 또다시 깊은 고독을 느꼈다. 그것은 아마 소년 말고는 누구나 다 알고 있던 암살 계획이었고, 그 증거로 그토록 충실히 언제나 그를 맞아주던 가로등들이 지금은 꼼짝도 하지 않고 냉담하고 초연하게 눈앞의 참사를 계속해서 비추고 있는 것이었다.

소년은 위를 보고 누워 아픔을 참으면서, 자신을 들여다보는 듯한 한 가로등의 모습을 보았다. 빛이 눈부셨지만 어딘가 은총처럼 느껴지기도 했다. 어둠은 여전히 증오의 칼을 내리친다. 희미해지는 의식 속에서 소년은 갑자기 깨달았다. 그것은 한낮에 꾼 악몽 속에서 자신이 풀어놓은 자객이 아니었을까? ……

재채기

아주 허약한 남자가 있었다. 어렸을 때, 재채기만 해도 부서질 것 같다는 말을 들은 적이 있었다. 그래서 언제부턴가 본인도 그 말을 믿게 되었다. 아마 한 번쯤이야 괜찮을 것이다. 하지만 열 번 재채기를 하면 부서질지도 모른다.

그로부터 오랫동안 남자는 세심한 주의를 기울이며 재채기를 하지 않도록 노력해왔다. 삼십 년 동안 살아오면서 그가 지금껏 재채기를 한 것은 단 한 번뿐이었다. 그래서 아홉 번 남아 있다고 생각하고 있었다.

서른한 살의 봄에 남자가 두려워하던 사태가 일어났다. 꽃가루 알레르기 증상이 나타난 것이다. 첫날에는 한 번 재채기가 났다. 이것으로 여덟 번이 남았다. 이틀째에는 두 번 났다. 나머지는 여섯 번. 사흘째에는 네 번 났다. 그런데 뜻밖에도 그 마지막 재채기로 남자는 뿔뿔이 흩어져버렸다. 어느새 정확히 열 번이라고 생각하게 되었지만 원래는 열 번쯤이었던 것이다.

그리하여 아주 나약한 남자는 부서졌지만, 재채기만은 계속 남았다. 그리고 꽃가루가 휘날리는 계절이 지나면 그 재채기도 자연히 사라져 없어졌다.

최후의 변신

한참 동안 나는 방 한구석에 꼼짝 않고 쭈그린 채 앉아 있었다.

방에 틀어박혀 지낸 지 벌써 이 주일이 다 되어간다. 거울에 비친 내 얼굴에는 야생 그 자체인 양 제멋대로 자란 수염이 볼이며 턱을 온통 뒤덮고 있다. 평소 나는 머리카락뿐만 아니라 눈썹 모양에까지 신경을 쓰면서 늘 말쑥한 외모를 유지하려고 애썼는데, 지금은 눈 주위가 마치 인적이 끊긴 수풀 속에 버려진 폐가같이 거칠어지고, 게다가 며칠이나 감지 않아서 불결한 빛을 띤 머리카락은 쓸어올릴 때마다 지저분하게 흐트러진다.

모든 게 귀찮았다. 몸을 움직이려고 하면 매우 불쾌한 기분이 든다. 나는 그저 가끔 거대한 벌레처럼 슬금슬금 기어나가 가족들이 갖다놓은 음식을 조금 먹고 그들의 눈을 피해 배설을 하러 갔다. 나의 등뼈는 둥글고 '갑옷처럼 딱딱해'져서, 그때마다 둔한 통증이 일었다. 내가 자신의 **변화**를 알아차리고 그 급격한 진행을 느낀 것도 필시 그 통증 때문이었을 것이다.

—그래, 나는 막연히 카프카의 『변신』이라는 소설을 생각하고 있었다. 나는 이 '수기' 같은 것(생각해보니 나는 여태까지 글 쓰는 것은 고사하고 한 번도 '수기' 같은 것을 읽은 적이 없다. 있다면 작가가 가공의 인물을 내세워 쓴 가공의 '수기'뿐이다. 부자연스러운 거짓 서문이라든가 주석 따위가 붙어 있는 흔한 것들 말이다. 별로 깊이 생각한 적도 없다만, 어째서 그자들은 그토록 번거로운 짓을 하는 것일까?)을 쓰기 전에, 대학교 때 한 번 읽고 이상한 이야기라는 정도의 인상밖에 받지 않았던 그 소설을 다시 한 번 읽어보고, 그리고 비슷한 시기에 사놓고 읽을 마음이 없어져 책꽂이에 그대로 방치해왔던 두 권의 단편집을 넘겨보고는 이번엔 엄청 흥미를 느꼈던 것이다. 나는 마치 사춘기 아이가 『인간실격』이라도 읽었을 때처럼, 그 속에서 나 **자신의** 닮은꼴을 발견했다 (단, 감동도 공감도 없었다). 나는 자신이 지금 얼마나 우스꽝스러운 꼴인지를 새삼 깨닫게 되었다. 나는 요컨대 **변신**을 한 것일까?

그 소설의 주인공 그레고르 잠자는 자신의 몸을 덮친 그 경악할 만한 현실에 대해 전혀 놀라지 않는다. 적어도 그에 상응할 정도의 놀라움은 드러내지 않는다. 곧바로 한탄조의 넋두리가 시작되긴 하지만 그것도 자신이 벌레가 되었다는 사실에 대한 것이 아니라, 평소 세일즈맨으로서 하고 있는 일에 대한 것이다. 이건 대체 어떤 뜻일까? 게다가 또—아마 이게 더 큰 의미를 지니는 것이겠지만—어째서 이렇게 되어버렸는지에 대해 마땅히 가져야 할 의문이 아예 깡그리 빠져 있는 것이다. 그건 정말 기묘한 일이다. 나는 그것을 단순히 '악몽'의—'꿈'이라는 것의 일반적인 성격으로 치부해버릴 수는 없다. ……처음 읽었을 때에는 그런 건 전혀 신경 쓰이지 않았다. 물론 조금 이상하게 느끼긴 했겠지만, 보통의 인간이라면 그 절망적인 상황을 알아차리고 꽤나 소란을 피웠으리라는 의심은 아마도 너무나 당연해서 유치하게 느껴졌을 것이고, 소설이니까 그렇지, 라는 시시한 말 한마디로 납득하고 그냥 지나쳤다면 그것도 충분히 이해할 수 있다. 하지만 그보다도 더 그럴 법한 이유는, 어쩌다 우연히 작품의 결함을 발견한 듯한 느낌이 들어 작자에게 시시껄렁한 난센스를 들이밀며 어리석은 우월감에 젖어 있었다는 것이다. 나는 언제나 그런 식의 치사한 근성의 노예였다. 물론 나만 그런 건 아닐 것이다. 아니, 나야 훨씬 나은 편이 아닐까? 더 형편없는 자들도 얼마든지 있다! 우리 세대의 인간들 중에 누구 하나 그런 따위의 시시함에서 벗어나 있는 자가 있을까?—아니면 이 또한 비참한 곡해일까? 나는 아직 한 번도 그렇게 훌륭한 자를 만난 적이 없지만, 세상에는 그런 식의 저질 근성과는 전혀 무관한, 재능도 타고나고 자신도 넘치고,

그렇기 때문에 한층 더 겸허하고 너그러운 인간이 있을지도 모른다. ……흠, 있을 리가 없나. ……아니, 있을까? ……그런 식으로 허겁지겁 부정하고 싶어지는 걸 보면 나는 이미 그러한 자를 알고 있는지도 모른다. 그렇기 때문에 제 손으로 써놓고 나서도 뭔가 아픈 데를 찔린 것처럼 가슴이 철렁하는 것이다. 정중하게 '훌륭한 자' 어쩌고 써보는 이 비열함! ……그렇지만 정말로 나는 세상의 보통 사람들에 비해 그렇게 열등한 것일까? 어디가, 어떤 식으로? ……아, 아무려면 어떤가! 어떻든 상관없다! 안 그래? 내 머리 속은 언제나 이렇게 제자리를 빙빙 도는 시시껄렁한 생각들로 가득 차 있다. 정말 난 바보인가? 아니, 하지만, ……

제기랄! 성질난다! 정말 짜증이 난다! 젠장! ……나는 이런 걸 쓰려는 게 아니다. 나는, 내가 발견한 카프카 문학의 어떤 중대한 주제와, 지금 내가 처한 상황 — 히키코모리*라는, 이 굴욕적이며 인정하기 어려운 상황의 비교를 시도하려는 것이다. 이것만으로도 내가 여기저기 널려 있는 무지한 녀석들보다 조금은 괜찮은 인간이라는 것을 충분히 증명하고도 남지 않는가? — 괜찮은 인간? 그러나 머리가 쬐끔 좋다고 해서(이건 잘난 척하는 게 아니다. 나

---

* 사회생활에 적응하지 못하고 집 안에만 틀어박혀 사는 사람들. '틀어박히다'라는 뜻의 일본어 동사에서 유래.

는 그에 대한 객관적 증거를 지금 당장에라도 열 개는 댈 수 있다!), 그것을 괜찮은 인간이라고 할 수 있는 걸까?……또 시작이군, 제기랄! 이러다간 백 년이 지나도 난 쓰고 싶은 걸 뭐 하나도 제대로 쓸 수 없을 것이다. 왜 또 컴퓨터 앞에 앉아 있는 거지?─남의 사정 따위는 당분간 잊어버려야 한다. 그걸 의식한 순간, 나의 머리는 또 녀석들 생각으로 가득 차버린다. ……제기랄!……

어쨌든 말이다. 잠자는 놀라지 않았다. 그리고 나 또한 자신이 히키코모리가 되어버린 것을 아무런 저항 없이 받아들였다. 나에게도 놀람은 없었다. 그리고 잠자의 경우와 마찬가지로, 가족이나 회사의 상사는 그야말로 뒤로 자빠질 정도로 놀랐던 것이다. 이 세상의 그 누구의 눈에도 나는 히키코모리 같은 족속들과는 가장 거리가 먼 인간으로 보였을 것이다. 나 자신도 그런 건 꿈에도 생각하지 않았고, 그러한 녀석들을 아주 바보 취급했을 정도다. 나는 자주 술자리에서 그런 얘기를 꺼내고 회사 동료들과 함께 비웃었다. 실제로, 세상에서 흔히들 말하는 히키코모리의 원인 따위는 코웃음을 칠 수밖에 없는 시시한 것뿐이리라. 왕따를 당했다든가, 학교가 재미없다든가, 일이 힘들다든가, ……그런 정도인 것이다.

나는 다르다. 단언하건대 나는 이 시대를 가장 별탈없이 살아온 청년 중 한 사람이었다. 그것은 지금까지의 나의 경력과 나를 아는 모든 사람들이 증명해줄 것이다. 말하자면 나는, 갑자기 나라는 인간의, 모든 현대인의 전형인—다시 말해 겉보기엔 언제나 밝고 기운차며 형용할 수 없이 경박하고 무신경한—성격을 뒤집어, 노인네들처럼 지칠 대로 지치고, 어둡고 심각하며, 우스울 정도로 순진한, 사진의 음화지 같은 그런 존재로 모습이 바뀌어버린 것이다. 확실히 내 신상에 일어난 변화는 나를 아는 사람들에게는 일종의 미스터리처럼 보였으리라. 그 평범한 남자가! 라는 식으로. 그리고 아마도 사람마다 느낌은 다르겠지만, 요즘 같이 밝은 청천하에서 살아가는 바깥의 녀석들에게는, 구멍 속 같은 방 안에 하루 종일 틀어박혀 아무래도 이해하기 어려운 그 심리 위를 음식 찌꺼기를 탐내는 바퀴벌레처럼 기어다니고 있는 내 모습이 꽤나 불쾌하게 느껴졌음에 틀림없다. 그것도 녀석들 머릿속에 내가 없어졌다는 인식이 남아 있을 때까지의 이야기지만.

계기는, ……있기도 하고 없기도 하고, 뭐 그런 거다. 나는 아마 지친 걸 게다. 그리고 다소 자신감을 잃고 있었다. 무엇보다 바빴다. 입사 이 년째가 되는 해 후반기부터 업무량이 늘어 가끔 비명을 지르고 싶어지곤 했지만, 올해는 그런 것과는 비교가 안 될 정도로 혹사당하고 있었다. 그리고 그 일이 일어나기 전의 일주일 동안은 특히 심하게 상사에게 야단을 맞았다.

그날은 일요일이었고 나는 방에서 텔레비전을 보고 있었다. 아침부터 내내. 토론 프로그램에서는 탤런트 같은 분위기의 평론가가, 중년이 되어 갑자기 공부를 시작했지만 아무리 해도 결국은 촌티가 그대로 드러나는 한 코미디언의 바보스런 질문에 응하여, 현재의 디플레이션 요인에 대해 열심히 떠들고 있었다. 자산 가치의 저하라든가, 장래에 대한 불안 때문에 소비자들이 돈 씀씀이를 줄이고 있다든가, 대량 수입되는 중국 제품과의 가격 경쟁이라든가, 지방 경제의 지반 침하라든가, ······대충 그런 내용이었다. 그러고 나서 일층에 내려가 부모와 점심을 먹고(그것이 가족과 함께한 마지막 식사였다. 참고로 말하면, 나는 형제가 없고 아직 독신이다), 다시 침대 속에 들어가서 텔레비전을 켰다. 시시껄렁한 연예계 뒷얘기가 끊임없이 흘러나오고 있었다. 인기 가수 아무개가 드라마에서 함께 연기한 젊은 배우 아무개와 사귀고 있다든가, 거물 엔카 가수가 억 단위의 빚에 시달리고 있다든가, ······그렇게 적당히 채널을 돌려가며 골프며 경마며 영화를 보고 있는 사이에, 창밖은 어느새 어두워지고 있었다. 나는 재미도 없는 개그 프로그램의 명청한 오프닝 테마를 듣고 심히 우울해졌다. 어렸을 때부터 그걸 들으면 무척 언짢은 기분이 들었다. 엄청나게 시시한 주말을 보낸 것 같은 느낌이 들었다. 그리고 월요일에 출근할 생각을 하고는 베개에 얼굴을 파묻고 힘없이 신음 소리를 냈다. ─

　지금 돌이켜봐도 여느 때와 다름없는 일요일이었다. 듣기에도 지루하지만, 매주 되풀이해온 일이기 때문에 그날이라고 특별했던 것은 아니다. 다만 여느 때와 달랐던 것은 다음날 내가 회사에 가지 않았다는 것이다. 어머니는 전날 밤부터 밥도 안 먹고 누워 있는 나를 걱정하면서 병원에 가보라고 권했다. 아버지는 오지 않았다. 나는 만사가 귀찮게만 느껴져서 건성으로 고개를 끄덕이고 밥을 방까지 날라다달라고 부탁했다(그게 지금까지 계속되고 있다). 나는 회사에 연락을 하지 않았다. 상사는 당연히 화를 냈겠지만, 나중에는 굉장히 불안해진 모양이었다. 핸드폰 벨소리를 꺼놨었는데, 나중에 보니 엄청난 양의 착신 기록이 남아 있었다. 컴퓨터에도 메일이 몇 통이나 와 있었고, 집 전화도 한 시간 간격으로 울렸다. 나는 그 어느 것에도 응답하지 않았다. 어머니는 파트타임 일을 나갔고, 아버지는 여전히 일자리를 찾아 여기저기 헤매고 다녔다.

저녁때 집으로 돌아온 어머니는, 자동응답기 메시지를 듣자 파랗게 질린 채 계단을 뛰어올라와 어째서 회사에 연락 한번 안 했느냐고 마치 어린애를 꾸짖듯이 야단을 쳤다. 나는 분명 전화를 했는데 아마도 전달이 제대로 안 된 모양이라고 말했다. 거짓말이라는 것은 금방 탄로났다. 나중에 다시 회사에서 전화가 걸려왔기 때문이었다. 아래층에서 "걱정을 끼쳐드려서, ……"라고 어찌할 바 몰라하며 사과하는 어머니의 목소리가 들려왔다. 나는 어차피 상대방한테는 보이지도 않는데 이럴 때마다 영락없이 만화 속 장면처럼 과장되게 굽신거리며 인사를 하는 어머니의 버릇을 떠올렸다.

다음날 나는 똑같은 일을 되풀이했고, 저녁때 어머니가 똑같이 전화로 상사에게 사과를 했다. 삼 일째 아침에는 더이상 믿을 수 없었는지, 내 방에까지 와서 어떻게 할 것인지를 물었다.

"오늘은 좀 어떠니? 몸 상태가 아직 안 좋으면 회사에다 직접 연락을 하렴."

열쇠를 잠가놓은 방 바깥에서 걱정스러운 듯한, 그러면서 조금 짜증스러운 듯한 어조로 말하는 것을, "어어, ……"라고만 대답하고 무시하고 있으려니, 어머니는 결국 아래층으로 내려가서 나 대신 회사에 전화를 걸었다. 나는, 결근한다는 연락을 어머니가 대신 해주는, 우리 세대 인간들이 얼마나 형편없는지에 대해 이야기할 때 단골로 등장하는 이야기의 최신 실례(實例)가 되었다. 회사 사람들이 나를 두고 뭐라고 할지를 상상하면 가만 있을 수 없었지만, 그렇다고 해서 회사 사람들한테 '무슨 일이 있었나'를 설명하는 것은 생각만 해도 귀찮았다. 실제로, 대체 '무슨 일이 있었'단 말인가?

이런 생각을 하게 되자 사회로부터 느껴지는 냉담함은 놀라울 정도였다. 누가 뭘 어떻게 했다는 게 아니다. 오히려 동료들은 비위가 상할 정도로 진심으로 걱정해주는 것 같았다(한두 개밖에 열어보지 않은 메일을 통해서만 상상한 것이지만). 그러나 나 자

신이 사회로부터 급속하게 멀어져간다는 느낌을 받는 것은 어쩔
수 없었다. 이런 식으로 특별하게 남의 관심을 모으고 있다는 사
실로 인해, 나는 사회와의 커다란 단열(斷裂)이 한층 커져가는
것을 느꼈다. 그것은—되풀이하지만—나로 하여금 더욱더 회사
에 갈 기분이 들지 않게 만들었다.

　인간은, 사회의 모든 방향으로부터 어떤 끈 같은 것으로 연결
되어 있다. 그 끈은 어느 것이나 금방이라도 끊어질 것처럼 팽팽
하게 당겨져 있기 때문에, 한번 끊어져버리면 엄청난 힘으로 멀
어져서 순식간에 보이지도 않게 되는 것이다. 나는 그런 끈의 끄
트머리를 하나하나 전부 찾아내어 다시 한번 자신에게 고쳐매는
것을 상상했다. 그리고 그 자리에서 쓰러져버릴 것 같은 심한 현
기증을 느꼈다.

　나는 애써 아무 생각도 하지 않으려고 노력했다. 그 기간은 두
렵고 괴로웠지만, 마치 마약환자가 약을 끊을 때처럼 일단 고비
를 넘기자 어딘지 후련하고 차분한 기분이 되었다. 하긴, 조금이
라도 '바깥세계'에 대해 생각을 하면 구토가 날 정도로 불쾌해졌
기 때문에 억지로 그러지 않으려 노력한 것이지만.……

　이것이 계기랄까, 히키코모리가 된 전후의 경위다. 그러나 이러
한 기술은 아마 별 의미가 없을 것이다. 이것은 계기일지언정, 내
가 히키코모리가 된 원인은 절대 아니다. 원래 계기라는 것은 스키

점핑대의 마지막 선과 같은 것이다. 사람을 날게 하는 것은 그 선이 아니라, 긴 도움닫기이다. 이 세상에는 단 한 권의 책을 읽고 자살하는 사람도 있다지만, 설령 그 책이 제아무리 위대한 것이라 할지라도 극적으로 한 인간의 삶을 죽음으로 전환시키기에는 필경 뭔가 부족하며—오용(誤用)의 의미로—'역부족'인 허접 거리인 것이다. 그자는 이미 죽었다. 그때 가서 책 자체와 그것이 일으킨 일련의 사태를 아무리 꼼꼼하게 검증해본들 알아낼 수 있는 건 별로 없을 것이다. 제대로 생각이 있는 자라면 책은 단순한 계기라는 것을 알아차리고 그자의 지금까지 인생 그 자체에 눈을 돌릴 것이고, 나아가 죽음이라는 근본적인 부조리에 대해서도 생각하게 될 것이다.

그렇기 때문에 나는 계기라는 것은 거의 의미가 없다고 생각한다. 의미가 있다면, 나라는 인간이 바로 조금 전까지도 유감없이 이 시대를 살아가다가 결국 이렇게 비참한 꼴이 되어버렸다는 사실 자체에 있을 것이다. 나는, 그 의미라는 것을 알게 되면 내 몸에 일어난 불행을 시대 그 자체의 병적 '표상'이라고 믿게 될지도 모른다. 지금도 여전히 그런 예감이 든다. 내 탓이 아니다! 그건 그렇지. 나는 잘 살아왔다. 그 결과가 이러한 것이 어째서 나 혼자만의 책임이란 말인가? 매스컴에서도 히키코모리란, 예를 들면, 그래, 매독 균이 몸 안을 좀먹어 피부 표면에 '표상'으로서의 반점이 나타나는 것처럼 시대 그 자체가 감염시켜버린 몹쓸 병의 증상인 양 떠들어대고 있다. 바로 그렇기 때문에 나는 카프카 따위를 끄집어낸 건지도 모른다. 내가 가지고 있는 문고판의 해설에는 '제1차 세계대전 후 독일을 휩쓴 정신적 위기의 표현 중 하나'라고 씌어 있다. 그러한 이유가 통한다면 내가 시대 때문에 변신될 수밖에 없었던 불쌍한 희생물이라고 해도 이상하지 않다. 그레고르 잠자도 특별한 사람이 아니었다. 분명 아무라도 상관없었던 것이다. 그리고 어쩌다 우연히 지금의 이 시대에는 내가 선택된 것이다. 그 이상 아무것도 아니다. 비극은 그때 내가 아니면 안 된다는 필연의 결여다! ……하지만 그런 생각을 하면서 한편으로 나는 '내가 아니면 안 된다는 필연'이라는 것도 어렴풋이 느끼고 있는 것이다. 나는 전국에 산처럼 널려 있다는 히키코모리 무리와는 어딘가 다르지 않을까? 나는 지금도 그자들을 업신여기고 있다. 그자들은 요컨대 단순한 히키코모리다. 나는 다르다. 나는 그 일군의 거대한 벌레들의 이른바 전형, 다시 말해 전형이 될 수 있을 만큼 첨예한 하나의 문제이며, 그렇기 때문에 벌레들과 그 딱딱한 껍질 바깥쪽에 있는 녀석들 사이에 놓인 하나의 '다리'인 것이다. 내가 히키코모리의 가장 유익한 증례(症例)라고 한다면, 동시에 나는 나의 시대의 가장 유익한 증례이기도 하다. 시대라는 것은 언제나 그렇게 병에 의해서 가장 강렬하게 각인되어오지 않았던가?

　—이런 생각에 빠져드는 게 얼마나 우스꽝스러운 일인지 나도

물론 충분히 자각하고 있다. 설령 내가 그런 인간이라 하더라도 나에 대해 쓰는 것은 누군가 다른 사람이어야 할 것이다. 대개 그런 인간은 자신의 존재의 '의미'에는 무자각해야 할 것이고, 설령 자신이 자각했다 할지라도 그저 잠자코 있으면서 남이 인정해주기를 기다려야 할 것이다. 제멋대로 그런 생각을 드러내는 녀석을 상상해봐라! 미쳤다고 해야 마땅할 것이다. 작가가 타인의 '수기'를 날조하는 것은 그 때문일까?

생각해보면, 나는 어렸을 때부터 나에게 뭔가 자신조차 미처 알아채지 못한 특별한 능력이 감추어져 있는 게 아닌가 하는 몽상에 사로잡혀 있었다. 그 능력의 발견과 발전은 거의 사명처럼 느껴졌었다.

내가 초등학생 때에는 세기말인지 뭔지 하며 지겨울 정도로 심령술이 유행했었다. 나는 그런 종류의 프로그램을 텔레비전에서 볼 때마다 밤중에 화장실에도 못 갈 정도로 겁에 질려 부들부들 떨었는데, 그 역시 나에게는 그런 내용이 남의 일처럼 느껴지지 않았기 때문이었다.

나는 심령현상 특집 프로그램을 통해 배후령(背後靈)이니 윤회전생이니 하는 이야기를 알고 나서부터, 내 두 어깨에 세상 사람 모두가 기겁할 정도로 굉장한 사람의 유령이 들러붙어 있는 게 아닐까, 혹은 나는 어쩌면 전국시대의 유명한 무장—오다 노부나가나 다케다 신겐— 이 환생한 게 아닐까 하면서 근거도 없는 망상에 빠져들곤 했었다. 실제로 그 무렵 몇 번인가 부모에게 점쟁이한테 데려다달라고 부탁을 한 적이 있다. 당연히 아버지도 어머니도 웃기만 하고 내 말을 제대로 들어주지 않았다. 나는 그때마다 울면서 졸라댔지만, 속으론 자신의 '사명'에 대한 자각이 유예된 것에 안심하기도 했다. 그리고 부모를 '범인(凡人)'— 당시에 그런 말을 알았던 건 아니지만 지금 생각해보면— 으로 생각해 다소 업신여기게 되었고, 내가 '그 사실'을 자각하게 되는 계기는 점쟁이의 말이 아니라 장래에 겪을 더욱 극적인 기적의 순간임에 틀림없다고 생각하면서 가슴이 두근두근 설렜던 것이다.

그리고 UFO 프로그램에서 어려서 우주인에게 납치되어 머릿속에 '금속 조각'이 박혔다는 사람의 인터뷰 같은 게 나오면, 어머니는 반신반의, 아버지는 완전히 무시하는 듯한 태도로 화면을 바라보고 있는 그 옆에서 내 몸 속에도 틀림없이 그 '금속 조각'이 박혀 있음에 틀림없다며 무서워하곤 했다. 그것은 내가 아직 철이 들기 전의 일일 것이다. 나는 아마도 아파트 단지 앞에 있는 공원인가 어딘가에서, 부모가 잠깐 한눈을 판 사이 날아온 UFO에서 발사되는 신비로운 빛에 감싸여 천천히 공중에 떠올랐고, 곧 기내로 빨려들어가 금색으로 빛나는 눈부신 침대 위에서 그 무시무시한 수술을 받았던 것이다. 내 몸 속에는 지금 이 순간에도 그 다른 별의 물질이 맹렬하게— 그러나 지극히 조용히— 이동하여, 아마 전파나, 전파 다음에 도래할 무선 통신 수단으로 UFO와의 교신을 계속하고 있다. 그것은 분명 이 별에 관한 가장 중요한 정보의 발신일 것이다! ……그런 생각을 하면서 나는 부모에게 내가 어렸을 때 '행방불명'—이 말도 언제나 나를 두근거리게 했다—된 적이 없었느냐고 몇 번이나 물어보았지만, 그럴 때마다 되레 늘 의심스러운 표정과 함께 어째서 그런 걸 묻느냐는 질문을 받는 것으로 끝이 났다. 나는 아버지는 몰라도 어머니라면 조금은 '그런 것'에 이해가 있을 거라고 생각했었기 때문에, 내가 사용한 완곡하고도 암시에 찬 말에 부모 모두가 전적으로 둔감한 것에 심히 실망했다. 덧붙이자면, 기묘하게도 나는 유소년기의 어떠한 기억보다도 내가 공상 속에서 그려낸 그 우주선의 내부 광경을 훨씬 더 선명하게 기억하고 있다. 어쩌면 그건 현실이었을까?

　……또 있다. 어렸을 때 내가 가장 흥미를 느끼고, 이거야말로 나의 '정체'가 아닐까 하고 생각한 것은 1999년 '인류 최후의 날'—그 유명한 노스트라다무스의 『대예언』에 나온 내용이다—에 세계를 구하기 위해 나타난다는 '구세주'라는 것이었다. 당시에는 정체 모를 종교집단의 교조 혹은 그것을 취재한 정체불명의 저널리스트가 그런 종류의 책을 마구 펴내고 있었는데, 나는 학교에서 돌아오는 길에 나이차가 많이 나는 형이 그런 책에 푹 빠져 있다는 친구 집에 곧잘 들러, 어머니에게서 저녁 먹을 시간이

니 어서 돌아오라는 전화가 걸려올 때까지 정신없이 그것들을 탐독하곤 했다.

지금 와서 생각해보면, 일본에서 출판된 일본인 독자를 위한 책이니 당연한 것이겠지만 — 게다가 아마도 그 이상의 수상쩍은 의도가 있어서였겠지만 —, 그런 책들은 반드시 인류의 멸망에 대한 단순한 예언으로 끝나는 것이 아니라 한 가닥 희망을 남겨놓고 있으며, 게다가 그 구제를 떠맡은 사람은 아시아의 작은 나라 중에서도 '태양과 관계가 있는 나라'(히노마루*라든가 해가 뜨는 나라, 뭐 그런 것. 요컨대 일본이라는 것일 테지만)에서 '출현한다'는 식으로 제법 신비스럽게 씌어 있었다. 나는 그런 문장을 읽을 때마다 이것은 다름아닌 나에 관한 내용이라 생각했고, 당장이라도 옆에 있는 친구에게 말하고 싶은 충동에 사로잡혔다. 혹은 어쩌면 이 녀석은 그걸 알려주기 위해 나와 친해져서 나를 자기 집으로 끌어들인 게 아닐까 하는 생각도 해보곤 했다. — 어째서 그런 생각을 하게 되었을까? 그러나 내가 그런 생각을 한 건 아이라서 그렇다 쳐도, 당시에는 그런 얘기를 심각하게 받아들이는 어른들도 많이 있었다!

이런 과대망상증은 나이를 먹으면서 서서히 '증상'이 누그리들

---

* 일본 국기에 그려져 있는 태양을 상징하는 붉은 원.

긴 했지만 그래도 그 후유증은 상당히 오래가, 나는 가끔 발작처럼 자신의 찬란한 미래를 그려보며 망상에 빠져들곤 했다. 제트기 파일럿이 되어 온 세계의 하늘을 날아다닌다든가, 건축가가 되어 여러 나라에 내가 설계한 건물을 세우고 다닌다든가, …… 뭐 그런 것들이었다.

내가 동경하고, 그리하여 언젠가는 되지 않을까 하고 생각한 각 직업들의 영웅적인 화려함은 적어도 내 머릿속에서 그리는 한, 단순한 우스꽝스러움에 불과했다. 나는 그렇게 되기 위해서 진땀을 흘려가며 죽을 각오로 노력을 한 적이 한 번도 없었으니까. 나는 그저 왠지 모르게 변신하듯이 그렇게 될 것 같았던 것이다. 그리고 차츰 흥분이 깨져 무기력하게 단념하는 마음이 부풀어오르면, 그런 것을 갈망했던 스스로를 조소하게 되는 것이었다.

그러나 그건 과연 나 혼자만의 특이한 병이었을까? ―결코 그렇지 않을 것이다. 우리 세대의 사람들은, 정도의 차는 있을지 몰라도 누구나 그런 어리석은 축에도 들지 않는 망상을 껴안고 있는 것이다! 지금도, 이 나이가 되어서도 그러한 고민을 거침없이 털어놓는 자들이 ―여자나 남자나― 내 주위에는 얼마나 많은지! 그 자들은 무언가가 되고 싶어한다. 적어도 지금의 자신에 대해서는 만족하지 못한다. 그리고 상당히 진지하게 변신을 동경하고 있다. 그렇다면 대체 뭐가 되고 싶은 거냐고 물으면, 대부분의 사람들은 고개를 갸우뚱한다. 자기 자신조차 모르고 있는 것이다!

……지금 쓰면서 생각한 것인데, 어릴 때의 내가, 학교에 가서 친구들과 놀고 집에 돌아와 부모와 함께 시간을 보내는 자신보다 언젠가 그 '누군가'로 변신한 후의 자신을 진짜 자신이라고 생각하고 있었던 것은 중요한 사실일 것이다. 대체 그런 생각은 어디서 온 것이었을까? 지금 이 순간에도 나를 포함한 우리 세대의 사람들은 모두 진짜 자신은 무엇일까라는 생각에 괴로워하고 있다. 마치 망념처럼.

시시한 사례 하나가 떠올랐다.

나는 대학을 나올 때까지 카바쿠라*나 윤락업소 같은 데는 한 번도 간 적이 없었는데(겁이 많기도 했지만 무엇보다 돈이 없었다), 사회인이 되어 겨우 그런 재미를 알고 나서 한동안은 잠자는 시간도 아까워하며 열심히 찾아다녔다. 처음 간 것은 입사 후 얼마 지나지 않아서였는데(나는 영업부에 배속되어 있었다), 자기 돈을 내고 가게 된 것은 입사 이 년째 되는 해의 겨울이었다. 월급과 보너스를 모두 털어넣으며 푹 빠져 있었으니, 그 전의 나를 알고 있던 놈들은 아마도 미친 줄 알았을 것이다. 하지만 아무리 부모랑 함께 살아 생활비가 안 든다고 해도 신입직원의 월급이란

---

* 카바레와 클럽의 합성어로, 여성 호스티스가 동석해 접대하는 술집. 시간제 요금을 받는 것이 특징이다.

뻔한 액수라, 회사 일로 이용할 때를 제외하면 나는 결코 돈 잘 쓰는 손님은 아니었다. 그런데도 호스티스들과 금방 사이가 좋아질 수 있었던 것은, 내가 스스로 발명하여 적극 활용한 말솜씨로 그녀들의 마음을 사로잡았기 때문이다. 내가 한동안 빠져서 돈을 탕진한 여자는(결국에는 한 달 반 정도 정식으로 사귀기까지 했다) 당시 스물한 살이었다. 모델 일을 하고 있었고 ― 마트 광고에 딱 한 번 세일용 잠옷을 입은 사진이 나온 것도 모델이라 할 수 있다면 ― 장래에는 가수가 되고 싶다며 거대한 꿈을 조금 부끄러운 듯이 고백했는데, 나는 그런 바보스런 이야기를 들을 때마다 언제나 결코 비아냥거리지 않고 굉장히 감동받은 태도로 고개를 끄덕이면서 귀를 기울었다. 그리고 자꾸 요리를 잘한다든가, 방이 깨끗하다든가, 여기서 받은 돈으로 아버지 생일에 넥타이를 선물했다든가 하는, 요컨대 '이런 곳'에서 일하고 있는 여자한테는 아무래도 어울리지 않는 이야기를 신이 나서 명랑하게 떠들어대면 "그래, 실은 제법 여자애다운 면이 있네" 등등 적당한 대답을 해주었다. 그러면 여자는 그 말에 완전히 감격해서 "그럼, 비록 이런 데서 일을 하고 있지만 실은 얼마나 성실하다구!"라고, 그때까지와는 확실히 다른, 더욱더 친근하고 프라이빗한 어조로 말했다. 나는 그 단순한 반응에 질려버렸지만 동시에 굉장히 흥미롭기도 했다. 그리고 '이런 곳'에서 일하는 여자들을 완전히 이해한 것 같은 느낌이 들었다.

나는 이 멋진 발견의 정당성을 증명하고 싶어서 나중에는 여기
저기 무턱대고 그 '실은'이라는 말을 쓰고 다녔다. 나는 이미 여
자 마음을 산다는 본래의 목적을 잊고 오직 그 말의 효과를 알고
싶은 마음에, 입이나 손으로 하는 건 참을 수 있지만 에이즈가 무
서워서 도저히 '정식'으로는 하고 싶지 않다는 윤락녀들에게, 서
비스를 받고 난 후의 나른한 시간에 시시한 이야기를 들어주다가
기회를 놓치지 않고 "실은 착한 거 같은데"라든가, "실은 참 섬세
하네"라고 입에서 나오는 대로 지껄여댔다. 효과는 최고였다. 물
장사하는 여자들은 대개 허세만으로 하루하루를 살아가기 때문
에, 약간 센티멘털한 이야기지만 "실은, …… (잠시 틈을 두는 게
포인트다) ……외로움을 많이 타는 타입이지?"라고 말해주면,
마치 '운명의 남자'라도 만난 것처럼 놀라며 금방이라도 울음을
터뜨릴 듯한 눈빛으로 나를 가만히 응시하는 것이었다.

　나는 경험을 통해 그 말의 가장 유용한 사용법을 배워나갔다.
나는 여자들이 순간적으로 침울한 분위기를 자아낼 때에는 일부
러 그것을 슬쩍 지나치고(즉 못 본 척하는 것이다), 반대로 아주
밝고 명랑해 보일 때는 신중하게 이쪽의 웃음을 아끼며 상대방을
생각하는 것처럼 잠시 침묵한 후에, 은밀하고 사려 깊은 표정으
로 어렵게 말문을 여는 것이었다. ―물론, 언제나 성공하는 것은
아니었다. 개중에는 한심할 정도로 무딘 사람도 있어서 "무슨 소
리야?" 하고 뜨악한 표정을 짓는 여자도 있었고, 노골적으로 의

심스런 시선을 보내는 여자도 있었다. 이미 '카바쿠라 아가씨'라고 부를 수도 없을 만큼 나이가 든 프로페셔널한 호스티스들은 대개가 그런 말에는 상대도 해주지 않았다.

나는 어떤 흥미로운 사실에 직면했다. 내가 그러고 다니는 동안 운 좋게 육체관계까지 가게 된 유일한 여자는, 나의 그런 말을 전혀 받아들이지 않은 무리 중 한 사람이었다. 그리고 나의 말에 동요하여 다소 저항을 나타내면서도 결국 나를 '진심으로' 신뢰하게 된 여자가 세 명 있었는데, 처음에 말한 여자 이외에는 (그 여자하고는 사귀고 있었으니까) 아무도 나에게 절대로 몸을 허락하지 않았다.

―이렇게 말하면 질투심에 불타는 불쌍한 녀석들은 당장에, 그렇다면 넌 결국 봉이었던 거 아니냐, 모두 너의 착각 아니냐, 라고 하겠지만, 그건 아니다. 나는 일단 친해지면 더이상 그 여자가 있는 업소에는 가지 않고 밖이나 여자의 집에서만 만났으며, 필요할 때에는 돈도 빌렸고, 게다가 한 번도 갚은 적이 없었다. 물론 선물을 바치는 따위의 짓거리도 하지 않았다. 밥 정도야 사주긴 했지만, 선물은 상대 쪽에서 거부했다.

그 둘은 나와 자는 것을 극단적으로 두려워했다. 사귀던 여자도 처음엔 그랬다. 만약 나와―이유야 어찌됐든 처음에 손님으로 만난 나와 자게 되면, 자신이 정말 사회의 밑바닥에서 기생하는 형편없는 여자가 되지 않을까 하는 게 그녀들의 불쌍한 강박관념이었

다. 자신은 지금 겉으로는 물장사를 하는 여자이다, 그렇지만 **진짜
자신**─그 모습 안에 감추어진 자신은, 결코 그렇지 않다. 그렇기 때
문에 나와는 자고 싶지 않은 것이다. 잠자리를 함께한 순간 자신은
겉으로 보이는 것뿐만 아니라 속까지 그런 여자가 되어버리기 때
문이다. 속에 있는 자기 자신을 잃어버리기 때문이다. ……

　나와 사귀던 여자와, 또 한 명, 굳이 말하자면 '친구'였던 여자
는, 만나기만 하면 반드시 동료들의 험담을 늘어놓았다. 특히 손
님과 쉽게 자버리는 여자에 대해서는 부모의 원수라도 되는 양
마구 헐뜯었다. 난 그런 음란한 여자들이랑은 달라! 그런 사실을
어떻게든 나한테 이해시키기 위해 기를 썼다. 그녀들의 '정조 관
념'은 기묘할 정도로 고풍스러워서, '친구'였던 그 여자는 이제
앞으로 결혼할 생각이 없는 남자와는 절대로 섹스하지 않겠다는
단언까지 했다. 그 말을 들었을 때 설마 농담이겠지 싶어 그만 웃
음이 나왔는데, 본인은 심각하게 말을 한 것인지 내가 웃은 것에
대해 화를 냈다.

　나와 자지 않은─그러나 키스는 아무렇지도 않게 했다─다른
한 여자는 또 조금 달라, 내가 그냥 보통 손님이었다면 일이라 생
각하고 한 번쯤 해도 괜찮지만 '그 이상의 존재'이기 때문에 나와
는 '그런 짓'을 하고 싶지 않다고 했다. 그녀는 동료들에 대한 험담
을 늘어놓진 않았지만, 말을 걸어오는 남자를 거리낌 없이 따라가
는 여자나 미팅에서 처음 만난 남자와 쉽게 섹스를 하는 여자들에

대해서는 역시 게거품을 물며 욕을 해댔다.

그렇게 세 사람 다, 스스로 그런 일을 선택했음에도 불구하고 사람을 직업이나 외견으로 판단하는 인간들을 온갖 증오심을 가지고 경멸하는 것이었다.

하긴 이런 식의 태도는 세상에서 흔히 보는 상투적 수단이 아닐까? 인간은, 자신이 어떤 부류로 여겨지는 오해를 받고 있다고 느낄 때에는, 그 어떤 부류에 대해 거침없이 경멸을 표함으로써 자신이 '다르다'는 것을 증명하려 드는 법이다. 나는 지금까지 몇 번이나 그러한 광경을 보아왔는지 모른다. 예를 들면 어디를 봐도 오타쿠 같은 녀석이 자못 경멸스러운 투로 오타쿠들의 험담을 늘어놓는 것. 도쿄 대학 출신의 남자가 성적은 좋아도 인생에 대한 중요한 '무언가'가 결여된 도쿄대생에 대한 험담을 하고, 공무원이 타성에 젖어 일하는 공무원에 대한 험담을 하고, 미술관에서 그림을 관람하는 자들이 아무리 봐도 '저속한 느낌'을 주는 그림을 보고 있는 자들에 대해 꽤나 까다로운 험담을 하는 것을!

나는 그러한 여자들에 대해서도 금방 싫증이 나서 연락을 일체 끊어버렸는데(사귀고 있던 여자한테서도, 일주일 정도 핸드폰의 착신을 무시했더니 메일도 전화도 안 오게 되었다), 예의 그 말에 대해서는 집착이 남아 이번에는 내 주위의 가까운 사람들을 대상으로 집요하게 실험을 되풀이했다. 회사의 동료나 거래처의 담당자, 대학 시절의 친구, 미팅에서 만난 여자, 술집에서 우연히 옆 자리에 앉은 남자, ……놀랍게도 그들 대부분이 결코 사회적으로 업신여김을 당하는 입장이 아닌데도―나의 동료는 대부분 사람들이 부러워하는 엘리트들이다!―, 그들의 반응은 카바쿠라의 호스티스나 술집 여자들과 별반 다르지 않았다. 회사의 같은 부서 여자는 지난주에 만난 점쟁이도 나와 똑같은 말을―나는 다만 "실은 꽤 남을 배려하는 편이지?"라고 말했을 뿐인데―했다며, 그 점쟁이의 말을 의심하기는커녕 오히려 내 말에 권위를 실어주는 것이었다. 생각해보면 잡지에 실린 운세라는 것도 거의 그러한 '실은'이라든가, '정말은' 같은 걸 갖다붙여 만든 성격 진단이다. 나는 비로소 점쟁이처럼 지금 시대에는 전혀 필요도 없는 자들이 어째서 그토록 대접받고 있는지 이해가 갔다. 그자들은 말하자면 내가 하고 있는 '어설픈 짓'을―그것도 아주 대충은 아니고 약간의 관찰력만 있으면 금방이라도 감이 잡히는, 다소는 진실스러운 '어설픈 짓'을 가지고 돈벌이를 하고 있는 것이다!

세상의 인간들은 이런저런 작자들 모두 '남이 자기를 꿰뚫어 봐' 주기를 원한다. 뭐든지 괜찮다. 다만 거기에 자신의 모습이 나타나 있지 않기만 하면 그걸로 충분히 가슴이 뛸 것이다! 만약 공감되는 점이 있다면 '진짜 자신'이라는 것이 역시 확실히 존재한다며 안심할 것이다. 공감되는 점이 없다면 그것을 자기 자신도 아직 깨닫지 못한 새로운 가능성이라고 믿으면서 흥분하는 것이다. 마치 내가 어린 시절 노스트라다무스의 책을 읽었을 때처럼.

그건 그렇고, ……나는 거의 의무감에 사로잡힌 듯 심각하게 그러고 다녔다. 다시 생각해봐도 정말 비참한 기분이 든다. 나는 분명 다소 들떠 있었다. 내 동료들 중에는 나만큼 여자관계가 화려한 놈은 하나도 없었으며, 간혹 옆 부서의 부장이 마음에 든 호스티스에게 눈알이 튀어나올 정도로 고액의 선물을 계속 쏟아붓고 있으면서도 손목 한 번 못 잡아봤다는 소문이라도 들으면 왠지 모를 우월감에 젖어 그날 하루는 내내 기분이 좋았다. 한눈에 봐도 뭐 하는 여자인지 알 수 있을 만큼 차림새가 요란한 여자와 거리를 걸어다니고, 다음날에는 또다른 여자와 함께 식사를 하고 있다보면, 나 자신이 무척 세련된 남자처럼 느껴졌다. 그것은 돈의 힘도 아니고 용모 덕분도 아니다. 무엇보다 누구나 할 수 있는 게 아니다. 특히 인터넷 같은 데다 매일 밤 원한에 찬 넋두리를 늘어놓는 쓰레기 같은 녀석들은 절대 할 수 없다! ……그럼에도 나는 때로는 그런 여자들에게 화를 내며 상당히 거칠게 대했다. 그중에서도 사귀던 여자에게는 꽤나 나쁜 짓을 했다. 하지만 나는 그녀들의 눈빛을 참을 수 없었다. 그녀들은 나를 마치 자기와 동류의 인간으로 여기는 듯한 눈빛으로 보았다. 나를 말이다! 말도 안 되지! 어째서 내가 그런 것들과 같은 취급을 받아야 한단 말인가? 내가 다니는 회사는 전 세계에서 그 이름을 모르는 자가 없을 정도로 유명하다. 그 쓰레기만도 못한 인터넷 중독자들도 그중 몇 할은 내가 팔아넘긴 컴퓨터를 쓰고 있다! 그런 회사에서 나는 우수한 사원이었다. 입사한 이듬해 후반부터 이미 상당히 비중 있는 업무를 맡았다. 그런 내가 어떻게 술집 여자들하고 같을 수 있단 말인가!?

　……그러나 정말로 '꿰뚫어봐' 주길 바랐던 것은 그 여자들뿐이었을까? ……난 정말 열심이었다. 그리고 '실은'이라는 말을 해봐도 전혀 상대해주지 않을 때에는 제멋대로 상처를 받고 그녀들을 원망하기까지 했다. 나는 그저 그런 말에 걸려드는 멍청이들이 있다는 것을 확인하고 싶었던 것이 아니다. 물론 나는 알몸이 되어 여자를 안고 싶은 욕망도 있었지만, 그건 그렇게 단순한 일이 아니었다. 그 무렵 내가 갖고 있던 '벗어나고 싶다'는 절박한 갈망. ―나는 그런 심정에 진심으로 공감해줄 상대를 찾고 있었다. 내가 술집 여자를 고른 것도 어쩌면 일 때문에 몇 번 들렀을 때 그녀들한테서 그러한 느낌을 받았기 때문인지도 모른다.
　그리하여 실제로는 그 여자들이 나를 '꿰뚫어보'고 있었던 건 아닐까? 특히　그래도 한때나마 사귀었던 그 여자는. ―하지만 말이다, 그때 나는 정말 기묘하게도 그녀들에게 감사하고 그 공감을 고맙게 여기기는커녕, 오히려 평소에는 아무런 가치도 인정하지 않았던 사회적 지위 때문에 그녀들을 경멸하고, 자신은 '다르다'고 여기고 싶어했다. 아, 바로 그것 때문에 나는 끊임없이 불행을 느껴온 것이었는데! 나는 그녀들과 인연을 끊고, 좀더 정상적인 여자들과 같은 괴로움을 나누려 하였다. 그래서 그것은 성공했는가? 나는 여자들을 마음속으로 힐책했다. 그것도 아주 격렬한 혐오감을 가지고서. 나 또한 그녀들을 미워하는 것을 일부러 드러내 보임으로써 그녀들로부터 벗어나려고 했다. 나는 필사적으로 은폐하려고 했다. 나 역시도 그녀들과 아무 다를 바 없는 곤경에 빠져버린 것을.

……여기까지 도달하는 데 이 주일이 걸렸다. 정확하게는 십오 일이다. 나는 그 전에 거의 보름을 이 방에서 아무것도 하지 않고―즉 '인간다움'에서 조금씩 멀어져가고 있었다는 뜻이다―틀어박혀 있었다. 그리고 카프카의 소설을 몇 편 읽고, 이런저런 생각을 하게 되어 컴퓨터 앞에 앉은 것이다. 히키코모리가 된 지 꼭 한 달 만이다.

나는 그 동안 상사의 호의로―얼마나 심하게 소리를 질러대며 야단을 쳤으면 부하가 안 나오겠다고 했을까 하는 생각에 뒷맛이 개운하지 않아서였을 것이다―유급 휴가로 처리되어 있던 나의 결근에 종지부를 찍었다. 이메일로 사직서를 내고, 말리는 사람 하나 없이 승낙을 받았다. 더이상 봐줄 수 없다는 것이었다. 어쩌면 핸드폰에 전화 정도는 걸려왔을지도 모르지만, 계속 배터리가 떨어진 상태였기 때문에 알 수 없다. 다만 사직서가 수리된 건 아닌 모양이었다. 답장 메일에는 사무적인 수속이 필요하니 어쨌든 한 번은 회사에 얼굴을 내밀라고 씌어 있었지만 무시할 작정이다. 그러면 서류가 우송되어오려나?

메일 끝부분에는 회사의 상사라기보다 인생의 선배로서라는 편이 어울릴 것 같은 격려의 말이 씌어 있었는데, 거기엔 약간의 주춤거림이 느껴졌다. 틀림없이 회사에서는 내가 메일을 보낸 것이 꽤나 화제가 되었을 것이다.

나의 변신은 확실하게 진행되고 있다. 그리고 '출구'는, 점점 더 멀어져간다.

그저께, 여기까지 쓰고 나서 나는 부모가 잠든 한밤중에 오래간만에 욕실에서 샤워를 했는데, 비누로 얼굴을 씻을 때 느껴지던 수염이 덥수룩한 볼의 감촉은 뭐라고 형용할 수가 없었다. 전혀 내가 아닌 것 같았다. 뿌연 거울에 비친 나의 모습은 벌레라기보다 짐승에 가까웠지만, 손바닥으로 느껴지는 감촉은 어렸을 때 곤충도감에서 본 남미지방의 어느 갑충의 흉부를 뒤덮은 짧은 갈색 털 같았다. 혹은 그 복잡한, 징그러운 입부분 같은, ……게다가 오랫동안 씻지 않고 내버려두는 바람에, 물에 젖자 몸에서는 미끌미끌하게 기름이 녹아나와 비누 거품조차 일지 않았다.

나는, 이상한 생각이지만—이라고 일일이 부언할 필요도 없이 지금 내 머리를 스치는 것은 이것저것 할 것 없이 죄다 비정상적인 생각뿐이다―, 자신의 몸이 다름아닌 지금 이 시대의 '물질'의 일부분이라는 것을 새삼 깨달았다. 나는 지금까지 자신의 몸을 마치 내가 다니던 회사가 있는 도쿄의 도심 한복판처럼 손질하고 있었다. 내가 늘 보아오던, 고층빌딩과 아스팔트로 코팅된, 찌무룩한, 금방이라도 질식할 것 같은 거리의 모습. 그 반질반질한 느낌. ……내 피부 밑에서 슬금슬금 기어나온 털은 정기적으로 구제하지 않으면 삽시간에 빌딩을 점령해버리는 도시의 쥐와 같은 것이다. 머리카락도 손질을 게을리한 가로수처럼 부스스하게 자랐다. 나의 몸은 예전에 내가 있던 거리와 완전하게 연속되어 있다. 그리고 나의 이런 풍모는 아무리 해도 그 거리에 익숙해질 수 없다.

나는 욕실에서 천천히 네 발로 기는 자세를 취해보았다. 나의 두 다리는 삐쩍 말라 병적으로 울퉁불퉁했다. 한 달 동안 제대로 걸은 적이 거의 없으니 당연한 일이리라. 내 다리에 비하면 바퀴벌레의 다리가 훨씬 근육이 제대로 붙어 있는 것 같다(특히 사람으로 치면 대퇴부에 해당하는 그 팽팽하고 완만한 장딴지). 나는 젖어 있는 하얀 플라스틱 바닥에 입을 대고 고인 물을 조금 마셔보았다. 그런 자세로 그런 짓을 하고 있자니, 금방이라도 내 머리 위에서 두 개의 긴 더듬이가 움직일 것 같았다.

나는 욕실에서 나와 탈의실 문을 잠그고 긴장한 상태로 몸을 닦았는데, 그때 마치 기다렸다는 듯 복도에서 인기척이 났다. 슬리퍼 소리가 났기 때문에 금방 어머니라는 걸 알아챘다(아버지는 언제나 맨발로 다닌다). 건조한 발소리가 욕실 앞에서 멈추고, 망설이듯 잠시 침묵이 이어졌지만, 마침내 겁먹은 목소리로 조심스럽게 나에게 말을 거는 소리가 들렸다. 나는 그 자리에 천천히 쭈그리고 앉아 숨을 죽였다. 아무 소리도 내지 않았다. 등뒤에서 돌아가는 환기통의 타이머가, 마치 덤불 속에서 찌르륵거리는 풀벌레 소리 같았다. 어머니는 한 번 더, 이번에는 노크를 하면서 말을 걸고 문 손잡이에 손을 갖다댔는데, 잠겨 있는 걸 보고 내가 안에 있다는 확신을 가진 모양이었다. 그리고 아버지가 깨지 않게 목소리를 낮추어 뭐 필요한 거 없느냐, 역시 한번 병원에 가서 이야기라도 들어보면 어떻겠느냐, 같은 말을 했지만, 나는 한마디 대답도 하지 않았다. 나는 벌거벗은 몸을 목욕타월로 가리고 쭈그려 앉았다. 시선이 닿은 곳에는 볼품없이 쪼그라든 성기가 있었다. 나는 음모가 나기 시작하면서부터 어머니 앞에서 알몸을 보인 적이 한 번도 없었다. 지금 어머니가 어떻게든 들어와서 목욕타월을 젖히고 거기에 있는 털북숭이의 생물을 보면 얼마나 놀랄까? 나는 그 광경을 상상하고 정말로 두려워졌다. 그래서 견디지 못하고 문 쪽으로 기어가서 위협이라도 하듯이 문 한가운데를 힘껏 발로 찼다. 깜짝 놀라는 비명 소리가 나고, 서둘러 침실 쪽으로 도망치는 발소리가 들렸다. 몸을 작게 옴츠리고 그 소리에 귀를 기울이면서, 나는 드디어 내가 어머니에게 있어서 거대한 벌레로 변해버렸다는 것을 느꼈다. 나는 서둘러 옷을 입고 세심한 주의를 기울이며 잠긴 문을 열었다. 불이 밝게 켜 있는 복도에는 슬리퍼 두 짝이 벌레의 시체처럼 나동그라진 채 남아 있었다. 나는 눈부신 빛을 피하듯 서둘러 계단 쪽으로 사라졌다. 그리고 밤중에 집 안을 기어다니는 바퀴벌레처럼 발소리 하나 내지 않고 이층으로 뛰어올라가, 헉헉거리며 방으로 들어가 문을 잠갔다.

다음날 아침, 여느 때처럼―한 달 전부터 시작된 바로 그 새로운 여느 때라는 뜻이다―나는 어머니의 노크 소리로 방 앞에 아침 식사가 온 것을 알고, 계단을 내려가는 발소리를 기다렸다가 문을 열고 경계하면서 밖을 내다보았다. 음식을 담은 쟁반 옆에는 뜻밖에도 갈아입을 옷 한 벌이 놓여 있었다. 그것은 나를 인간으로 잡아두기 위한, 아니 인간으로 되돌리기 위한 작은 손짓이었다. 나는 그때 오랜만에 타인의 존재에 감동을 느꼈는데, 그 때문에 오히려 갈아입을 마음은 들지 않았다. 그것을 받아들이는 것은 나를 다시 남들과의 '바깥세상'에 붙잡아놓는 것이다. 나는 그것이 무서웠다. 그 옷은 내가 전혀 모르는 남이 만들고, 남이 운반하고, 남이 판 물건이다. 그것을 세탁하여 깨끗하게 갠 것 또한 어머니라는 이름의 타인이다. 그런 것을 어떻게 입는단 말인가? 마치 남이 내 몸에 닿는 것과 같은 일이다. 아, 끔찍하다!―나는 나 자신처럼 내 땀이 충분히 배고 나의 냄새를 풍기는 옷 이외에는 절대로 입지 않을 것이다. 내가 처음 회사를 무단결근한 날 아침부터 줄곧 입고 있는 이 검은색 트레이닝복. 실로 심야의 바퀴벌레 색이다! 이것만은 이미 완전히 타인의 흔적을 지워버렸다. 이론적으로 따져보면 그런 것도 아니겠지만, 나에게 중요한 문제는 나 자신이 어떻게 느끼는가 하는 것이다. 이것만은 실로 내 몸에 익숙해져 전혀 불쾌하지 않다. 적어도, 예전에는 이것도 어디 누구의 손이 닿았던 것이라는 것만 생각하지 않는다면. 아, 그걸 생각하면 정말 끔찍하다! ……

나는 불결함에 완전히 익숙해져버렸다. 그것은 나를 바깥세계로부터 지켜주기까지 한다. 나는 지금 공기라는, 이것만은 완전히 쫓아낼 수 없는 침입자로부터 한 꺼풀의 때만큼 보호받고 있는 것이다. 이러한 상상은 나를 안심시킨다. 나는 전날 샤워를 해서 그 소중한 때를 벗겨낸 것을 후회한다. 게다가 욕실도 나의 부모가 찰싹찰싹 소리를 내며 걸어다니는 곳이 아닌가? 불쾌하다. 앞으론 목욕도 하지 말아야겠다.

그러고 보니 『변신』에는 배설에 관한 기술이 없었던 것 같은데, 그건 어째서일까? 밀실에 처박힌 인간한테 그것이야말로 가장 큰 문제일 것이다. 사실 나는 더이상 화장실에도 가고 싶지 않지만 이것만은 어쩔 수가 없다. 지금은 아마 이층 화장실을 나만 쓰는 걸 테니까, 어떻게든 청소 따위를 못 하게 만들고 그곳을 점령할 수 있는 방법을 궁리해야 한다.

　아니, 잠깐, ……잘 생각해보면 나한테 갖다주는 먹이야말로 타인의 손이 가장 많이 닿은 것이 아닌가. 게다가 그것은 닿는 정도에서 끝나는 게 아니라 먹히고 흡수되어 내 몸의 일부가 되는 것이다! 아, 끔찍하다. 그것은 나에게 끈질기게 육친의 '애정'이라는 것을 주입시켜, 나와 외부 세계의 마지막 유대를 계속 유지해가는 것이리라. 이럴 수가! 그러고 보니 그레고르 잠자도 마지막에는 완전히 식욕을 잃었지. 그자도 같은 생각을 했던 걸까?

　……아무래도 이상한 상황이 되고 말았다. 요 며칠 동안 나는 애써 자신을 벌레에 근접시키려 하고 있다. 욕실에서의 그 일이 바로 그렇다. 하지만 애당초 내가 생각했던 것은 나의 지금 상태와 『변신』에 나오는 그레고르 잠자를 단순하게 비교하는 것이었다. 그것을 흉내내야 할 이유는 아무것도 없다.

　나는 어느새 벌레라는 새로운 역할에 어울리게끔 자신을 조정하려 하고 있다. 얄궂게도 이것은 내가 '바깥세상'에 있었을 때 언제나 자신에게 부과해온 의무의 감각이다.

　나는 실은 샤워를 한 그 다음날 『변신』을 다시 읽어보았는데, 이번에는 두번째 읽었을 때보다 훨씬 읽은 보람이 있었다. 애매모호했던 생각이 조금은 정리된 느낌이었다.

나는 그 우화에 대해 두 가지 해석을 시도해보았다. 그 두 가지는 어떤 의미에서는 정반대라고 해야겠지만, 어느 쪽에서나 중요한 것은 그 역할이라는 생각이다.

처음에 내 생각을 상당히 헷갈리게 만들어 지금까지 나의 생활을 혼란시키고 있는 것은, 그레고르 잠자가 벌레로 변신한 바로 그 현상이었다. 그러나 그 괴기함은 아주 알기 쉬운 하나의 사실을 은폐하고 있다. 다시 말해 그의 '외견'이 변화한 한편, 그 '알맹이'인 그 자신은 변화하지 않았다는 사실이다. 적어도 그가 '불안한 꿈'에서 깨어난 그 시점에서는.

나는, 『변신』이라는 책 제목이 원작의 타이틀을 정확하게 번역한 건지 어떤지는 잘 모르지만, 본질을 제대로 꿰뚫은 딱 맞는 말이라고 생각한다. 왜냐하면 '변한' 것은 그 '몸' 뿐이지, 정신이라든가 생각 같은 것은 하나도 변하지 않았기 때문이다.

벌레로 변신한 그 자신 속에서 변신 전의 그는 '지속'하고 있다. 그러니 이때의 벌레란, 단순히 하나의 역할에 지나지 않는 게 아닐까?

이런 예는 어떨까? 알에서 부화한 애벌레는 어느 시기에 돌연히 번데기로 모습을 바꾸고 마침내 나방이 되어 날아간다. 이것은 넓은 의미로 보면 변신이지만, 보다 정확하게는 '변태'다. 그 한 마리의 생물은 동일한 거라고 볼 수 없을 정도로 극단적인 외관의 변화를 되풀이하지만, 그때마다 그것이 전혀 다른 별개의 생

210

물이 되느냐 하면 그렇지 않다. 내부 — 라는 표현은 정확성이 부족한가? — 에서는 그 자신이 지속되고 있다. 태어나서 죽을 때까지 그것은 동일한 한 마리의 생물이다. 이때 '변화'하는 '외관'의 '내부'에서 동일성을 유지하는 그 자신에 생기는 사태란 무엇일까? — 답은 역할의 '변경'이다. 아직 유충일 때, '내부'의 그 자신은 땅바닥을 기어다닐 것을 강요당한다. 그것을 명령하는 것은 그를 가두고 있는 '외부'이다. 그리고 나방이 되면, 이번엔 공중을 날아야 하고, 두 번 다시 땅바닥을 길 수는 없다. '외부'의 변화와 더불어 역할이 '변경'되었기 때문이다. 그것도 정반대로. 더욱이 중요한 것은 그 역할의 '변경'에는 단절이 없다는 것이다. 하나의 역할이 끝나면 바로 다음의 역할이 그것을 대신한다. 역할로부터 벗어날 수 있는 시간은 한순간도 없다. 그 역할이 없어졌을 때, 그 생물은 과연 무엇이라 할 수 있을 것인가?

나의 제1의 해석은 다시 말해, 역할의 내부에 갇혀 있다는 점에 착목한 것이다. 그때의 변신이란 단순히 그러한 사실의 현재화(顯在化)에 지나지 않는다.

그레고르 잠자는 사회 속의, 기업이라는 조직 속에서는 '세일즈맨'이라는 역할에, 그리고 가정이라는 조직 속에서는 '아들'이라는 역할에 감금되어 있다. 그는 한 발자국도 밖으로 나가지 못하고 — 아버지의 장사가 잘 안 되면서 '검소한 사무직'에서 '여기저기 돌아다니는 세일즈맨'으로 일의 내용이 달라졌지만 그것이야말로 단순한 역할의 변경에 지나지 않는, 애벌레가 나방이 되어 여기저기 날아다니는 것일 뿐이다—, 그 속에서 자유로이 행동할 수 있는 권리조차 없으니 연금이라기보다는 감금이다. 어째서일까? 무슨 권력이 작용한 걸까?—실은 잘 모르겠다. 잘 모르겠지만, 왠지 모르는 사이에 그것을 따르게 된다. 마치 어떤 생물들이 그 들이 어째서 자신이 애벌레나 나방의 내부에 존재하는지 이유도 모르는 채 그 역할을 떠맡는 것처럼. 그것은 경악할 만한 이상한 사태다. 그럼에도 불구하고 그레고르 잠자도 그 생물들처럼 이것을 의심해볼 생각을 하지 않는다. 이상함은 오히려 그러한 경악의 결여에 있는 것이다. ……

내가 이 해석이 설득력 있다고 생각하는 것은, 일례로 그레고르 잠자가 변신 후에 처음으로 내뱉은 비탄의 말이 그의 변신에 대한 것이 아니라 '세일즈맨'으로서의 일상생활에 대한 것이라는 점이다. 그것은 결국, 변화는 본질적인 것이 아니라, 다만 잘 보이지 않았던 현실이 겉으로 드러나게 된 데 지나지 않는다는 걸 나타내려고 하는 게 아닐까? 즉, 실제로는 아무것도 변화하지 않은 것이다. 그는 이미 훨씬 전부터 거대한 벌레의 껍질 같은 그의 역할에 갇힌 채, 회사에 출근하고 가족과 함께 생활하고 있었다. 누구나 그것을 당연한 것처럼 여기고 있다. 때문에 그 사태의 이상함을 그렇게 확실하게 따지고 들면 모두 놀라 뒤로 자빠지는 것이다. 그러나 그레고르 잠자만은 아마도 어렴풋이 그것을 느끼고 있지 않았을까? 그렇기 때문에 그는 놀라지 않았다. 그가 변신에 의해 부여된 거대한 벌레라는 새로운 역할을 받아들이는 것은, '검소한 사무직'에서 '여기저기 돌아다니는 세일즈맨'으로 역할이 바뀌는 것과 전혀 다를 바 없었을 것이다. 때문에 그는 금방 그 역할에 어울리는 완벽한 행동을 할 수 있는 것이다. 벽을 기어오르거나 침대 밑에 들어가보거나 하면서 말이다.

하지만 말이다, 그레고르 잠자는 그렇게 충실하게 벌레가 된 양 행동하지만, 마지막까지 벌레 그 자체인 적은 없다. 그의 내부에는 여전히 옛날과 다름없는 그레고르 잠자가 보존되어 있다. 점차 몸이 마르고 외관만은 벌레에 가까워지지만, 그 내부가 완전히 없어지는 것은 아니다. 마지막 장면은 그래서 인상적이다. 그의 여동생이 더이상 벌레 내부의 오빠라는 존재를 인정할 수 없게 된 바로 그때에도, 그레고르 잠자는 여동생을 음악학교에 보내주고 싶다는 가장 오빠다운 애정을 가슴에 품고 있었으니까. 방에 돌아온 그는 죽을 때까지 바닥을 기어다니는 비참한 역할을 철저하게 수행한다. 그러나 그렇다고 해도 벌레 그 자체는 아니었다.

나는, 이 해석을 실로 공감하면서 꼼꼼하게 완성했다. 돌이켜 생각해보면 나는 언제나 어떻게 하면 그럴싸하게 역할을 수행해 낼 수 있을까 하는 것에만 주의를 기울이며 살아온 느낌이 든다. 그리고 어떤 역할의 가장 이상적인 수행자란, 어떤 경우에도 돌출하지 않고 아주 몰개성적으로 그 역할의 전형에 몸을 맡길 수 있

는 사람이다. 내가 바로 그랬다. 모든 섬에서 나는 평범한 인간이
었고, 또 평범하려고 노력했다. 그렇기 때문에 나는 학교에서도
회사에서도 꽤 유능했으며, 더욱이 동료들에게 미움을 사는 일
따위는 한 번도 없었다. 그렇지만 말이다, 그래도 나는 언제나 불
만스러웠다. 나는, 진짜 나는 훨씬 다른 모습을 하고 있다고 믿고
있었고, 언젠가 그것이 나타나기를 꿈꾸고 있었다고도 할 수 있
다. 하지만 표현할 용기가 없었기 때문에 —아니, 분명 겁쟁이이
기도 했지만, ……그 뭐랄까? ……나는 그래서는 안 된다고 느
끼고 있었다. 누가 강요한 것이 아니라, 극히 자연스럽게 —, 역시
'꿰뚫어봐'주기를 바랐던 것인지도 모른다. 내가 꿰뚫어봐주길
바랐던 그 여자들과 다를 바 없이. —그러나 설령 보였다고 해도
내가 과연 어떤 모습을 하고 있었을지, 그것은 솔직히 모르겠다.
어떻게 봐주길 원했는지조차 대답할 수 없다.

　나는 착각하고 있는 것일까? 애벌레나 나방에게 그 이외의 진
짜 모습이란 게 있기나 한 걸까? 만약 외관을 벗겨버리면, 속은?
—아니, 애당초 그런 물음 자체가 무의미하다. 있을 수 없는 이야
기다. 나는 지금 문득 어릴 적 유치원 선생님이 읽어준 「미녀와
야수」나 「개구리 왕자님」 같은 동화를 떠올렸는데, 생각해보면
그것들도 어떤 뜻하지 않은 역할을 떠맡게 된 남자의 이야기였다.
더구나, 거기엔 '구제'가 있다. 결국 마지막에 가서는 그 역할에
서 해방된 알맹이가 드러나는 것이다. 술집 여자들이 손님이 안

214

오는 한가한 시간에 몽상하고 있는 것은, 그런 종류의 이야기에 나오는 여자처럼 다음에 만날 남자가 자신을 극적으로 그 술집 여자라는 역할에서 '구출'(이 말이 적절할까?)해주는 광경인지도 모른다. 내가 사귀었던 호스티스가 나한테 원했던 것은 그러한 역할이었을까?—『변신』에 없는 것은 바로 이런 '구출'의 장면이다. '구출'은커녕 결국 벌레의 모습 그대로 죽고 만다. 그것은 어떻게 이해해야 할까?

나는 이, 이유도 모른 채 어떤 역할에 갇혀버린 인간이라는 주제(이상하게도 모두 남자지만. ……아, 당시에는 밖에서 일하는 건 남자뿐이었기 때문인가?)를 발견하고 나서는, 카프카의 다른 작품들도 한꺼번에 이해하게 되었다. 예를 들면 「다리」도 같은 게 아닐까? 그는 필사적으로 '다리'의 역할을 철저하게 수행한다. 그리고 그 내부의 자신 또한 '한번 놓으면 스스로 낙하하지 않는 한, 다리는 언제까지나 다리일 수밖에 없다'고 말한다. '낙하'란 다시 말해 죽음이다. 실제로 그는 다리답지 않게 자다가 돌아누운 순간 낙하하여 산산이 부서져 바위에 박혀 죽고 만다. 그것은, 인간을 역할로부터 해방시키는 것은 오직 죽음뿐임을 의미하는 것일까? 아니면 그레고르 잠자처럼 그 남자도 결국 다리의 모습 그대로 죽고 만 것일까? 절대로 '구출'되지 않을 거라는 절망. 오히려 죽는 것은 알맹이이고 외관은 그대로 남으니, 죽음이야말로 변신의 완성인지도 모른다. 아, 역할이라는 것에는 그렇게 마지막에는 알맹이를 죽어버리는 악의가 감추어져 있는 것일까. 끝내는 역할 그 자체가 하나의 존재가 되기 위해서?

「단식수도자」도 그렇다. 「유형지에서」도 그렇다. 「중년의 독신자 블룸펠트」도, 「시골 의사」도, 「약속의 문」도, 결국 같은 주제를 다루고 있는 게 아닐까?

그러나 나는, 이 해석에 완전히 만족하고 있는 건 아니다. 나의 이러한 발상은 이전의 내가 갖고 있던 심정에 기인한 바가 크다. 나는 지금 그 '바깥세상'에서 거대한 벌레들이, 자신이 그런 껍데기에 갇혀버린 것도 모른 채 거리를 왔다갔다하고, 사무실의 책상 주위를 기어다니고, 콩나물 시루 같은 전철 안에서 고통스럽게 더듬이만을 움직이고 있는 그로테스크한 광경을 떠올리며 다소 마음의 위안을 느낀다. 전에는 나도 바로 그 속에 있었던 것이다. 그리고 그것을 깨닫고 히키코모리가 된 자만이 세계의 '참 모습'을 볼 수 있게 된다. ……사실 지금 히키코모리가 된 나로서는 이런 생각에 대해 다소 납득하기 어려운 점도 있다. 그래도 『변신』의 독해로서는 아마 나쁘지 않을 것이다. 내가 그러한 현대사회의 병리적 표상이라고 상상해보는 것도, 잘 길들여진 개처럼 그저 짖어만 대는 자존심 싸움을 가라앉히기에 적당하다.

하지만 지금 내가 훨씬 더 설득력이 있다고 생각하고 있는 제2의 해석은, 그레고르 잠자의 변신을 역할에 의해 연결되어 있던 사회로부터의 '탈락'이라고 생각하는 것이다. 이것은 내가 무단결근을 시도하던 초반의 며칠 동안 느꼈던 감각에 근거한 것이다. 나는 조금씩 역할로부터 떨어져나가고 있었다. 그때 엄습했던, 세계가 급속하게 나로부터 멀어져가고 있다는 듯한 감각. 마치 빈혈로 쓰러지는 순간 눈앞이 하얘질 때와 같은. ……그리하여 그 밑바닥에 툭 하고 착지했을 때, 이미 나는 도저히 세상으로 나갈 수 없는 이런 무참한 모습으로 변해 있었던 것이다.

나는 욕실에서 취했던 나 자신의 바보스런 자세를 생각한다. 나는 마치 스스로 나서서 벌레가 되고 싶어하는 것 같았다. 어쩌면 나는 지금의 자신에게 아무런 역할이 없는 것을 두려워하고 있는 게 아닐까? 그렇기 때문에 벌레가 되려고 했다. 왜? 자신을 현대사회의 그로테스크한 파탄의 전형이라는 비극적인 존재로 여기기 위해서? 내가 열심히 쓴 제1의 해석이라는 것도 결국은 내가 나 자신에게 그러한 중대한 역할이 있음을 믿게 하기 위한, 이른바 자기 암시였던 것일까?

분명 말이다, 그레고르 잠자는 자신의 방에 틀어박혀 있다. 그 소설의 '시점'이라는 것은 계속해서 바짝 그에게 다가가 있는 상태이며, 거의 벗어나는 일이 없다. 그런데 이 자신의 방이란, 사람이 사회적인 역할도 가정 내의 역할도 면제받아 유일하게 벌거벗은 상태로 있을 수 있는 장소이다. 바로 그때, 여느 때에는 그의 몸에 착 달라붙어 완강하게 그 자신을 가둬놓고 있던 외관의 껍질은, 방의 넓이와 같은 정도의 여유를 가지고 그에게 약간의 자유를 허락하는 것이 아닐까? 물론 결국 갇혀 있다는 사실에는 변함이 없다. 그는 그곳에서 나올 수 없고, 한 발짝만 밖으로 나오면 삽시간에 역할이 그의 자유를 빼앗아버릴 테니까 말이다.

나는 애벌레가 번데기가 되고 번데기가 나방이 되는 경계에는 공백이 없다고 썼지만, 자기 방에서 혼자 있는 시간이라는 것은 인간이 사회에서의 역할을 마치고 가정에서의 역할을 끝낸 후, 다음날 아침 다시 가정에서의 역할을 떠맡고 또한 연이어 사회에서의 역할을 몸에 걸칠 때까지 주어지는 잠시의 틈새인지도 모른다. 그리고 어찌 보면 그레고르 잠자는 밤의 그 자신의 모습인 채로 다음날 아침 변신에 실패한 것이 아닐까? 자기 방으로 '탈락' 되어버린 채 두 번 다시 기어오르지 못한 게 아닐까? 몸에 매어두었던 생명줄을 자기도 모르게 풀어버린 것처럼.

애벌레나 나방의 '알맹이' 라는 발상은 결코 구체적인 모습을 그려내지는 못하지만, 확실히 무시무시한 무언가를 연상시킨다. 나는 제1의 해석과는 정반대인 사회의 풍경을 환시(幻視)한다. 다시 말해, 모든 인간이 그 역할의 껍질 내부에 그 자신의 진짜 모습—거대한 벌레의 모습을 감추고 있는 것이다. —한 꺼풀 벗기면 누구나 오싹할 정도로 추하고 괴기스런 모습을 드러낸다. 인간들은 그것을 어렴풋이 예감하면서 생활하고 있는 것이다. 왜냐하면 누구나 자기 방에 혼자 있을 때면 그 악몽과 같은 모습을 거울 속에 비춰내니까.

우리는 모두 언젠가 자신이 꿈 같은 아름다운 외관에다 그 자신의 마지막 거처를 발견하기를 바라고 있다. 그때까지는 어떠한 역할이라도 순순히 받아들인다. 마치 다리를 잘린 도마뱀붙이의 미분화 세포처럼, **진짜 자기 자신**은, 지금은 아직 이상한 모습이지만 언제든지 변신할 수 있는 일종의 가능성인 것이다.

나는 카프카 본인에 대해서는 그다지 많은 지식이 없지만, 그가 줄곧 공무원 생활과 작가 생활을 병행했다는 것 정도는 알고 있다. 생각해보면 낮에는 아무렇지도 않게 직장에서 일을 하고, 밤이 되어 자기 방에 틀어박히고 나서는 줄창 그런 '악몽' 같은 이야기만 계속 써온 셈이니, 그러한 자신이 거대한 벌레처럼 불쾌하게 여겨졌다 해도 조금도 이상할 건 없을 것이다. 그런 소설을 「은혜 갚은 학」처럼 아름다운 학이 광택나는 천을 짜는 내용의 이야기로 쓰리라고는 아무도 상상할 수 없을 것이다. 전적으로 그렇다. 정체를 알 수 없는 추한 벌레가 입이며 똥구멍에서 더러운 액체를 뱉어내고, 그것을 굳혀 둥지를 짓고 있다는 식의 이미지가 훨씬 어울리지 않겠는가?

……카프카의 일생이란 결국 그 두 가지 역할을 번갈아 되풀이하는 것이었으리라. 그리고 낮의 그는 밤의 그를 세심한 주의를

기울여 가려주고 있었음에 틀림없다. 그러한 생활 속에서 어느 날 아침, 낮의 그의 모습으로 연결되는 길이 돌연히 절단되어 밤의 그 상태대로 두 번 다시 사회에 나갈 수 없게 되어버리는 '악몽'이 문득 그의 뇌리를 스친다는 것은 얼마든지 있을 수 있는 일이다. —아니, ……그럴까? ……카프카는 아마 언젠가 공무원 따위는 집어치우고, 소설을 쓰는 것만으로 생계를 꾸려나가는 것을 꿈꾸었음에 틀림없다. 『변신』에는 그레고르 잠자가 실로 꿋꿋하게 여동생 그레테를 음악학교에 보낼 계획을 세우고 있는 장면이 나오는데, 그것은 예술가로서 화려하게 사회에 나가고 싶었던 카프카 자신의 갈망을 반영한 게 아닐까? 그레테는 여동생이라는 것 말고는 아직 사회 안에서의 역할을 가지고 있지 않다. 그렇기 때문에 그토록 히스테릭하게 벌레의 시중을 드는 역할을 독점하고 싶어하는 것이다. 오빠인 그레고르는 그것을 부여하고 싶어한다. 만약 그레고르 잠자가 변신해버리지 않고, 그레테가 음악학교에 갔다면 어떻게 되었을까? 일류일지 어떨지는 몰라도 어쨌든 음악가가 되었을 것이다. 그것은 그녀가 '정말로' 되고 싶었던 것이었다. 그러한 인간은 일을 마치고 귀가하여 가족과 함께 시간을 보낸 후에 자기 방에 틀어박혀 과연 무슨 생각을 할까? 그녀야말로 잠시 동안 역할에서 해방된 인간이다. 그리고 그 모습은 그다지 추하지 않을지도 모른다. 그것은 충실하고 편안한 휴식이며, '의미' 있는 공백이다. 추한 것은, 거기서 또 사회가 인정하지 않는 또하나의 역할을 혼자서 멋대로 연기하지 않으면 안 되는 인간이다. 왜냐하면 그것은 실제로는 그 누구도 아니기 때문이다. 그것은 모호하고, 정체를 알 수 없고, 그렇기 때문에 꺼림칙하다. 그레고르 잠자는 그레테의 연주에 전혀 이해를 보이지 않는 세 명의 세입자를 보고 결국 여동생을 자기의 방으로 데리고 갈 생각을 하는데, 거기서 혼자 연주하는 바이올리니스트는 바로 현실의 카프카 자신이 아니었을까?

사회에서 받아들여지지 않는 역할은 추악하다. 그리고 그것은 비극적이라고 말할 수도 없을 만큼 우스꽝스럽다. ─나는 그 느낌을 잘 안다. 실감하는 바이다. 왜냐하면 나 자신이 그렇기 때문이다. ……아니, 내 경우는 더욱 심하다. 나는 내가 떠맡은 역할에 전혀 만족하지 않는다. 샐러리맨 따위는 딱 질색이다! 그래서 뭔가 새로운, 내게 어울리는 역할을 갈망하고 있다. 그것도 격렬하게, 거의 몸이 떨릴 정도로! 그래서 어떻다는 거냐? 나는 그것이 무엇인지 전혀 알 수가 없다. 아니, ……실은 없는 것도 아니지만, ……제기랄! 짜증난다! 하지만, 이게 내 탓인가? 내가 무능하고, 나태하기 때문인가? 나는 역시 시대의 '그로테스크한 현실'이고 일개의 '정교한 모순'이고, '불쌍한 병'이 아닐까?─아, 나의 일그러진, 불쌍한 자의식! ……그래도 난 분명히 피해자인 것이다. 누가 나를 질책할 수 있단 말인가?

오늘은 정말 지쳤다. 기분은 최악인데, 잠자코 있자니 점점 더 불쾌해져서 할 수 없이 컴퓨터 앞에 앉아 있다. 어찌 됐든 이 파일은 벌레가 된 나의 배설 장소 같은 곳이다. 잠자코 있는 건 견딜 수 없다. 어차피 이 세상에서 사라질 사형수조차 옥중에서 '수기' 따위를 쓰지 않는가? 형벌의 하나로서 양손 절단, 성대 절제 같은 걸 집어넣으면 어떨까? 그것은 정말로 사람을 공포에 떨게 하는 *끔찍한* 형벌일 것이다!

……오늘 아침 나는 여느 때처럼 이층 화장실에 가서 용변을 보았다. 나는 일찌감치 그 화장실을 암묵리에 점령하고 있었기 때문에, 요 근래에는 다소 경계심이 부족해진 모양이었다. 내 방에서 복도를 지나 화장실에 이르기까지의 공간은 이제는 거의 내가 스스로 판 땅굴의 샛길같이 되어 있었다.

큰 걸 보느라 시간이 좀 걸렸다. 화장실에서 돌아와 방문을 열었을 때, 나는 며칠 만일지도 모를 정도로 오랜만에 "우왁!" 하고 소리를 질렀다. 그리고 순간 그대로 문을 닫고, 안에서 절대 열 수 없도록 힘껏 문손잡이를 붙잡았다. 안에 부모가 있었던 것이다. 도대체 어느 틈에 들어왔단 말인가? 전혀 눈치채지 못했다. 나는 어찌해야 좋을지 몰랐지만 일단 말을 하고 싶지는 않았기 때문에 잠자코 손잡이를 잡고만 있었다. 그리고 이런 건 처음이었는데, 둘다 사라져주면 좋겠다고 신에게 매달리는 기분으로 생각했다. 나는 극히 한순간이었지만 둘이 죽어주길 바랐고, 죽여버릴까도 생각했다. 심지어 그 때문에 이 문을 영원히 잠가버려 나 대신 둘을 방 안에 처넣어 굶겨 죽일까 하는 생각까지 하게 되었다. 할 수 있다면 당장이라도. 순간적으로 사람을 아사시키는 방법은 없는 걸까?

나의 머리에 돌연 그런 생각이 떠오른 걸 보면, 그것은 분명히 나 자신의 '악몽'이었을 것이다. 나는 『변신』의 마지막 부분에서 그레고르 잠자의 아버지가 거대한 벌레의 시체 앞에서 신에게 감사하는 장면을 몇 번이나 떠올렸다. 그리고 여동생이 집 밖에 나와 후련한 듯 '기지개'를 켜는 장면도. ─나도 이러고 있다보면 언젠가는 부모로부터 버림을 받겠지. 알아볼 수 없을 만큼 달라진 모습 속에 나 자신이 있다는 것도 잊혀져버리겠지. 나는 내심 아사를 두려워하고 있었다. 그리고 어쩌면, 죽음 그 자체보다도 부모가 나를 아사시킬 생각을 하게 되는 것에 더욱 큰 절망을 느끼고 있었던 것 같다. 그렇게 되는 것은 의외로 간단한 일이 아닐까?

나는 어렸을 때 투구풍뎅이를 좋아해서, 여름이 되면 아버지가 곧잘 백화점에서 그것을 사다주곤 했다. 그럴 때면 나의 아버지는 좋은 아버지의 전형적인 모습을 보여주었다. 내 사육방법이 서툴러서 거의 대부분 금방 죽어버렸는데, 어느 해인가 ─아마도 초등학교 3학년 때였을 것이다─ 받은 수컷 한 마리만은 특별히 튼튼했는지 여름이 다 끝나가도록 여전히 팔팔하게 사육상자 속을 기어다니고 있었다. 나는 점점 귀찮아졌다. 여름방학 동안 죽어버리면 표본을 만들어 방학숙제로 제출할 생각이었는데—나는 그 전해에 실제로 그렇게 해서 반 전체의 선망의 대상이 되었다. 대부분의 녀석들이 풍뎅이라든가 하늘소 따위를 열심히 모아 조잡한 표본을 만들어온 가운데, 나의 표본상자만이 암수 한 쌍의 투구풍뎅이가 위풍당당하게 위엄에 넘치는 시커먼 등을 빛내고 있었다!—그럴 낌새가 전혀 보이지 않자, 새학기가 시작되고 일주일쯤 지났을 때에는 속으로 이제 슬슬 죽어주면 좋겠다는 생각까지 하게 되었다.

인간이란 분명 그렇게 피곤한 존재인 것이다. 그리고 피곤하면 누군가를 위해 뭔가를 한다는 것이 정말 싫어지게 마련이다. 그레테 역시 그랬던 게 아닐까? 이 세상에 간병에 지쳐, 육아에 지쳐 일으키는 살인이 얼마나 많은가? 그런 걸 생각하면 내 생각 따위는 별것 아니다. 내가 죽이고 싶었던 것은 그저 하찮은 벌레 한 마리였을 뿐이다.

그래도 난, 직접 그 몸을 찢어서 죽이는 짓만큼은 할 수 없었다. 되도록 내가 안 보는 데서 죽어주길 바랐다. 나는 조금씩 사육상자를 멀리했다. 먹이로 넣어둔 수박이 썩어 악취를 풍기기 시작한 후로는 덮개를 씌워놓고 아예 가까이 가지도 않았다. 그때 내가 느낀, 내 안의 가장 깊은 곳에서 끊임없이 솟아오르는 듯한 불안. ……비록 하찮은 벌레일지언정 하나의 생명이 지금 내 손에 완전히 쥐어지고, 더욱이 그것이 쇠약해져 죽어가기를 속으

224

로 바라면서 보내는 나날은 어린 나에게는 무섭고 긴장된 시간들이었다. 그 괴로움으로부터 벗어나고 싶은 나머지, 투구풍뎅이가 죽기를 바라는 나의 마음은 한층 더 강렬해졌다. 찰나의, 순간적인 아사라는 이미지. ―어쩌면 그때부터 이미 그것을 가슴속에 품고 있었던 게 아닐까? ……그날 큰맘먹고 들여다본 사육상자 속에서 하얀 솜 같은 곰팡이에 싸여 이미 꾸덕꾸덕 굳어버린 수박과, 작은 관찰용 상수리나무 옆에서 푸석푸석 말라버린 부엽토 위에 납작하게 죽어 있는 그 벌레의 시체를 봤을 때, 나는 얼마나 마음이 놓였는지 모른다. 확인하려고 연필 끝으로 꾹꾹 쑤셔봤을 때 느껴지던 벌레 등의 무력한 단단함. ……아사한 것처럼 보이지는 않았다. 결코 악의에서가 아니라 불행히 사육에 실패했을 때처럼 그렇게 죽어 있었다. 나는 얼른 근처 공원의 나무 밑에 무덤을 만들어주었는데, 그건 불쌍하다는 마음과 함께 한시라도 빨리 눈에 띄지 않게 하고 싶은 마음에서였다. 땅바닥에 엎드린 투구풍뎅이의 시체는 표본처럼 견고해 보였지만, 손가락으로 들어올리자 머리와 몸체의 이음새가 맥없이 축 처진 게 금방이라도 떨어질 것 같았다. 나는 조심스럽게 흙을 덮고 두 번 다시 모습을 보이지 않도록 그 위에 커다란 돌을 올려놓았다. 그건 분명 내 소년 시절의 가장 통렬한 사건이었다. 집에 돌아오자 어머니는 무덤까지 만들어주다니 정말 마음씨가 곱다며 몇 번이고 나를 칭찬해주었다. ……그 무덤은 지금 어떻게 되었을까?

나는 문손잡이를 힘껏 붙잡은 채, 심각한 공포에 사로잡힌 듯이 "열어!" 하는 명령조에서 "열어줘!" 하는 애원조로 바뀐 어머니의 목소리를 듣고 있었다. 그때, 유달리 튼튼했던 탓에 불쌍한 최후를 맞이하지 않으면 안 되었던 그 투구풍뎅이에게도 이런 식의 아비규환이 있었을까? 나는 한밤중에 투명한 플라스틱 사육상자에서 바삭바삭 소리가 날 때마다 베개에 얼굴을 파묻고 도망치듯 두 눈을 감았다. 마치 뭔가를 꽉 붙잡은 것처럼 힘을 주면서. ─나는 어째서 상수리나무 토막의 움푹 파인 자리에 투구풍뎅이랑 함께 산꿀을 몇 방울 떨어뜨려주는 것조차 할 수 없었을까? 겨우 그런 정도의 수고스러움마저 거부할 정도로 나는 그 한 마리의 벌레를 죽이고 싶었던 것일까? 생명을 '사육하는' 것은 결국 어린아이에게는 짐스러운 일이었던 것일까? 아니, 그것은 어른에게도, ……

잠시 후 문 안쪽이 조용해졌고, 둘이 작은 소리로 뭔가를 의논하는 게 들려왔다. 나는 내 방에 틀어박혀 있으면서도 두 사람이 계단 밑에서 주고받는 이런 목소리를 몇 번이고 들어왔다. 나는 그때마다 불안해졌다. 나는 초등학교에 막 들어갔을 무렵 한밤중에 화장실에 가다가, 부모의 침실에서 어머니의 울부짖는 소리가 들려와 깜짝 놀라 "엄마!" 하면서 문을 노크한 적이 있다. 그때도 꼭 지금처럼 한순간 조용해진 다음에 잘 알아들을 수 없는 작은 애기 소리가 들려왔다. 나는 그때 '그 소리'가 무슨 소리였는지는 몰랐지만 내가 그 방에 들어갈 수는 없다는 것은 직감으로 알 수 있어서, 부스럭거리며 옷을 입는 소리가 나고 슬리퍼의 발소리 ─ 바로 어머니의 그것 ─ 가 문 쪽으로 다가왔을 때 당황하여 내 방으로 달려와, 아무것도 모르는 척 이불 속으로 기어들고 말았다.

내가 부모를 그대로 감금하여 아사시키지 않고 ─ 이렇게 말하는 것도 어리석을 정도로 내가 애당초 그런 짓을 할 수 있을 리 없지만 ─, 붙잡고 있던 문손잡이를 놓고 방으로 들어간 것은 어쩌면 어린 시절의 그 기억이 되살아나 지금이라면 '들어갈 수 있다'고 생각했기 때문인지도 모른다. 하지만 직접적인 이유는, 지금 내가 사용하고 있는 컴퓨터의 전원이 켜지는 소리가 났기 때문이었다.

아니나 다를까, 안에서는 아버지가 내 책상 ─ 초등학교에 들어갔을 때 사서 지금까지 쓰고 있는 학습용 책상으로, 처음으로 여자를 방으로 데리고 와 동정을 버렸을 때도 그 여자가 이걸 보는 게 죽도록 창피했었다 ─ 앞에서 화면이 뜨기를 기다리고 있었다.

열어젖힌 창문으로 밝은 햇빛이 방 안 가득 들어오고, 양쪽으로 묶어놓은 커튼의 그림자가 방바닥 위에 출렁거렸다.

나는 놀라서 돌아보는 두 사람을 밀어내고 ─ 어머니는 비명을 질렀다 ─ 컴퓨터가 있는 곳으로 달려가 얼른 콘센트를 잡아 뺐다. 미칠 듯이 흥분한 상태라서 방바닥에 집어던져 박살을 낼 기세였지만, 그렇게 하지 않은 것은 다행이었다. 그리고 화가 머리 끝까지 치밀어 아무 말도 하지 않고 부모를 노려보았다.

어머니는 그 자리에 주저앉아 울기 시작했다. 나는 아버지가 의자에서 일어나자 바로 그 자리에 앉았고, 아버지는 침대에 걸터앉았다. 오랜만에 본 그 남자는, 전보다도 훨씬 볼품없어진 것 같았다. 흐느껴 우는 여자는 두려운 눈빛으로 나를 올려다보며, 동요와 연민과 자책과 혐오감과 그리고 아마도 미움을 얼굴에 내비치면서, 너무 많은 색을 섞어서 새까매져버린 팔레트처럼 절망적인 어둠을 띠어갔다.

나는, 자신의 모습이 얼마나 이 두 사람을 놀라게 했는지 그제야 깨달았다. 나 자신은 거울에 비친 모습에 이미 익숙해 있었지만, 두 사람이 완전히 변해버린 내 모습을 본 것은 이게 처음이었다. 한순간 나를 못 알아본 게 아닐까?

그러한 동요 탓인지 우리는 그때 정말 기묘하게도 자신들의 역할을 잊어버리고 있었다. 나는 또 타인과의 관계의 그물에 속박되어 뭔가의 역할―아마도 아들이라는 역할―을 받아들여야 했는데, 잠시 그것을 잊고 있었다. 나의 외관의 기묘함이 그것을 면제해주었는지도 모른다. 나는 말하자면 그때, 그레고르 잠자처럼 가족 앞에서 벌레 그 자체였던 것이다.

아버지는 아마도 나에게 설교라도 할 양으로 온 걸 게다. 그러나 우리는 그렇게 잠시 서로에게 그 누구도 아니었기 때문에, 세 사람 사이에는 완전한 우연이 만들어낸 기묘한 상하관계가 생겨났다. 그것은 '시선의 높이'에 의한 것이었다. 다시 말해 나는 의자에 앉아, 침대에 걸터앉은 아버지를 내려다보고, 또 그 아래 방바닥에 앉아서 울고 있는 어머니를 내려다보고 있었던 것이다. 나는 오만한 기분이 들었다. 벌레라는 것은 제아무리 사람을 놀라게 해도 크기가 작으면 결국 둘둘 말 신문지에 두드려 맞아 납작하게 찌그러지고 마는 비참한 존재에 불과하지만, 이렇게 덩치가 크면 그 누구라도 겁먹고 달아날 수밖에 없는 일종의 괴물인 것이다. 두 사람 다 이따금 내 모습을 슬쩍 훔쳐보고는 무슨 말을 해야 할지 몰라 금방 눈길을 떨구었다. 그리고 흑흑 하는 어머니의 울음소리만이, 창밖에서 들려오는 우편배달부인지 누군지의 느긋한 오토바이 소리에 섞여 방 안에 퍼졌다.

아버지는 나라기보다 내 책상 쪽을 멍하니 보고 있었다. 틀림없이 이것저것 생각하고 있는 것이리라. 그러다 갑자기 일어나더니 무게를 잡고 나를 내려다보면서, "너, 어머니를 이렇게 울려놓고도 아무렇지 않단 말이냐!" 하고 새파랗게 질려 소리를 질렀다.

그것은 분명 찔리는 부분이긴 했다. 나는 어머니가 불쌍하다는 생각이 들기 시작했다. 그리고 그런 자각과 함께, 아들이라는, 내가 원래 이 자리에서 받아들여야 하는 역할에 질질 끌려들어갔다. 아버지가 자신의 역할을 되찾을 수 있었던 것은 오히려 그 덕분이었다.

아버지는 일어선 채 간곡하게 설교를 계속했고, 나는 잠시 그 설교를 들어야 했다. 그러다 결국 아주 감상적이 되어, 젊었을 때 자신이 회사에서 느꼈던 좌절의 경험을 처음으로 가족들에게 털어놓고는 집요하리만치 강조하며 말했다. 그런 일은 누구에게나 있는 법이다, 하지만 그걸 극복해가는 것이 어른이고 사회인이다, 아니, 인간이라는 것이다, 하며 틀린 데라고는 어디 하나 없지만 어딘지 얼빠진 듯한 이야기를 한심할 정도로 열심히 늘어놓는 것이었다. 나는 문득, 그 결과 회사에서 잘린 건가, 하는 생각이 들어 피식 헛웃음이 나왔다. 그것은 내가 오늘 두 사람 앞에서 처음 낸 소리였다. 두 사람은 일순 그야말로 이상한 벌레의 울음소리라도 들은 것처럼 '방금 뭐였지?' 하는 의아한 표정을 지었다. 나는 얼른 고개를 숙였다. 내 몸을 절개하여 안까지 들여다보려는 듯한 그런 식의 시선을 참을 수 없었던 것이다.

그런데 말이다, 정말 우스꽝스럽게도 그때 아버지는 나를 완전히 이해했던 것이다. 나는 곧 아버지가 얼마나 큰 패배감에 사로잡혀서 열등감의 덩어리 같은 인간이 되어버렸는가를 충분히 알게 되었다.

"그래, ······넌 나 같은 인간한테 이런 말을 듣고 싶지 않다는 거지?"

그렇게 말하고는 비틀거리며 다시 침대에 걸터앉더니 고개를 푹 숙이고 원망에 찬 눈초리로 나를 밑에서 올려다보며,

"난들 말이다, ······"

하고 말을 시작해놓고는, 아무리 기다려도 다음 말을 잇지 않았다.

그걸 보고 이번에는 어머니가 감정이 격해져서 내 이름을 또렷이 부르더니 야단치는 어조로 말했다.

"아버지께 사과드려!"

나는 다소 찔끔했지만, 내색하지 않고 가만히 있었다. 두 사람은 내 앞에서 "그럴 것 없어" "아니에요, 그래도 어떻게" "글쎄, 그럴 것 없다니까" 하는 식의 입씨름을, 조금도 우습지 않은 부부 만담처럼 계속했다. 아버지는 점점 더 흥분이 고조되어, 결국엔 "당신은 좀 가만히 있어!" 하고 뒤집어진 목소리로 어머니에게 고함을 질렀다.

나는 그 모습에 짜증이 나서 다시 아버지를 노려보았다. 내가 달려들 거라고 생각했는지 아버지는 움찔하고 나를 돌아보더니 더듬거리며 애써 할말을 찾기 시작했다. ─무슨 말을 하고 싶은 건지 잘 알 수는 없었지만, 요컨대 내가 이렇게 된 것은 자기 때문이라는 말을 하려는 것 같았다. 그러고는 "우리라고 잘못한 게 없겠니?"라든가, "내가 이런 꼴이 아니었더라면 너도 아마 이렇게까지 되지는 않았을 거야"라는 말을 싫증이 나도록 되풀이했다.

나는 그 말에 반감을 느끼고 자존심에 상처를 입었다. 나의 소중한 **변신**을 가로채인 느낌이 들었던 것이다. 뭐라고? 당신 때문이라고! 당신이 뭘 안다고! 나의 변신은 그 따위 시시하고 보잘것없는 것하곤 달라! 그런 집안 문제 따위에 포함될 수 있는 얘기가 아니란 말이야! 당신 상황이 지금보다 나았더라면 내가 이렇게 되지 않았을 거라고? 웃기지 마! 당신 같은 것하곤 상관없어! 나는 이 불행한 사태에 '선택받은' 거야! 그건 내가 아니면 안 되었어! 당신이 뭘 안다고! ……

나는 머릿속으로 계속 이런 말들을 퍼부었다. 그럼에도 불구하고 나는 이미 완전히 변신하여 인간의 말도 다 잊어버린 양 아무 말도 하지 않고 그냥 앉아 있었다. 그리고 아버지가, 남의 불행 때문에 자신을 탓해 보이는 식의, 아주 기껍고 기분 좋은 도취감에 사로잡혀 있는 것을 거들떠보지도 않고, 컴퓨터 프린터에서 A4 용지를 한 장 꺼내어 볼펜으로 '좀더 시간이 필요해요'라고 적었다.

두 사람은 가까이 다가와 그것을 들여다보고는 감동한 듯 몇 번이나 고개를 끄덕이며,

"그래, 알았어. 언제까지고 기다리마. 힘을 내야지. 필요한 게 있으면 말해주렴."

"음, 그렇지. 너도 너 나름대로 괴로움이 많을 거다. 초조해할 건 없어. 긴 인생에서 보면 아주 짧은 시간에 불과하단다."

하고 번갈아가면서 나를 위로했다.

나는 다만 한시라도 빨리 두 사람이 방에서 나가주기를 바랐던 것뿐이다. 나는 그들이 나 자신을 이해해주리라고는 도저히 생각할 수 없었다. 백 보 양보하여 설사 그럴 수 있다 해도 아마 상상할 수 없을 만큼 오랜 이야기를 주고받은 후여야 할 것이다. 그런

건 도저히 견딜 수 없다. 그래서 나는 부모를 내몰기 위하여 가장 유효한, 그리고 가장 짧은 말을 생각해내서 적었을 뿐이다. 두 사람의 감격한 모습에는 솔직히 켕기긴 했지만, 그런 식으로 뭐든지 솔직하게 남의 말을 믿어버리는 내 부모의 선량함에 대해서는 언제나 느끼는 경멸을 금할 길이 없었다.

나는 옛날부터 아버지를 싫어했다. ……하긴 이런 이야기는 별로 중요한 게 아니지만, ……어쨌든 언제나 그런 식이었다. 대부분의 남자들은 어린 시절, 어떤 아버지든 간에 그 모습에서 하나의 '실패'의 전형을 보게 되지 않나―혹은 보려고 하는 건지도 모른다―싶은데, 나에게 아버지는 언제나 미래의 바로 나 자신의 '실패'로 느껴졌었다. 저렇게 되는 건 정말 싫다. 그런 생각은 지금도 강하게 남아 있다.

아버지는, 뭐라고 할까, 그저 평범한 인간일 뿐만 아니라 대개 언제나 그런 식으로 우스꽝스럽고, 게다가 엄청 지쳐 있었다. 마모된 톱니바퀴처럼 때때로 남들과 이가 맞지 않아 혼자 겉돌았다. 나는 정말로 어렸을 때부터 무기력증에 사로잡혀 있었는데, 그건 아버지가 밖에서 받아온 그 나쁜 바이러스에 나도 모르게 감염되었기 때문이 아닐까? 그리고 그것은 치료 방법조차 없어, 결국엔 내 인생을 망치려 들고 있다!

하긴 팔팔할 때도 있었다. 나의 아버지는 백화점에서 일하고 있었는데, 아마 거품경제 시절에는 나름대로 짭짤했을 것이다. 하지만 그때 나는 초등학생이었기 때문에, 불황이니 호황이니 하는 말을 텔레비전 뉴스에서 들어 어렴풋이 알고 있었을 뿐 솔직히 자세히는 몰랐었다. '블랙 먼데이'도 그렇다. 분명히 세간에서는 엄청난 소동이 일어났을 테지만—굉장했겠지, 지금은 어느 정도 상상이 간다—, 내가 그 말을 제대로 이해한 것은 고등학교 때 국어 선생이 한때 주식에 빠졌다가 그것 때문에 크게 손해를 본 것을 계기로 깨끗이 손을 뗐다고 억울한 듯 이야기하는 걸 듣고 나서였다. 물론 그 말이 주식 폭락을 의미한다는 것 정도는 알고 있었다. 하지만 그것이 이렇게 내가 아는 사람의 생활과 구체적으로 연결되어 있다는 걸 실감한 것은 그때가 처음이었다.

아버지는 집에서는 일에 관한 이야기를 전혀 하지 않았다. 그게 미덕이라고 믿었던 거겠지만, 아마도 그 이유만은 아닐 것이다. 나는 취직한 후, 거품경제 시절 사람들이 얼마나 흥청망청 제멋대로 생활했는지에 대한 상사들의 이야기를 싫증이 날 정도로 들었다. 나의 아버지도 결코 예외는 아닐 것이다. 아마도 아버지에게는 그 껄끄러운 감정이 남아 있을 것이다.—아니, 당연히 가져야 하는 게 아닐까? 나의 아버지만이 아니다. 조금이라도 제정신이 박혀 있다면, 그 세대 사람들은 모두 우리에게 미안한 마음을 가져야 하는 것이다! 그렇지 않은가? 우리는 그들이 싸질러놓은 똥을 치우는 세대인 것이다! 그것도 술 처먹고 지랄 발광한 다음에 싸댄 설사똥을 말이다! 게다가 그런 녀석들일수록 하필 대가리 수도 많고—내가 있던 회사에도 아무짝에도 쓸데없는 무능한 중늙은이들이 얼마나 넘쳐났던지!—, 잘 죽지도 않기 때문에, 우리는 점점 더 많은 것을 착취당하고 결국엔 말 그대로 뒤까지 닦아줘야 한다! 우리는 다르다. 우리는 원래가 소수파다. 그리고 틀림없이 슬플 정도로 맥없이 죽어버릴 것이다. 이렇게 바보스럽게 일하고, 정체 모를 음식들만 먹고, 제대로 잠도 못 자고, 고문 같은 통근 전철에 시달리면서, 전자파니 환경호르몬이니 하는 뭐가 뭔지 모르는 것들이 넘쳐나는 속에서 헉헉거리며 살아가고 있다. 게다가 절망! 절망! 절망! 아, 아무런, 정말로 아무런 희망도 없다! 정말 우리는 애초부터 이미 자살할 운명으로 정해져 있는 게 아닌가!

그러고 보니 그레고르 잠자의 아버지도 장사에 실패했었지. 그 남자가 '검소한 사무직'에서 '여기저기 돌아다니는 세일즈맨'으로 변신하지 않을 수 없었던 것은 그 때문이었다. 일가의 가계는 그레고르가 책임지고 있었고, 게다가 집까지 그의 돈으로 샀다. 가장의 역할은 이미 아들이 떠맡고 있었던 것이다. 그리하여 점차 가족들도 본인도 그것을 당연한 일로 여기기 시작했다. ……그렇다. 지금까지 그레고르의 '방'에만 정신을 빼앗겨 '집'에 대해서는 별로 생각을 하지 않았는데, 생각해보면 그것 또한 하나의 벌레 껍질이다. 방이 개인을 가두듯이 집은 가족을 가둔다. 잠자 집안 사람들은 그레고르가 갑자기 변신하는 바람에, 바로 그 아들 이 사준 집에서 나갈 수 없게 된다! ······그 집은 그레고르가 이 마에 땀을 흘리며 열심히 일해서 아버지를 대신해 산 것이지만, 가족들은 별로 감사해하지도 않는다. 그리고 그레고르가 일을 못 하게 되어 이를 유지하는 것이 힘들어지자 오히려 부담스러워한 다. 게다가 그레고르가 보기에는, 가족들은 단지 벌레가 된 자신 이 이동하기 어렵다는 이유 때문만이 아니라, 바로 그 생계에 대 한 '절망' 때문에 그곳에 갇혀 있는 것이다. 그랬기에 그레고르 가 죽고 나서 집을 나온 세 사람이 '희망'을 가슴에 안고 제일 먼 저 나눈 이야기도 '이사'에 대한 것이 아니었겠는가?

　요컨대 아버지를 대신해서 가족을 돌보겠다는 그레고르 잠자 의 기특한 계획은 보기 좋게 실패한 것이다.

　그렇게 보면, 그 변신이라는 현상도 실은 가족들에게 잠재해 있 던 그레고르에 대한 반발을 벌레에 대한 혐오라는 형태로 현재화 시키는 하나의 계기였다고 생각할 수 있을지도 모른다. 즉, 여기 서도 '변화'가 아니라 '나타남'이었던 것이다. 그들이 벌레를 보 았을 때의 충격은, 그들의 내면에 감추어져 있던 아들에 대한 증 오를 그로테스크한 형태로 맞닥뜨리게 된 것에 대한 놀라움이 아 니었을까? 상황은 아무것도 달라지지 않는다. 가족들이 집에서 나가지 못하게 되는 것은, 그레고르에게 생계를 의지하게 되면서부터 쭉 계속되어온 잠자 집안 사람들의 생활과 결코 다를 것이 없다. 그리하여 마지막에 집을 나올 때에는 각자 어엿하게 자신의 일을 가지고 있다. ─그렇게 생각해보면, 첫 장면에서 그레고르를 부르러 오는 가족들의 소란스러움도 단순히 늦잠을 자는 초등학생을 야단치는 것하고는 의미가 다르다. 그들은 그레고르가 출근을 해야 빵을 얻어 굶지 않고 살아가는 것이다! 아마도 이 사실은 그레고르가 도중에 거의 아무것도 먹지 않게 되어, 결국 아사에 가까운 쇠약사를 맞는다는 전개와 아이로니컬한 대조를 이루는 것이리라.

 ……그러나 어째서? 어째서 그레고르 잠자의 성실한 선의는 보답을 받지 못하는 걸까? ─단순하게 말하면, 아들에게 생계를 의지한다는 사실이 부모에게는 대단히 괴로운 일인지도 모른다. 특히 아버지의 경우 자신의 잘못으로 그렇게 됐다는 사실을 잘 알고 있기 때문에 더욱더 괴로울 것이다. 그래서 아들에게 생계를 의지하는 동안은 형편없고 무능력하지만, 아들이 벌레로 변신하고, 또 자신이 은행에서 일하게 되면서부터 점차 가정 안에서도 아버지라는 역할을 되찾아간다. 그리고 마치 쌓이고 쌓인 원한을 풀기라도 하듯 아들에게 딱딱한 사과 열매를 던지는 것이다. ……
 잠자의 집안에는 확실히 하나의 '전도(轉倒)'가 일어나고 있었다. 요컨대 '가장'의 역할에 대한 쟁탈이다. 『변신』에서는 아들과 아버지의 입장이 오랫동안 역전되어 있었다. 혈연관계가 그것을 은폐하고 있었지만 실제로는 '전도'되었던 것이다. 그랬던 것이 아들이 벌레로 변신하는 비참한 상황을 계기로, 다시 원래대로 회복되는 것이다. 중요한 건 바로 그 점이다. ─ 게다가 그것으로 끝이 아니다. 종반에 접어들면 보스인 듯한 사람 하나를 포함해 수상쩍은 세 명의 남자가 방에 세들어 살게 되는데, 이들의 등장은 다시 한번 아버지로부터 가장의 역할을 몰수해버린다. 왜냐하면 그자들은 방세라는 형태로 일가(一家)에 '수입'을 가져다주기 때문이다. 그레고르와 아버지의 역할 '전도'도 따지고 보면 그것이 원인이다. 그리하여 세 남자는 집이라는 닫힌 공간 안에서 가장 행세를 하며 몹시 건방지게 행동할 수 있는 것이다.

그자들이 세 명이라는 것에는 분명 중요한 의미가 있다. 그것은 4-1=3, 다시 말해, 그레고르를 가족이라는 틀에서 배제시키는 숫자의 모형이다. 더구나 그것은 외부로부터 들어온 것이다.

실제로 여동생이 결국 벌레를 버리고, 그 내부에 있는 오빠라는 존재를 부정하는 계기가 되는 것은 그자들이다. 그리고 그레고르의 죽음을 확인한 그 순간, 아버지는 갑자기 기운을 되찾고 그 세 남자를 내쫓아버린다. 그와 동시에 '가장'의 역할은 다시 원래로 돌아간다. 그것을 위협하는 자는 이제 아무도 없다. ……그렇게 되고 보면 그 세 남자는 마치 권력의 지휘관 같다. 어디에선가 파견되어와 맡은 바 임무가 끝나면 물러난다. 그리하여 이 소설은,

아버지가 자신이 잃어버린 '가장'으로서의 역할을 되찾기까지의 과정을 실로 상세히 그려낸다!

그레고르 잠자는 결국 무엇을 위해 일한 것일까?

인간이 살아가기 위해서는 일을 하여 돈을 벌지 않으면 안 된다. 적어도 지금의 세상은 그렇게 되어 있고,『변신』의 시대에도 마찬가지였을 것이다. 그러나 다만 먹고살기 위해서라면 그렇게 필사적으로 일할 필요는 없을 것이다. 그레고르도 처음에는 그저 자기가 살아가기 위한 '검소한 사무직'을 해내고 있었다. 그 일은, 그가 일하는 최저한의 의미에 걸맞은 것이었다. 그리고 '여기 저기 돌아다니는 세일즈맨'이 되어 그 이상의 다망함이 부과되었을 때, 당연히 그에겐 그 이상의 의미가 필요했다. 그것은 무엇이었을까? 물론 가족을 위해서다. 그러나 그것은 보답받지 못했다. 다름아닌 그 가족들로부터 부정당함으로써. 그렇다면 결국 그의 다망함은 헛수고이고 전혀 무의미한 것이 되어버린다. 변신이란 그 무참한 증명의 과정인 것일까? ……

그레고르만이 아니다. 나 역시 도대체 뭘 위해서 그렇게 바보스럽게 일해왔는지, 그 대답을 쉽게 찾을 수 없다. 먹기 위해서라는 것이 첫번째 이유였다. 그 이상의 의미라면, 나도 그레고르와 마찬가지로 아버지의 실업이 주는 영향이 컸을지도 모른다. 물론 부모를 혼자서 부양할 수 있을 정도로 고액의 수입이 있는 것은 아니지만, 이 집의 융자금은 이제 아버지 대신 내가 갚아나가고 있다. 지금 이 집에 부모가 살 수 있는 것은 결국 내 덕분인 것이다. 다만 『변신』과 다른 점은 나의 아버지에게는 언제까지나 일이 없으리란 것이지만. ―그 때문에 나는 벌레인 주제에 이 집안의 '가장' 역할을 아직도 계속해서 해내고 있는 것이다. 주택융자금의 변제액은 내 통장에서 자동적으로 빠져나가게 되어 있다. 아마 앞으로 한두 달은 버틸 것이다.

아, 무의미함! '허무'라는 것은 정말 무서운 것이다. 나는 새삼 이 세상은 무의미하다는 따위의 흔해빠진 말은 하고 싶지 않다. 그러나 그것을 정말로 실감하는 기회는 의외로 적은 게 아닐까? 우리는 생활 속에 적당히 의미를 박아놓고 언제나 그 '허무'를 길들이고 있다. 적어도 그렇게 생각하며 살아간다. 그러나 길들여지는 것은 실은 우리 쪽인 것이다. 우리는 어느 순간 덥석 '허무'에 물리고 나서야 처음으로 그것을 응시한다. 정말 끔찍스러운 것은 바로 그때다.

나는 전자기기 회사의 영업사원이었는데, 물건을 판다는 일에도 확실히 별로 실감이 없었다. 모든 것이 숫자 상태로 너무나도 빨리 내 눈앞을 지나쳐, 마치 환상 속에서 살아가는 것 같은 느낌이었다.

그러나 거품경제 시절에는 지금보다 물건들이 훨씬 빨리 움직였을 텐데, 그 시절의 영업사원들에게는 내가 느낀 것과 같은 허무감이 전혀 없었을까? 그때는 확실히 경제의 계절이었다. 정치의 계절도 일단락되고, 경제만이 모든 인간의 관심사가 되었다. 큰 문제다. 그리고 노동은, 사람을 그 큰 문제에 직결시켰을 것이다. 틀림없이 그 무렵의 다망함은 의미로 가득했을 것이다. 일한 만큼 돈뭉치가 들어온다. 자신의 생활도 윤택해지고 회사의 업적도 오른다. 그리고 나라도 번성한다! 그러한 실감, 혹은 보람 같은 게 충분히 넘치고 있지 않았을까? 세상 전체가 축제 기분에 들떠 있었다. 그에 동참하여 그 열을 더욱더 부추기고, 얼빠진 머리로 아무 생각도 하지 않았을 것이다. '허무' 란 놈도 그때는 달콤한 재미에 빠져 순종적이고 얌전했겠지? 그게 지금은 어떤가? 배를 주린 들개처럼 씩씩거리며 덤벼든다! 게다가 우리에게는 그것에 먹힐 만큼의 여유 같은 건 전혀 없다. 다만 오직 참가하지도 못한 축제의 뒷정리만 해야 하는 것이다!

속이 뒤집힌다. 일했을 때를 생각하면 정말 신경질이 난다! 그래서인가? 요즘 나는 자꾸 옛날 일들이 떠오른다. 초등학교 시절, 중학교 시절, ……카프카의 소설에는 언제나 '왜' 라는 물음이 빠져 있는데, 『변신』에도 그레고르 잠자가 어린 시절 어떠했나 하는 기술은 전혀 찾아볼 수 없다. 무슨 문제가 생기면 반드시 그 사람의 유년기로 거슬러올라가야 한다는 생각이야말로 정신분석학 따위에 얽매여 있는 우리 세대 사람들의 정신질환이겠지만. 그래도 나는 자신의 어린 시절의 기억을 되살림으로써 어쩌면 『변신』을 — 내가 완전히 똑같은 경우에 처하게 되는 바로 그 이야기를 — 보전(補塡)할 수 있을지도 모른다고 생각해본다. 또한 나 자신을 위해서도 '왜'라는 것을 알고 싶다. '왜', 어째서 내가, 변신하지 않으면 안 되었나 하는 것을.

내가 지금 생각하고 있는 역할과 **진짜 나 자신**이라는 발상은 도대체 언제부터 싹트기 시작한 걸까?

나는 이 '수기'의 맨 첫 부분에 어린 시절 나의 우스꽝스러운 망상벽에 대해 썼는데, 생각해보면 그러한 것은 당시 텔레비전에서 자주 보던 '특촬(特撮) 영웅물'의 악영향이었는지도 모른다. 보통 때에는 아무것도 특별할 게 없는 평범한 인간이, 괴물이나 유령이 나타나면 갑자기 초인적인 힘을 지닌 '정의의 사도'로 변신하여 — 그리고 바로 그것이야말로 **진짜 그 자신의 모습**이다 — 적을 물리친다는 그 뻔한 얘기 말이다(원래 미국 사람들은 어른이 되어도 슈퍼맨이라든가 스파이더맨 같은 걸 즐겨 보지만). 그 탓이었을까? 그러나 그런 것에 빠지는 것부터가 내 안에 처음부터 그러한 갈망이 있었다는 게 아닐까?

— 그건 모른다. 모르기도 하고, 또 어떻든 상관도 없다. 의미가 있다면, 텔레비전이라는 놈 덕분에 우리는 어렸을 때부터 바

보가 되기 위한 주도면밀한 훈련을 받았다는 것이다.

내가 지금 가장 흥미를 느끼는 것은, 내가 자란 환경과, 그 때문에 익히지 않을 수 없었던 하나의 지혜로서의 '위장'이다.

나의 아버지는 이른바 전근족(轉勤族)이었다. 초등학교에 들어가기 전까지 살던 맨션이 내 기억에 가장 우리집처럼 느껴지는 장소였고, 그후로는 초등학교 때 세 번, 중학교와 고등학교 때 각각 한 번씩 전학을 했으니까 지금 생각해봐도 정말 바쁘게 움직인 셈이다. 이건 좀 특수한 경우인지도 모른다. 그런데 나는 옛날부터 새로운 환경에 좀처럼 적응을 못 하는 타입이었다. 유치원에 들어가기 전에는 가기 싫다고 울며불며 떼를 쓴 적도 있다. 어머니는 그러한 나의 반응에 놀라며 유치원이 얼마나 즐거운 곳인가를 열심히 설명해주었고, 유치원 보모들에게 의논을 하러 가기도 했다. 그래도 나는 무서웠다. 초등학교 입학 때는 유치원에서 알게 된 친구들이 같이 가게 되어 조금은 마음이 든든했지만, 그래도 다른 유치원 출신 아이들이나, 상급생, 새로운 선생님들을 생각하면 얼마나 불안했는지 지금도 기억이 생생하다.

원래 그런 성격이었기 때문에 나는 전학을 아주 싫어했다. 낯선 지역, 낯선 학교, 낯선 어른들, 그리고 낯선 아이들! ……아마도 그때부터였을 거다. 나는 남에게 잘 보이기 위한 '기술'을 막연하게나마 이해하고 익혀나갔다. 나는 전학 갈 때마다 항상 지극히 전학생답게 행동하면서, 그 반에서 가장 평범한 학생을 견본으로 삼아 일부러 성실하게 그 녀석이 하는 짓을 따라 했다. 나는 전에 다녔던 학교의 습관은 되도록 빨리 버리도록 애썼다. 요즘 말로 하자면 일단 완전히 '리셋' 하는 것이다. 남은 건 오로지 묵묵히 따라 하는 것뿐이다. 그것은 급식 때 어떤 식으로 인사를 하는가 따위의, 지금 생각해보면 실로 사소한 차이로 여겨지는 것이었지만, 아이란 대체로 융통성이 없기 때문에 조금이라도 낯선 습관을 접하면 아주 이질적인 느낌을 받는 모양이었고, 멍청한 교사들 중에는 아이들과 한통속이 되어 그것을 엄하게 꾸짖는 자도 있었다.

나는 전학을 갈 때마다 그때까지 쌓아올린 뭔가를 부수고 새로 다시 조립하도록 강요당했기 때문에, 언제나 이것도 저것도 아닌 어정쩡한 느낌이었다. 앞서 든 예처럼 말하자면, 고생해서 제법 많이 진행한 '롤 플레잉 게임'의 데이터가 갑자기 이유도 없이 사라져 다시 처음부터 시작해야 할 때 느끼는 그런 감각이었다. 실제로는 텔레비전 게임의 세계 쪽이 나와 훨씬 오래 관련을 맺어왔었는지도 모른다. 나는 내 주위에 나와 깊은 관계를 맺기 위한 하나의 착실한 세계를 쌓지 못했다. 지역에 대해서도 그렇고, 사람에 대해서도 그렇다. 나는 타인과의 사이에 쉽게 끊을 수 없는 강한 관계라는 것을 갖지 않았다. 뭐랄까, 거의 습관처럼 그랬다. 한 가지 이유는 처음 이사할 때 친구랑 헤어지는 게 너무나 슬펐던 나머지, 그후로는 은연중에 그것을 일부러 피해왔기 때문일 것이다. 그것은 나만이 아니라 부모도 그랬다. 새로운 지역에 부임한다. 하지만 그곳도 결국 몇 년 있다가 떠나게 된다. 주위 사람들과도 익숙해지면 작별이다. 그렇게 되면 저절로 사람과의 관계도 희박해진다. 우리 가족들은 참으로 남들에게 예의 바르고 친절했으며, 어디서나 금방 잘 어울렸다. 어쨌든 부모는 나에게 인사를 잘 할 것, 어떤 경우에도 웃는 낯으로 사람을 대할 것 등을 집요할 정도로 엄하게 가르쳤으며, 그들 자신이 실제로 좋은 본보기가 돼주었다. 우리 가족은 그런 '예의 바르고 친절한 사람들'이라는 틀에서 한 발자국도 벗어난 적이 없었다. 가족 모두가 쭉 그 틀 안에 틀어박혀 있었다. 나도 학교에서 고독하게 그것을 실행하여, 반 친구들 사이에서는 성격도 밝고 명랑하고 누구하고나 잘 어울리는 붙임성 좋은 아이로 통했다. 그랬기 때문에 전학을 갈 때 마음씨 착한 몇몇 아이들은 아쉬워하며 울어주기까지 했다.

나에게는 시간이 없었다. 게다가 언제 또 '그때'가 찾아올지 모르는 일이었다. 나는 나도 모르는 사이에 천천히 시간을 들여가며 주위 사람들에게 나 자신을 이해시키는 것을 포기하고, 겉으로 그럴듯하고 적당히 때우기도 쉬운 '임시용 외관'에 매달리는 습관을 몸에 익혔다. 그리하여 그에 대한 반응을 관찰하고, 평판이 나쁘지 않은 것 같으면 그것을 최대한 지속시키기 위해 줄기차게 노력했던 것이다. 당연하지 않은가? 일단 그러한 외관을 몸에 걸쳐버리면, 그것이 교묘하게 들어맞을수록 벗어내기가 어려워진다. 벗는 순간 아마 그때까지 그것을 맨살이라고 믿고 있던 사람들은 틀림없이 속았다고 느끼게 될 것이다. 나는 그런 상황을 상상하며 항상 두려워했다. 그리하여 나는 내 안에서도 가장 남들의 눈에 띄지 않는 곳으로 점점 더 깊이 틀어박히게 된 것이다. ……

그러고 보니 지금까지 나는 그레고르 잠자가 '여기저기 돌아다니는 세일즈맨'이었다는 것에 별로 신경을 쓰지 않았는데―그저 바빠진 대가로 수입이 늘었을 뿐이라고만 생각했었다―, 생각해보면 일 년 내내 같은 책상 앞에 붙어 앉아 같은 사람들과 함께 일을 하는 '사무직'과는 달리 '여기저기 돌아다니는 세일즈맨'은 신규 고객도 많았을 것이고, 언제나 다른 장소에서 다른 사람들을 상대로 상대방의 마음에 들도록 태도를 바꿔가며 상품을 팔러 다녀야 했을 것이다. 그것들도 다 '임시용 외관'인 것이다.

어느덧 나도 언제, 어떤 사람들과도 자유로이 관계할 수 있게 되었다. 그것을 훈련시킨 것은 나의 전학이었고, 그 훈련을 참고 견디게 한 것은 나의 소심함임에 틀림없다. 나는 주위의 아이들이 기껏해야 교복을 입고 있을 때와 입고 있지 않을 때의 두 종류의 외관밖에 가지고 있지 않았을 때, 이미 양손에 넘치도록 가득 쥔 여러 종류의 외관을 교묘하게 이용할 줄 알았다. 나는 어떤 곳에서나 주위 사람들에게 호감을 주는 아이였다. 집에서도, 학교에서도, 학원에서도, 농구 클럽에서도(이건 초등학교 5학년 때부터 이 년 동안 살던 동네에서 다녔었다), 그리고 중학생이 되고 나서는 방과후에 자주 다니던 오락실에서도, 불량기 있는 녀석들의 아지트였던 학교 옥상에서조차도. ……나는 언제나 그런 식이었다. 어제는 반에서 제일 공부를 잘하는 녀석과 시험지 답을 맞추면서 하교를 했는가 하면, 다음날에는 비가 오면 아무 우산이나 집어들고 가는 불량배 녀석들이 그 우산이 내 건지 알고 해죽거리며 돌려주러 온 것을 씩 웃으면서 받아들곤 했다. 들어가기 어렵기로 유명한 일류 대학에 들어갔지만, 술집에서 여기저기 널려 있는 전문대 여학생들을 그럴싸한 말로 꼬드기는 것도 능숙했고(그럴 때 정말 그 대학 학생 맞냐고 놀라는 모습에는 뭐라 표현할 수 없을 정도의 쾌감을 느꼈다), 회사에 다닐 때도, 앞에서 말한 것처럼 술집 여자들이 나에 대한 호감 덕분에 나의 출신대학이나 근무처에 대한 편견─요컨대 공부밖에 모르는 재미없는 녀석들이라는, 딱 맞는다고는 할 수 없지만 그렇다고 틀렸다고도 할 수 없는 생각들─을 정정까지 했던 것이다!

나는 결코 사람들이 싫어하는 타입이 아니었다. 누구나 나를 좋아했다. 정말이다. 거짓말이 아니다! 그럴 맘만 먹으면 나한테 어떤 친구들이 있었는지 얼마든지 여기 써서 보여줄 수 있다! 나의 휴대폰 메모리는 한 대로는 부족할 정도로 넘쳐났고, 메일도 이삼 일만 체크를 안 해도 삼사십 건, 아니 오륙십 건은 가볍게 쌓여 있을 정도였다. 이런 사람은 그리 많지 않을 것이다. ……

하지만, ……그게 뭐라고 나는 그런 데 신경을 쓰는 걸까? 언제나 그랬다. 나는 가끔 불쌍할 정도로 필사적으로 내 주위에 얼마나 많은 부류의 친구들이 있는지를 확인해보아야 했다. 나는 남들이 날 싫어하는 것을 극단적으로 두려워했고, 이렇게 되어버렸지만 실은 고독이라는 것도 견뎌내지 못했다. 사랑받고 싶다는 적극적인 감정이었는지 그건 잘 모르겠다. 아마도 아닌 것 같지만, 어쨌든 사람들이 날 싫어하면 어쩌나 하는 걱정은 늘 내 뒤를 따라다녔다. 나는 '타인'이라는 존재를 신용하지 않았지만 그럼에도 불구하고 필요로 했다. 그들이 없으면 나는 나의 '외관'을 잃어버리기 때문이다. 그리고 그때 '알맹이'인 나 자신이 확실하게 존재하지 않는다면, 나는 그대로 사라지게 되기 때문이다. ……

만약에, ……그래, ……만약에 내가 '위장'하고 있던 여러 역할을 모두, 혹은 적어도 반 정도라도 아는 사람이 있었다면, 그들은 나의 위장 방법에 공통적인 '무엇인가'를 발견하여 그를 통해 진짜 나의 '나타남'을 인정해주었을지도 모른다. 하지만 그러한 사태가 일어나지 않도록 세심한 주의를 기울인 것은 다름아닌 바로 나였다.

당연하지 않은가? 대체 누가 그렇게 열심히 나를 봐주겠는가? 누가 그렇게 시간을 들여 그토록 델리케이트한 관찰을 해준단 말인가? 나는, 내가 각각 다른 역할을 하며 접한 두 명의 인간이 같은 장소에서 맞닥뜨리는 것을 극도로 경계했다. 예를 들면 나의 대학 친구들은 나의 고등학교 시절 친구들을 단 한 명도 모른다. 내가 절대로 소개를 하지 않았기 때문이다. 나는 그러한 경우 한쪽이 말하는 나의 인상과 다른 한쪽이 말하는 그것이 서로 어긋나는 것을 두려워했다. 우리 세대의 사람들은 외관이 속과 합치하지 않는다는 것 정도는 아마 경험상 모두 알고 있을 것이다. 그러나 그것이 너무나도 적나라하게 드러났을 때에는, 역시 꺼림칙한 인상을 억누르지 못하는 것이다. 녀석들은 틀림없이 자기만 그렇다고 생각했던 **진짜 자기**라는 정체 모를 존재가 다른 사람 속에도 자리잡고 있다는 사실에 소름이 끼칠 것이다. 그것은 무슨 생각을 하는지, 어떤 짓을 할지 모르는 두려운 존재이다. 그리고 그것을 제대로 이해하기에 우리는 너무나 바쁜 것이다!

……왠지 모르게 이해하게 되었다. 나는, 아마 초등학생 때에 이미 어렴풋이 나의 외관과 '나 자신'이 같지 않다는 것을 느끼기 시작했던 것 같다. 확실하지는 않지만, 아마도 막연하게. 더욱이 나 **자신**이라는 것은 있는 것 같기도 하고 없는 것 같기도 한 느낌이었기 때문에, 나는 실제로는 그저 남에게 인정받은 외관만으로 존재했던 것이다. 그런데 전학은 그러한 '타인'들을 나한테서 빼앗아간다. 때문에 나는 새로운 지역에서 서둘러 '타인'을 획득하여 새로이 존재하기 위해, 가장 간편한 외관으로 적당히 대처

하지 않으면 안 되었다.

생각해보면 그 무렵 내가 느꼈던, 나라는 존재의 형용할 수 없는 '희박함'은, 그렇게 전학을 되풀이한 사실 때문만이 아니라 어디를 전전했느냐 하는 그 장소와도 관계가 있었을 것이다.

아버지가 근무하던 백화점은 대도시라기보다 중간 규모 정도의 지방도시를 중심으로 점포를 늘리고 있었기 때문에, 우리 가족은 지금 살고 있는 도쿄 교외의 집에 정착할 때까지 쭉 별볼일 없는 지역만 기웃거렸다. 그 무렵 내가 느낀 초조감. ……나는 언제나, 이대로 멍하니 있다가는 세상에 뒤처질 것 같은 느낌이 들었다. 내가 있던 지방도시의 대부분은 제조업이 경제의 기반을 이루고 있었기 때문에, 이미 역사적 사명이 끝나버려 무용지물이 된 것 같은 독특한 피로감을 띠고 있었다. 내가 초등학교 생활의 후반을 보낸 세토나이카이(瀬戸内海) 연안의 한 중화학공업 도시의 쇠퇴한 모습은 특히 비참했다. 내가 초등학교 때는 사회 시간에 유난히 산업에 대해 자세하게 가르쳤는데, 그 도시의 철강 생산을 나타내는 막대그래프는 전에는 정력 좋은 남자의 발기한 페니스처럼 대단한 기세로 하늘을 찌르고 있었지만, 그 무렵에는 마치 노령으로 임포텐츠가 된 것처럼 불쌍할 정도로 약하고 작게 쪼그라들어 있었다(이 비유가 수업중에 떠올라 옆자리 녀석과 몰래 킥킥거렸던 것을 지금도 기억하고 있다). 나는 자신이 조금도 중요하지 않은 별볼일 없는 도시에 살고 있다는 감각을, 그 당시

아주 강하게 느끼고 있었다. 그리고 나는 그 도시의 별볼일 없는 초등학생 중 하나였다. 다음 순간 내가 죽어 없어져도 세상은 눈 하나 깜짝하지 않을 것이다. 잠깐 화제에 오를지는 모르겠지만, 아주 제한된 좁은 범위 내의 잠시 동안의 이야기로 그칠 것이다. 도대체 뭐가 변하겠는가? ― 변하는 것은 아무것도 없다. 아무것 도. 몇 년 전에 근처로 이사 왔던 집 애가 죽었다. 전학 간 옛날 동급생이 죽은 모양이다. 안됐다. 그뿐이지 않은가.

나는 나라는 인간이 분명히 존재한다는 것에 대한 의미를 갖고 싶었다. 내가 나이며, 나 아니면 안 되는 이유 말이다. 내가 떠맡고 있던 역할처럼 아무하고나 교환할 수 있는 그런 것 말고. 아, 그렇 다. **진짜** 나는 남과 다르지 않으면 안 된다! 그 차이만큼 내가 존재 하는 의미가 있는 것이다! 절대로 '개성적'이어야 한다! ― 이것은 우리 세대의 모든 인간에게 내린 지긋지긋한 저주가 아닐까?

사춘기에 접어들면서 나의 초조감은 한층 더 심해졌다. 나는 필사적이었다. 어떻게든 뭔가 되어야 한다고 느끼고 있었지만, 무엇이 되어야 하는지는 뚜렷이 알 수 없었다. 반에는 이미 최후 의 결정적인 **변신**을 목표 삼아 노력하기 시작한 녀석들이 있었다. 어렸을 때 내가 '구세주'가 되는 것을 꿈꾸었던 것처럼, 축구선 수가 되겠다, 뮤지션이 되겠다며 밤낮없이 연습에 몰두하던 녀석 들. 나는 음악에는 흥미가 없었지만 운동신경은 좋았기 때문에,

체육 시간이 되면 교사도 학생도 나를 언제나 잘하는 애들 부류에 넣어주었다. 나는 그 덕분에 전학 간 초등학교에서도, 평범하고 다소 멍청한 구석은 있었어도 완전히 무시당하지는 않았고, 아이들 세계다운 인정을 그런대로 받고 있었다. 나는 특히 구기 종목을 잘했다. 그 무렵에 유행한 만화의 영향으로 학교에서는 축구팀이 굉장한 붐이었는데, 그중에서도 나는 대부분의 부원들보다도 훨씬 공을 잘 찼다. 리프팅 경쟁 같은 걸 하면 언제나 최고였다. 하지만 그것도 초등학교 때까지였다. 중학교에 입학해서, 그 팀의 몇 명이 제대로 해보겠다는 마음을 먹고 축구부에 들어가, 아침 일찍부터 수업시간을 끼고 방과 후 밤늦게까지 주말도 없이 연습하기 시작하자, 그 녀석들은 나 같은 건 도저히 상대가 될 수 없을 정도로 눈에 띄게 실력이 좋아졌다. 즉, 나와의 '차이'를 계속해서 만들어나갔던 것이다. 게다가 나처럼 집에서 빈둥거리며 텔레비전을 보거나 게임이나 하면서 시간을 보내는 게으름뱅이 따위는 거들떠보지도 않고 끊임없이 '노력정진' 했다! 밴드를 만들어서 중학생 때 벌써 라이브하우스에 출연한 적이 있다는 녀석들도, 영어 스피치 콘테스트에서 지역 대회를 돌파했다는 여자아이도 모두, 나로부터—아니, 나를 포함한 나머지 모두로부터 조금씩 멀어져갔다.

나는 내심 그런 녀석들이 부러워 죽을 지경이었다. 나는 초등학교 때까지는 제법 인기가 있었지만 중학교에서는 이미 그렇지도 않아, 밸런타인데이 때 받은 선물로 반 전체를 떠들썩하게 만드는 것 역시 내가 아니라 그 녀석들이었다. 게다가 녀석들은 교사들한테나 학생들한테나 꽤 존경을 받았다. 자신이 '진정으로 정열을 쏟을 수 있는 뭔가'를 찾아내어 열심히 노력하기 때문이었다. 과연 그 모습에는 꽤 아름다운 데가 있었다. 녀석들은 남들과 '달랐'지만, 어딘지 모르게 깔끔했고 남을 불쾌하게 하지 않았다. 요컨대 폼이 났던 것이다. 그것은 아마도 그 녀석들이 '아무것도 아닌 인간'이 아닌 '어떤 누군가인 인간'으로 보였기 때문일 것이다. 나는 이미 늦었다. 이미 차이가 나버렸고, 초조한 나머지 언제나 안달하고 있었다. 나는 뭔가가 되고 싶다고 열렬히, 정말로 진심으로 원하고 있었다. 그렇지만 도대체 뭐가 되고 싶은지는 여전히 알 수 없었다.

내가 '냉소'라는 웃음을 배운 것은 그 무렵이었다. 나는 언제나 기분 나쁘게 웃었다. 그 녀석들이 활동하는 모습을 보고 있으면 질투심에 몸이 떨릴 지경이었지만(앞서 말했듯이 그 녀석들이 여자애들한테 인기가 있는 것도 참을 수가 없었다. 특히 그중 몇몇 녀석들이 일찌감치 동정을 버렸다는 이야기라도 들으면 최악이었다. 어른이 되어서 내가 여자에게 집착하게 된 것은 그때 그 녀석들에 대한 복수인지도 모른다), 그럴 때에는 언제나 녀석들의 '미래'를—아, 나는 언제나 '지금'이 아니라 '미래'를 살았다!—부정적으로 생각하고, 축축한 습지 같은 나의 내부에 틀어박혀 혼자서 음습한 미소를 지으며 자신을 위로하는 것이다. 공좀 잘 차는 게 뭐 대수냐? 그까짓 걸로 스타가 될 수 있다면 축구 안 할 놈이 어디 있겠어? 무엇보다 저 녀석들은 모두 초등학교 때 나보다 훨씬 운동을 못하지 않았던가? '재능'은 저 녀석들보다 내가 더 많아. 저 녀석들이 유명해질 정도라면 나는 어떻게 된단 말인가? 설사 말도 안 되는 기적이 일어나 프로 선수가 됐다고 해도 선수 생활이란 건 기껏해야 십 년 정도일 것이다. 그후에는 고작 미련만 남은 안타까운 마음으로 자기가 활약했던 때의 사진을 구석진 벽 여기저기에 잔뜩 붙여놓은 꼴사나운 술집이나 열 게 뻔하다!

실제로 내 생각은 틀리지 않았다. 지금 일본 축구 대표팀에 그 녀석들 중 한 놈이라도 선수로 뽑힌 놈이 있느냐? 아니나 다를까, 국가 대표는커녕 프로 선수로 활약하는 놈 하나 없지 않은가? 그 녀석들은 어차피 좌절하게 되어 있었던 것이다. 나는 그렇게 될 걸 처음부터 알고 있었다. 그렇기 때문에 그런 헛된 짓은 하지 않았다. 나는 다만 그 녀석들보다 조금 현명했을 뿐이다. 아, 그러나 어차피 학교라는 곳은 멍청하고 얼빠진 그런 놈들이 인기를 누리는 곳인 것을. ……

나는 기다렸다. 나의 평범한 외관에 틀어박혀 오로지 기다리고 또 기다렸다. 내 안의 **진짜** 나는 아직 그 누구도 아니었기 때문에, 외관을 잘라서 열어보면 틀림없이 안에서 *끈적끈적한* 액체 같은 나 自身이 흘러나왔을 것이다. 그것은 분명 나의 정액처럼 더럽고 불쾌한 악취를 풍길 것임에 틀림없다! 나는 아무리 시간이 지나도 외관을 필요로 하지 않을 정도로 제대로 굳지 않았다. 나의 모습은 단지 외관의 안을 채운 것에 지나지 않았다. 그리하여 할 수 없이 나는 채워질 대로 채워진 나 自身을 몽상 속으로 계속 허망하게 방출했다.

나에게는 같은 상황의 '한패'가 있었다. 나는 나와 함께 뒤처져가는 그 녀석들을 마음속으로는 업신여기면서도 교실에서 외톨이가 되는 것이 싫어서, 어쩔 수 없이 그 집단에 끼어 여전히 '평범하고 무해한 학생'이라는 역할을 지속해나갔다. 우리를 결속시킨 것은 비참한 열등감이었다. 그리고 그것만으로는 부족했기 때문에, 우리는 곧잘 반의 누군가를 왕따시키곤 했다.

내가 중학교 생활의 후반을 보낸 학교는 특히 왕따가 심했다. 구타나 발길질 따위는 하지 않고 기껏해야 지나가다가 쿡 찌르는 정도였지만, 그보다도 더욱 음습한 짓을 거의 매일같이 했다. 무시하는 건 기본이었다. 그 외에도 소지품에 낙서를 하고, 체육복을 변기 속에 버리고, 걸상에 압정을 놓고, 신발 속에 죽은 바퀴

벌레를 넣고, 물론 돈도 빼앗고, ……내가 계획하여 적극적으로 참가한 적은 없었지만, 그렇지 않은 경우라도 나는 내가 할 몫을 어떻게든 해내지 않으면 안 되었다. 예를 들면 표적이 된 녀석의 필통을 집어들고 교실을 뛰어다니는 놈이 있다고 치자. "돌려줘!" 하고 소리치면서 표적이 뒤를 쫓아가면 한바탕 소동이 벌어진다. 소리를 높여 놀려대고 그 우스꽝스러운 꼴을 조롱하며 실컷 웃어준다. 화가 나서 째려보기라도 하면 점점 더 신이 나서 손뼉을 친다. 그러는 사이에 쫓아와 잡힐 것 같으면 필통은 휙 하니 또다른 놈 쪽으로 날아간다. 표적은 당연히 이번에는 그쪽을 향해 손을 뻗으면서 뛰어간다. 그리하여 책상을 피하고 발에 걸리면서 겨우 그 녀석 있는 쪽까지 가면, 필통은 다시 재빨리 다른 곳으로 날아가버리는 것이다.

아무리 못 본 척하고 있어도 필통은 반드시 내 자리 쪽으로도 날아왔다. 그것을 던지는 순간의, 자기도 좋아서 하는 게 아니라고 변명하는 듯한, 그러면서도 나 혼자 참가하지 않는 것은 절대로 용서하지 않겠다는 듯한 그 눈빛. 그것은 물론 전원을 가담자로 만듦으로써 밀고를 막기 위한 것이기도 했다. 나는 한 번도 그 참가를 거부한 적이 없었다. 대개 비열한 웃음을 띠며 자신도 '한패'라는 신호를 보내고 나서, 성가신 물건을 빨리 떨쳐버리고 싶은 마음에 다음 놈에게로 힘껏 던지는 것이다. 그럴 때마다 왕따당하는 녀석이 보내는 증오에 찬 눈빛은 나를 심하게 동요시켰다. 그 녀석이 지금의 내 모습을 보면 뭐라 생각할까?

　그러나 내가 왕따를 오로지 고통으로 여기고, 싫은데도 억지로 참가했는가 하면 반드시 그렇지는 않았다. 학교에서 왕따를 당하는 녀석은 언제나 정해져 있었는데, 나는 그 녀석이 왕따당하는 것은 어쩔 수 없다고 생각했었다. 나조차도 그 녀석을 보고 있으면 가끔 못 견디게 화가 치밀어올랐다. 그 녀석은 요컨대 서툴렀다. 그것도 어떤 때에는 일부러 서툰 짓을 하는 것이었다! 그 녀석은 우리가 이를 악물면서 견뎌내고 있던 '어디에나 있는 흔해빠진 학생'이라는 역할의 연기를 몇 번이나 볼썽사납게 그르쳤다. 완전히 무신경하게 그 녀석 자신을 드러내고, 그러고도 아무렇지도 않은 얼굴을 하고 있었던 것이다! 그런 것을 어떻게 용서한단 말인가? 우리는 그 녀석이 우리와 '달랐기' 때문에 왕따를 시킨 게 아니다. 우리 역시 어딘가 조금은 각각 '달랐을' 것이다. 하지만 그것을 필사적으로 억누르면서 살고 있는 것이다. 왜? 그건 모르겠지만, 나는 어렸을 때부터 그러한 세상의 이치를 실로 민감하게 느끼고 있었으며, 당연하게 그것을 지켜왔다. 어쨌든 간에 그렇게 하지 않으면 제대로 굴러가지 않는다. 우리는 정말로 상처받기 쉽고, 그만큼 경계심이 강하고, 언제나 화가 나 있었다. 그래서 우리의 '의무'를 지키지 못하는 녀석을 엄하게 감시하고 있었다. 그 녀석은 태만했던 것이다! 게다가 필사적으로 스스로를 억누르고 있는 우리에게 꼴사납기 그지없는 그 녀석 자신을 강요하려고까지 하는 것이다! 그것도 아주 천진스럽게, 그리고 때로는 확실히 우리를 경멸하기까지 하면서! 그걸 참을 수 없었던 것이다! 나는 화가 치밀었고, 그 녀석을 싫어하는 것이 당연하게 생각되었다. 저런 시시껄렁한 놈이 어째서 두 팔을 휘두르며 거리를 활보할 수 있단 말인가? 그것이 허용된다면 나도 나의 이 시시한 역할에서 벗어나 나 자신이고 싶다! 하지만 나는 그럴 수 없다는 것을 알고 있었다. 왜냐하면 나는 아직 그 누구도 아니었기 때문이다. 정체를 알 수 없는 존재는 사람을 불안하게 만든다. 그리고 그 불안은 나를 겁쟁이로 만들고 만다. 그 녀석이 왕따를 당한 것은 바로 그 때문이었다!

……왠지 나 자신도 알 수 없는 변명만 잔뜩 늘어놓고 있지만, ……어쨌든 나는 그 녀석을 인정하고 싶지 않았다. 그래, 그때부터! 나에게는 차이를 존중하는 정신이 완전히 결여되어 있었다. 나는 너그럽지도 않고, 마음이 좁고, 입 밖으로 내지는 않았지만 언제나 남의 말에 꼬투리나 잡을 생각만 하고, 성격도 나빴다. 이것도 저것도 다 돼지같이 뒤룩뒤룩 살찐 나의 자존심 때문이었다. 자존심! 나에게 존경을 받을 만한 나 자신이 과연 있었을까? 아니, 원래의 나 자신은?—그래, 분명 그 탓이었다. 나는 자신에게 아무런 '개성'도 없다고 생각했었기 때문에, 그 녀석이 우리

와 '다른' 점을 '개성'이라고 인정할 수가 없었던 것이다. 그런 걸 '개성'이라고 한다면 그 정도는 나도 있다! 그것이 드러나지 않는 것은 내가 억지로 억누르고 있기 때문이라고 믿어 의심치 않았다. 그렇기 때문에 나의 '자존심'은 별것도 아닌 주제에 이상하게도 절박했던 것이다. 나는 얼마나 그것 때문에 마음고생을 했던지!

게다가 그 차이라는 것에는 반드시 우열이 끼어들어 있다고 생각했다. 그것은 나 자신이 '개성'이라는 것을 그런 식으로 이해하고 있었기 때문인지도 모른다. 나에게 남과 '다르다'는 것은 남보다 뛰어나다는 걸 의미했다. 우리 사회도 '개성'이라는 것을 그런 식으로 떠받들고 있지 않은가? 대등한 입장에서 각자에게 '차이'가 있다는 생각을, 나는 아무래도 가질 수가 없었다. 그렇기 때문에 집단으로 머릿수의 힘을 빌려, 그 녀석이 우리보다 결코 나을 게 없다는 것을—다시 말해 그것은 그저 가짜 '개성'에 불과하다는 것을 확인하지 않으면 안 되었다. 아, 그래, 언제나 머릿수다! 머릿수는 마음 든든하고, 머릿수는 강자였다. 옳고 그른 것도 없다. 우리는 다름아닌 민주주의의 부산물인 것이다!

그뿐만이 아니다. 우리는 처음부터 왕따를 당할 놈이 필요했다. 그 녀석은 우연히 재수없게 걸려들었을 뿐이다. 왜냐하면 우리는 언제나 한곳에 시선을 집중해야 했기 때문이다. 우리는 서로를 응시하는 것을 세심한 주의를 기울여 피했다. 서로를 너무 들여다보면 속이 비쳐 보이기 때문이다. 거기에는 무엇이 보이는 가? 진짜 나 자신의 모습인가? 그러나 유감스럽게도 나는 아직 그 누구도 아니었으며, 그저 응고의 기회를 기다리며 부패하기 시작한 더럽고 끈끈한 액체였다. '개성'의 싹이야 진작부터 있었겠지만, 그런 것을 존중해줄 정도로 남들이 나에게 친절했다고는 생각되지 않았다. 나도 그렇다. 그것은 시간을 들여 진정으로 깊은 인간적인 관계를 가능케 해주는 것이리라. 하지만 우리는 언제나 다급하게 지나쳐버렸던 것이다. 그리고 쓸데없는 생각을 안 해도 되도록, 차이라는 것은 그것이 우리를 비굴하게 만들 필요가 없을 정도로 뛰어난 것이 아니라면, 절대로 밖으로 드러내서는 안 된다는 생각을 하고 있었던 것이다.

그래서다! 주위에 있는 놈들과의 차이가 신경 쓰이지 않게, 차이는 한곳에 모아두지 않으면 안 된다! 서로 마주 보는 두 인간은 아무리 주의를 기울여도 역시 '차이'라는 것을 알아차리는 법이다. 혹은 그것을 일부러 꾸며내기까지 할지도 모른다. 그러나 나란히 서서 같은 방향을 향하고 있는 한, 둘의 차이는 더이상 감지되지 않는다. 그리하여 차이는, 오로지 앞에 하나만 존재하는 것이다! 물론 그 차이는 숭배의 대상일 수도 있고, 증오의 대상일 수도 있다. 그리고 어느 쪽이 보다 강하게 사람을 끌어들이느냐 하면, 말할 것도 없이 증오의 대상이다. 생각건대, 아무리 유능한 지도자라도 단 한 명의 적보다 완벽하게 오합지졸을 결합시킬 수는 없을 것이다. 왕따를 당하는 녀석은 말하자면, 우리 모두가 '한패'이기 위해 필요한, 단 한 명의 '한패'가 아닌 인간인 것이다.

이러한 발상의 가장 소박하고 천진스러운 예로서, 나는 초등학교 시절의 세번째 이사를 떠올린다.

앞에서도 썼지만 우리 가족의 이사는 아버지의 전근에 따른 것이라 언제나 봄방학 중에 이루어져서, 나는 대개 새로운 학교에 1학기 첫날부터 합류하게 되었다. 그때 전학 간 학교에서는 사학년에서 오학년이 될 때 반 편성을 하는 것이 관례였기 때문에, 등교 첫날에는 전학생인 나뿐만이 아니라 반 전체가 어딘지 서먹서먹한 분위기였다. 그 무렵에는 지금보다는 그래도 아이들이 많았고 그 학교도 한 학년에 네 반이나 있어서, 사 년간 같은 학교에 다녔어도 반이 다르면 서로 말도 해보지 못한 경우가 많았다. 학생들은 아직 서로 상태를 살피는 듯했고, 특히 새로운 젊은 남자 담임에 대해서는 경계심을 역력히 드러냈다.

담임은 나를 그 녀석들에게 소개하고, 내가 인사를 하자 복도 쪽 뒤에서 두번째 자리에 앉으라고 말했다. 흘끔흘끔 호기심에 찬 시선이 나에게 쏟아졌다. 나는 자리에 앉아 가방을 책상 옆에 걸고 앞을 보았다. 담임은 계속해서 자기소개를 하고, '끝까지 해내는 마음'이라는 올해의 학급목표에 대해 이야기하기 시작했다. 아주 초등학교 교사다운, 어딘가 어색한 표현의 목표였다.

그때였다. 내 옆에 앉아 있던 쾌활해 보이는 인상의 남자아이가—나중에 알았지만 반에서 제일 인기 있는 아이였다—, 나에게 살짝 귓속말로 "저 새끼," 하며 눈으로 담임을 가리키면서, "여자 꽤나 밝히게 생겼는걸. 안경을 낀 것도 누드 잡지를 너무 봐서 눈이 나빠진 게 분명해"라고 말했다.

담임은 대학을 나온 지 얼마 안 돼 보이는, 그래, 딱 지금의 나 정도의 연령이었다. 세련된 구석이라고는 눈곱만큼도 없는 투박한 검은 테 안경을 끼고 있었다. 나는 조금 웃으며, "맞아, 틀림없어" 하고 맞장구를 쳤다.

우리는 그 순간 이미 통했다. 서로에 대해 아는 건 하나도 없었지만, 제삼자인 누군가에 대해 말을 나눔으로써 '한패'라는 것을 서로 이해할 수 있었다. 게다가 그것이 험담이라는 점이 중요했다(물론 음담패설이라는 점도). 그 녀석은 내가 밀고할지도 모른다는 위험을 무릅쓰고 그런 말을 걸어온 것이다. 그걸 어떻게 무시할 수 있단 말인가? 우리는 서로를 '신뢰'했다. 그리하여 그 녀석은 나의 불안했던 전학 첫날에 처음으로 생긴 '친구'가 된 것이다.

……이 에피소드는 사소한 것이긴 했지만, 언제나 나의 마음을 떠나지 않았다. 앞서 몇 번이나 썼듯이 나는 새로운 환경에 적

응하는 데 힘들어하는 성격이었기에, 남에 대한 험담이 이렇게 간단하게 모르는 사람 사이에 '우정'을 낳게 하는구나 하고 감동하기까지 했다. 그후 나는 반대로 내가 먼저 말을 거는 입장이 되어 몇 번이나 이 방법을 시도해보았다. 그리하여 나는 쉽게 받아들여졌다. 내게 있어 왕따라는 것은 그 연장이었는지도 모른다.

그렇다 해도 이 이야기가 왕따에 비해 훨씬 부드럽게 느껴지는 것은, 우리는 틀림없는 약자였고 교사라는 것은 그런 식으로 놀려먹기에 안성맞춤인 존재이기 때문이다.

이러한 일은 분명 옛날부터 있어왔다. 그렇기 때문에 나는 우리 아버지 세대의 사람들이 꿈꾸고 있던 '젊은이들의 아름다운 연대'라는 환상을 절대로 믿지 않는다. 학생운동이니 뭐니 하며 야단법석을 떠는 것도, 결국은 단지 모두 모여 같은 적을 향함으로써 서로의 차이를 은폐했던 게 아닌가? 그리하여 그자들은 '우리'라는 비겁한 도당을 만든 것이다. 텔레비전의 낡은 영상에 비치는 데모의 모습은 영락없이 그런 느낌이다.

그 시대는 우선 알기 쉽고 단순했다. 좌파냐 우파냐, 그것뿐이었다. 적(敵)으로 규정된 권력은 너무나도 위압적으로 젊은이들 앞에 군림했고, 그것에 대항하는 것은 일종의 '정의'였다. 그 기분 좋은 도취 속에서 그자들은 한 번이라도 옆에 있는 '자기편'의 얼굴을 제대로 들여다본 적이 있었을까? 그 차이를 받아들인 적이 있었을까?

지금 시대는 다르다. 사회는 점점 더 뭐가 뭔지 모르게 돌아가고 있다. 정치에 대해 나는 지나칠 정도로 무지하다. 나는 어떤 종류의 정치적 결단도 내릴 수 없다. 예를 들면 고속도로를 계속 만드는 게 좋은지, 아니면 공사를 전면 동결하는 편이 좋은지, 나는 그것조차 판단이 안 선다. 나라의 부채 얘기를 들으면 중지해야 한다고 생각한다. 그러나 착공한 상태에서 내버려진 도로를 보면 정말 이대로 방치해도 되나 하고 의아해진다. 그리하여 대개의 경우 생각하는 것 자체를 포기해버린다. 하지만 말이다, 그런 건 본시 우리의 책임이 아니다. 모두 우리에게 뒤를 닦으라고 강요하는 식이 아닌가! 제대로 깊이 생각할수록 바보스러워진다!

국제정치쯤 되면 아예 두 손 들게 된다. 애당초 관심도 없다. 나는 9·11테러가 일어난 후에야 비로소 서점에 뛰어가, 막연하나마 지금 세계에서 무슨 일이 일어나는지 알게 된, 이 시대의 전형적인 젊은이다. 우선 정보가 너무 많고 뭐가 옳고 그른지 알 수가 없다. 나에게는 모든 정보를 전적으로 의심하는 버릇이 있다.

아아, 우리에게는 신변에 닥쳐오는 큰 문제가 없는 것이다! 그렇기 때문에 '정의'라고 하는 대의명분이 지켜주는 나르시시즘의 연대를 포기하고, 음험하고 어둡고 끈적끈적하고 절망적인 자기혐오에 의한 악(惡)의 연대에 매달리는 것이다! 그렇게 되면 적은 강한 놈에서 약한 놈으로, 커다란 놈에서 작은 놈으로, 나쁜 놈에서 나무랄 데 없는 놈으로, 특별한 놈에서 평범한 놈으로 뒤

바뀌게 된다. ─그것이 바로 왕따이다. 어찌 됐든 그것은 남의 눈에서 자기를 지우고, 또 자신의 눈에서 남을 지워버리는 최상의 방법인 것이다.

우리 세대에는 이런 것을 견디다 못해 뛰쳐나간 놈들도 있었다. 근처에 사는 어린아이를 죽이거나 버스를 납치하거나 한 놈들이다. 나는 다행인지 불행인지 그 정도까지 미치지는 않았기 때문에 여느 놈들과 마찬가지로 그런 어리석은 짓을 저지르지는 않았지만, 그런 놈들이 있다는 것은 직감적으로 이해할 수 있었다. 물론 이 글을 쓰고 있는 지금은 더욱더 잘 이해된다.

범죄란 것은 아무런 노력도 아무런 재능도 필요로 하지 않은 채, 아무것도 아닌 인간을 '범죄자'라는, 적어도 어떤 누군가인 인간으로 바꿔버리는 마술 같은 것이다. 특히 살인 같은 무거운 죄는 그자를 평생 '살인자'라는 역할에 붙들어매놓고 다시는 벗어나지 못하게 한다. 단 한 번의 '행위'가 그자를 '행위자'로─ '살인자'로 변신시킨다. 그런 기적이 또 어디 있을까? 그 축구부 놈들은 어땠던가? 몇 년 동안 피똥 싸게 필사적으로 연습해도, 겨우 한두 번 지방대회의 텔레비전 중계방송에 나온 게 고작이다. 결국 변신은 놓치고 말았다. 아무것도 아닌 인간으로부터 탈출하지 못했다! 그것에 비하면 그놈들은 어떠냐? 그 '살인자'들은? 그놈들은 평생 '반성'이란 것을 하면서 살아가겠지만, 그것도 '살아가는 보람'으로서는 훌륭한 것이다. 살아 있다는 '의미'인 것이다! 그 놈들에게 주어진 역할은 결코 겉으로만 그럴듯하게 보이는 것이 아니다. 그놈들은 분명히 '살인자'인 것이다! 그리하여 어느샌가 자신의 역할을 저주하게 되고, 스스로가 마치 병든 시대의 표상인 양 괴로운 표정을 짓고 살아갈 것이다. 살인자의 '반성' ─ 아아, 가장 행복한, 가장 혜택받은 위선! 충실하며, 조그마한 공허함조차 비집고 들어갈 틈새가 없는 위선! 완전한 자기만족! '양심의 가책'이란 것과 평생 뒤얽히면서 살아가기 위한 마취와도 같은 진통제! 자살하는 것도 처형당하는 것도 면제받는 유일한 구실! 괴로움에 의해 그놈들은 아플 정도로 자신이 '범죄자'임을 확실하게 느낀다. 살아 있다는 것을 실감한다! 알겠는가? 나의 돼지 같은 자존심이 얼마나 격렬하게 떨면서 그놈들에 대한 선망을 꾹 눌러 참고 있었는지!

그놈들은 결코 독선적인 변신을 이뤄낸 것이 아니었다. 전국의 모든 사람들에게 인정받은 것이다! 매스컴은 미디어를 통해서 갖가지 인간의 집에 몰려가 그 증거를 확보하지 않았던가? 아아, 살인은 옛날보다 훨씬 거대화되어 있다! '살인자' 그 자체가 미디어와 같은 거대한 크기로 부풀어올랐다! 이웃사람 몇십 명 정도의 규모가 아니다! 그자들은 국경을 넘어 몇억이라는 인간에게 '살인자'임을 인정받았던 것이다! 아아, 그리고, 시대를 넘어, 그자들이 죽은 다음 시대에도! 시대가 앓는 슬퍼해 마땅한 병으로서!

……꽤나 쓸데없는 조력자도 있었다. 지금도 기억하고 있는데, 그런 유의 살인이 처음 일어났을 때 텔레비전에 나온 사회학자며 정신분석 전문의, 그 밖의 많은 어리석은 '코멘테이터'들 모두가 범인을 성인 남자라고 단언했던 것이다. 이유는 그 허술한 엄포성 범행 성명서를 뭔가 엄청난 것으로 착각했기 때문이다. 그리고 마침내 잡힌 범인이 십대 중반의 조무래기인 것을 알았을 때, 그 사람들은 어떠했던가? 자신의 무능함을 부끄러워하기는커녕 처음과는 전혀 다른 태도로 그 조무래기가 무슨 엄청난 괴물이라도 되는 양 떠들기 시작하지 않았던가? 평범한 어린아이가 그런 범행 성명서를 쓸 수 있을 리가 없다, 그렇기 때문에 우리도 속았다, 그렇지만 그것은 어쩔 수 없는 일이었다. 그리하여 한 명의 '신동 같은 흉악 범죄자'가 탄생하게 되었던 것이다!

우리 세대 인간들은 그후, 도통 정체를 알 수 없는 '무서운 아이들'이라는 낙인이 찍히게 되었다. 어디서나 볼 수 있는 평범한 아이가 어느 날 갑자기 표변하여 '흉악 범죄자'가 된다! 특히 학교는 책임을 떠맡는 게 싫어서(원래부터 요주의 학생이었다는 식의 말을 했다가는 곧 예방 책임 방기에 대한 추궁을 당할 테니까), 바로 이거라는 듯이 그 표현에 달라붙었다. ―그러나 그것은 주객이 전도된 표현이었다. 표변이 범죄를 가능케 한 것이 아니다. 범죄야말로―그리고 오직 범죄만이 표변을 가능케 하는 것이다.

아아, 우리를 이 끝없이 계속되는 일상으로부터 탈출시켜주는 변신! 우리가 진정으로 자기 자신이기 위한 변신! 때때로 그것은 전혀 반대의 형태를 취한다. 그리고 결국 잠깐 동안의 탈출에 지나지 않지만, 그럼에도 불구하고 우리 세대의 인간은 탐닉하듯 그 일에 덤벼드는 것이다!

예를 들면 자원봉사 같은 것이다.

우리는 정말로 자원봉사를 좋아한다. 하지만 일 년 내내 언제나 역병이나 내전으로 고통을 받는 해외의 '불우한 아이들'을 위해 모금상자를 들고 거리에 서 있는 것은 아니다. 어떤 돌발적인 재해가 '적'으로서 덮쳐왔을 때만 별안간 그 사명감에 눈떠 그것에 참여하는 것이다.

무슨무슨 러시아 배가 일본 연안에서 좌초했을 때, 우리 세대 인간은 누가 시킨 것도 아닌데 자진해서 전국 각지에서 모여들어 중유 회수작업에 참가했다. 그 모습은 연일 텔레비전에 크게 비쳐졌다. 마치 범죄처럼 몇 번이나 집요하게! 매스컴은 요즘 젊은 이들도 제법 괜찮은 면이 있다며 지치지도 않고 칭찬해댔다. 그리고 화면은 기특하고 헌신적인 청소년들의 모습으로 메워졌다. 지진 재해 때도 마찬가지였다. 그때도 우리 또래의 많은 인간들이 현장으로 달려가, 무너진 돌더미 속에서 한 푼의 보수도 못 받는 노동을 위해 땀을 흘렸던 것이다! 우리는 재평가를 받았다. 그리하여 우리는 더욱더 이해하기 어려운 존재가 되었다. 우리 세대의 인간은 한편으로는 아주 경솔하게 사람을 죽이고, 또 한편으로는 자신의 몸이 가루가 되도록 남을 구하는 데 온 힘을 다했다. 어느 쪽도 겉모습만으로는 구별하기 어렵다!

아, 재해란 실로 우리에게 한순간 은총처럼 주어지는 '적'이었던 것이다! 평소에는 서로 마주 보기를 두려워하며 엉뚱한 방향을 바라보고 있는 우리는 오직 그 일이 덮쳐왔을 때만, 먹이를 먹으려고 몰려드는 금붕어처럼 한곳을 향해 그 시선을 모으는 것이다! 아, 이 터무니없는 재해! 터무니없는 '적'! 온 국민이 공포에 벌벌 떠는 엄청난 위기! 우리와는 절대로 융화될 수 없는 거대한 악의 타자! 그때 우리를 밖에서 쳐다보는 자는 없다. 우리는 완전히 하나가 되어 각각의 모습을 지울 것이다! 아, 그때의 '개성'이 도대체 무슨 의미가 있겠는가? 차이가? 우열이? 우리는 단결하여 정면으로 맞서는 것이다! 어째서 그것이 단지 겉으로만 보이는 역할이겠는가? 위기는 우리를 끌어낸다! 재해는 무턱대고 우리에게 피해자임을 강요한다. 우리는 '적'과 용감하게 싸우는 '적'이다! 악한 타자에게 굴복하지 않는, 한 덩어리의 선한 '타자'이다! 그것이 일시적인 일이라면 미래는 우리의 연대에 금이 가게 만들까? 아아, 미래영겁에 재해가 계속된다면, 우리는 항상 하나의 어떤 누군가로서 존재할 수 있을 것이다! 나는 한 점 그늘 없이 떳떳하게 드러난 **진짜 나 자신**인 것이다! 아, 우리 세대에 잠재하는 전쟁에 대한 불안과 욕망! 천 년 동안 싸워도 끝나지 않는 세계 전쟁! 우리는 환상의 미사일이 우리의 하늘을 스쳐 착지하는 순간의 절망적인 악몽을 공유하는 것으로밖에 '연대' 할 수 없는 것일까? 그것이 찾아오지 않는 절망, 단지 그런 공상 속에서 '연대' 하는 것인가? 먹이도 없이 내민 빈손에 일제히 반사적으로 빨려들어가는 어리석은 금붕어처럼! '적'에게 정면으로 맞서는 우리! 비명을 지르는 우리! 아아, 그것은 확실히 왕따보다는 남자답다! 왕따보다는 용감하다! 왕따보다는 영웅적이며 아름답고 훌륭한 느낌이 든다!!

　……그러나, '일상' 은 그야말로 견고하게 둘러쳐져 있어 어떠한 파괴라도 피부가 까진 무릎처럼 금방 수복되어버린다.

　나는 괴로워하면서 나 자신이 변신할 때를 계속 뒤로 미루었다. 나에게는 아직 얼마간의 유예가 있었다. 출발이 늦은 것은 분명했다. 고등학생이 되자 아무래도 중학생 때처럼 축구선수가 되겠다는 등의 무모한 꿈을 좇는 놈은 없어졌지만, 그 대신 훨씬 현실적이며 훨씬 더 착실한 역할이 우리의 뇌리를 스치기 시작했다. 이과 녀석들은 착실하게 진로를 정해갔다. 공대로 진학할 녀석들은 과까지 정해놓고 공부하고 있었고, 그 외에도 의대니 약대니 하면서 전혀 그늘이 없는 진로를 갖고 있었다. 그런데 나는 뭔가? 나는 다른 문과 학생들과 마찬가지로 계속 망설이고 있었다.

내가 그 당시 가장 받기 싫었던 질문은 "앞으로 무엇이 되고 싶으냐"는 것이었다. 나는 나의 괴로운 심중을 들키지 않으려고 대개는 애매하게 웃으면서 얼버무렸는데, 그럴 때면 단순하기 이를 데 없는 낙천가들은, 요즘 젊은이한테는 꿈이 없다느니 패기가 없다느니 하며, 듣는 쪽이 창피해질 정도로 쓸데없는 설교를 늘어놓는 것이다!—대입 시험 당일이 돼도 나는 무엇이 되고 싶은지 알 수 없어서 닥치는 대로 여러 곳에 시험을 쳐보았다. 그리하여 나는 가까스로 상경대학에 들어갔다. 무엇이 될 건지에 대해서는 사 년 동안 곰곰이 생각해볼 작정이었다.

그런데, 그 사 년이란 세월 동안 나는 도대체 뭘 하고 있었던 건가? 자문(自問)이란 괴로운 것이다. 나는 바깥에서는 될 수 있는 한 평범한 역할을 철저히 수행하기 위해 노력했는데, 가끔 그건 단지 변명에 지나지 않았고 실은 진짜로 뱃속까지 범인(凡人)인 게 아닐까하고 비관할 때가 있었다. 그것을 인정하고 싶지 않기 때문에 '위장' 따위의 소리를 해보는 게 아닌가. 사실 나의 대학 생활은 불모라는 말로밖에 표현할 수 없었고, 그것도 초고속으로 스쳐 지나가는 풍요롭고도 다채로운 무미건조함을 질릴 만큼 경험했던 온갖 허무함이었다.

나는 거의 기적이 일어나기를 바라는 것과 다름없는 마음으로 대학 생활에 과대한 기대를 걸고 있었다. 그것이 분명 나에게 결정적인 변화를 가져다줄 것이다! 그리하여 어떤 누군가이고 싶다는 열렬한 나의 희구가 이루어지고, 지금의 이 괴로움은 끝이 날 것이다. 나는 지금까지 아무것도 아닌 인간인 채로 외피의 보호를 받으면서 성장해왔지만, 한편 속으로는 아직 시기가 무르익지 않은 게 틀림없다고 생각하고 있었다. 그것은 나를 위로해주는 유일한 생각이었다. 무엇보다도 나는 아직 세상 물정을 모른다. 대학에 들어가서 넓은 세계를 접하면 좀더 많은 것들이 보이기 시작하지 않을까?

나는 몇 번이나 나 자신의 진짜 모습이라는 표현을 썼는데, 이 무렵에는 그것을 나의 '직업'과 동일한 것으로 보고 있었다. 나는 다양한 역할을 교묘하게 상황에 맞춰 연기했는데, 일이란 것은 그런 나를 죽을 때까지 하나의 역할에 붙들어매놓는 것이었다. 나는 그것이 밖에서 주어진 본의 아닌 무언가가 아니라, 바로 나에게 숙명으로서 갖춰진 것의 구현임을 열망하고 있었다. 그렇지 않고서야 어찌 죽을 때까지의 시간을 견뎌낼 수 있겠는가? 나는 정말로 교묘했다. 나는 온갖 종류의 아르바이트를 해냈고―과외, 편의점 점원, 술집 바텐더, 노래방 카운터, 이삿짐센터, 피자 배달원―, 그만둘 때는 항상 고용주가 아쉬워했다. 대학 동기는 물론이고 그런 곳에서 알게 된 모든 종류의 인간들이 나와 같이 어울리는 친구들이었다. 나는 다른 부류의 여자 몇 명과 동시에 사귀면서 그녀들 각각의 취향에 맞춰, 산속 레이브 파티에서 마약에 취해 비틀거리며 밤새 춤을 추거나, 손을 잡고 하루 종일 테마파

크 안을 걸어다니거나, 아무것도 사지 않는 윈도쇼핑을 따라다니거나, 방에 틀어박혀 오로지 섹스에 몰두하거나 했다. 나는 섹스를 좋아했기 때문에 사귀는 여자 이외에도 그것만을 위한 여자를 항상 확보해놓고 있었다. 그것도 늘 두서너 명이었다. 대개 그런 여자는 휴대폰 인터넷 사이트에서 알게 된 여자들이었다. 집이 멀었기 때문에 일단 학교에 가면 수업은 꼭 몇 개씩 들었다. 그 모든 것이 나였으며, 단지 역할을 바꿀 뿐만 아니라 나 자신이 그때그때 변신한다는 것을 느낄 때도 있었다. 그러나 나라는 한 인간의 생각이 그렇게 때에 맞춰 변할 리가 없다. 나한테도 기호란 게 있고, 감각에서도 어쩔 수 없는 경향이 있다. 사실 나는 무리하고 있었다. 언제나 하고 싶은 말을 하고 내키는 대로 행동하기보다는, 상대방의 눈치를 살피면서 '분위기'를 파악한 후에 상대방이 들어서 기뻐할 말만 하고, 해주면 좋아할 일만 했다. 그런 나를 어떻게 나 자신이라고 믿을 수 있겠는가? 나는 내가 구사하는 수많은 '캐릭터'를 위해 나의 유일한 성격을 희생하고 있었다. 이것은 절실한 감정이었다. 나에게 결정적으로 결여된 것은 충실이라는 감각이었다. 생각건대 내가 모든 장소에서 떠맡게 된 내 역할에, '캐릭터'에 충분히 만족감을 느끼고 있었다면, 나는 나의 그런 생활을 실컷 구가하면서 그것들 전체를 나 자신으로 인정하려 했을지도 모른다. 그렇지만 그것은 어쩌면 참으로 사치스러운 사회 속에서만 가능한 것이 아닐까? 내가 살고 있는 현재의 이 세상은 어떤가? 어딜 가나 피로와 쇠약한 기색이 역력하다. 어떤 역할이라도 '행복'과는 거리가 멀다. 불안하다. 나는 새로운 역할이 하나 주어질 때마다 그것의 몇 배나 되는 공허감을 맛보아야 했다. 그리고 그것을 벌충하기 위해 하나, 그리고 또하나, 절망적인 술래잡기 놀이처럼 잇따라 역할을 늘려갈 뿐이었다.

가령 이것이야말로 진짜 나 자신의 모습이라고 할 만한 역할이 하나라도 있었다면, 나는 그 외의 어떤 시시한 내가 아닌 역할도 견뎌낼 수 있었을 것이다. 현실은 참으로 다양하다. 그것에 대응할 나를 몇 개나 만들어내야 한다는 것도 나는 이해한다. 그렇지만 그런 일을 견뎌낼 수 있는 경우는 어딘가에 나 자신이 존재한다고 안심할 수 있을 때만이다. 실제로 우리 세대 중에서 가장 선망과 동경의 대상이 되고 있는 인간이란 어떤 녀석들인가? 결코 어떻든 상관없는, 누구라도 될 수 있는 녀석이 아니다. 스포츠선수든, 가수든, 배우든, 어쨌든 단 하나의, 이 사람이 아니면 안 되는 어떤 누군가인 녀석이 아닐까!

세상에 대한 나의 불신은 극단적으로 부풀어올랐는데, 그것은 내가 고교 삼학년 때 도쿄 교외로 이사 온 탓이기도 했을 거다. 앞에서도 썼지만 아버지는 그제야 오랜 소원이었던 마이홈을 장만해서(이제는 자리잡고 살 수 있게 됐다며 정말로 기뻐했다) 지친 몸으로 통근했고, 나 또한 마찬가지로 통학을 했다. 나는 지방

출신자답게 도쿄라는 도시의 하나하나에 놀라기도 하고 감동도 했는데, 무엇보다 그 엄청난 크기에 압도되어 내가 완전히 '쪼그라진' 기분마저 들었다. 나의 '캐릭터'가 무한히 증식되어간 것은 내가 있는 장면의 수가 단적으로 늘어났기 때문이고, 게다가 그것들은 서로 아무 관련도 없어서 나는 그때그때 새로운 나를 다시 만들어가야 했다. 나는 허구의 역할의 폭풍 같은 범람 속으로, 스스로를 몇 가지의 허구로서 내던졌다. 내가 단 하나인 나 자신을 동경할 때 그것은 예외 없이 매스미디어와 결합되어 있었는데(거기서 다뤄질 정도로 유명해야 했다), 그런 생각은 너무나도 많은 '나'를 경우에 맞춰서 연기해야 하는 번거로움 탓이었을지도 모른다. 나는 정말로 늙은이처럼 지쳐버린 상태였다. 환상 같은 수많은 '나'와 망령 같은 유일한 나 자신 사이에서 나는 완전히 길을 잃고 말았다.

내 생각에 인간은 일찍부터 착각 속에서 살았을 것이다. 이름은 잊어버렸지만 옛 외국 시인 중에 '모든 책은 읽었다'라는 말도 안 되는 소릴 한 사람이 있었는데, 그건 분명히 착각일 것이다. 우리는 나날이 홍수처럼 밀려오는 물질과 정보에 의해 세계가 끝없이 거대하다는 것을 진절머리가 날 정도로 뼈저리게 느끼고 있다. 가령 책만 해도 그렇다. 나는 서점에 가면 뭐라 표현할 수 없는 오싹한 감각에 사로잡히곤 했다. 죽기 전까지 이 서가에 있는 모든 책들 중에서 도대체 얼마만큼이나 읽을 수 있을까? 더구나 그것은 날마다 늘어나기만 하고, 한편으로는 보존기술 또한 점차 진보해가고 있으니 갱신되지 않고 축적되어갈 뿐이다. 더구나 인간 자체의 수명이 그에 대응하여 현저하게 길어지고 있는 것도 아니다. 칠팔십 년이 고작이다. 그런 생각을 할 때면 일어나는 이 현기증 같은 감각. ……그것은 거의 종교적인 공포이다. 왜냐하면 그것은 나를 압도하고, 극히 무력하게 만들기 때문이다.

파악 가능한 세계의 범위는 넓어지고, 게다가 세계 그 자체도 양적으로 부풀었다. 당연히 인간은 상대적으로 '아주 작은 존재'가 되어버렸다. 우리는 그것을 매일 홍수처럼 밀려오는 물질과 정보를 통해서 실감하고 있다! 이런 감각은 분명히 지방에 살고 있었을 때는 없었다. 아니 그때로부터 이미 몇 년이 지났기 때문일까? 겨우 몇 년인데? 그러나 그 동안 나는 핸드폰을 가지게 되었고, 컴퓨터를 다루게 되었다.

……거창하게 문명론을 써봤자 아무 소용이 없다. 어째서 내 머리는 항상 이렇게 망상적으로 부풀어오르는 걸까? 이것도 내가 이 시대에 살고 있기 때문에 일어나는 현상인가? ……어쨌든 나의 대학 시절은 환멸의 급경사를 가속도적으로 내려가는 시간들이었다. 그 속도는 도대체 뭐였을까? 나의 초조감은 나를 사방팔방으로 마구 뛰어다니게 하고 피곤함만 축적시켰다. 나는 길

잃은 아이처럼 불안했다. 어떻게 해야 할지 몰라서 완전히 망연자실한 상태였다. 그런데도 겉으로는 아주 기운차고 생기발랄하게 다람쥐 쳇바퀴 돌듯 지냈지만.—

　나는 '오타쿠'라고 불리는 녀석들의 심리를 잘 헤아릴 수 있었다. 그놈들은 요컨대 세계의 터무니없는 거대함에 대하여 완전히 눈을 감고, 스스로 여기라고 결정한 어떤 지점 주변에 경계선을 그어놓고, 바로 그것을 세계의 경계로 삼아 그 속에 틀어박히는 놈들이다. 아니, '오타쿠'뿐만이 아니다. 모든 종류의 전문가들 역시, 말하자면 벽을 타고 기어다니는 것에 지쳐서 한곳에 쭈그리고 앉아 있는 벌레와 같은 존재들이다. 영원히 헤매든지, 아니면 어느 한쪽에 달라붙어 자신의 '세계'를 구축해나가든지.—나는 또한 신흥종교에 입신한 놈들도 이해할 수 있다. 그놈들에게도 세계는 역시 터무니없이 광대하여 자신이 해야 할 역할을 찾아내지 못했고, 만일 있다 하여도 그것은 너무나 '보잘것없는 것'이었을 거다! 그럴 때, 신흥종교의 교주는 세계의 경계를 자기 주변에 아주 작은 한 구획으로 그려 보여준다. 그것도 결코 이 거대한 세계의 단편 같은 것이 아니라, '진리'에 의해 구축된 또하나의 진짜 세계 말이다. 아아, 그 속에서 놈들은 세계를 아주 명확히, 간결한 모습으로 보았을 것이다! 놈들의 역할은 결코 '보잘것없는 것'이 아니어서, 한 사람의 결손이 교단에 치명적인 타격, 즉 '세계' 그 자체에 타격이 되는 것이다! 그것은 한때는 분명히 낙원

이었을까?— 그리고 그놈들은? 놈들은 초탈을 약속받았다. 그러
나 그것이 좀처럼 이루어지지 않고 카리스마에 의한 지배마저 흔
들렸을 때, 놈들은 바로 외부를 '적'으로 삼음으로써 다시 단결
한 것이다! 당연한 일이다. 가령 외부에 '적'을 만들지 않았더라
면 — 놈들의 세계가 진실로 유일한, 독립되고, 완결되고, 밀폐되
어 있는 '세계'였더라면 신자들이 단결해야 할 악의 상징은 단
하나뿐이었을 테니까! 즉 교주! 놈들이 시선을 모을 유일한 사람
인 교주. 퇴위해야 할 국왕! 암살당해야 할 독재자! ……그리하
여 놈들은 좌절했다. 왜냐하면 외부는, 놈들이 살고 있는 '세계'
역시 흔히 있는 회사나 서클과 아무 차이도 없는 이 세계의 작은
단편에 지나지 않음을 드러내어 보여주니까.

　그러나 나는 그런 놈들보다는 사태를 다소 냉정히 파악하고 있
었다. 그렇기에 거꾸로 아무것도 하지 못하고, 다가오는 현실적
인 선택을 점차 받아들이고 있었던 것이다. 나는 취직이라는 계
기가 나의 최후의 결정적인 변신이기를 쭉 꿈꾸어왔다. 그래, 송충
이가 번데기가 되었다가 다시 나방이 되는 그 생물은 결과적으로
'나방'이라고 불린다. 송충이와 번데기는 나방이 되기 위하여 겪
어야 할 일시적인 역할에 지나지 않는다. 나 역시 마지막에는 **진짜
나 자신의 모습으로** 빠져나오고 싶었다. 빠져나와야 했다! 그러나
대학교 삼학년이 되었을 무렵에는 이미 그것도 포기해버렸던 것
같다. 나는 어딘가의 기업에 취직해서 여태껏 해왔던 대로 그 장

소에서 요구되는 가장 이상적인 외관—즉 가장 평범한 외관을 걸치고 하루하루를 보내다가 이윽고 죽게 되겠지. 여전히 그것은 진짜 나 자신의 모습이 아니라는 위화감을 느끼면서. 그때 나는 도대체 누구일까? 곤충채집에 쓰는 바늘핀처럼 죽음이 나를 관통해서 겉과 속을 하나로 뭉뚱그려 표본으로 만든다면, 그 라벨에 적힐 이름은 도대체 무엇일까? 결국 그것은 절대 나의 본의가 아니었던 회사 이름과 직함이 아닐까?

내가 인터넷에 의존하게 된 것은, 취업활동을 시작하면서 컴퓨터 앞에서 보내는 시간이 비약적으로 늘어났을 때부터였다.

나는 원래 기계치라서 컴퓨터에는 별로 관심이 없었다. 컴퓨터를 구입한 것도 단지 집에 있는 낡은 워드프로세서로는 리포트를 쓰기 불편했기 때문이었다.

나는 취업활동에 필요한 정보수집을 위해 어쩔 수 없이 인터넷을 활용하기 시작했다. 그러다 지겨워져서 기분전환으로 여러 사이트를 들여다본 것이 재미를 느끼게 된 계기였다.

인터넷 공간은 처음에는 뭐가 뭔지 알 수 없었지만, 조금씩 익숙해지자 그 정보의 바다 속을 자유롭게 헤엄쳐 돌아다니는 것에 신이 나서, 다음날까지 꼭 써야 하는 이력서가 있을 때조차—아니, 오히려 그럴 때면 더욱더!—몇 시간이나 거기서 낭비하게 되었다.

내가 처음으로 빠진 것은 성인 사이트 동영상 수집이었는데(나는 신이 나서 컴퓨터가 다운될 때까지 닥치는 대로 다운로드해나 갔다), 그게 싫증나자 다음에는 '게시판'에 '글 올리기'에 빠지게 되었다. 아마 회사에 입사한 무렵이었을 것이다.

나는 검색 엔진에서 우연히 찾아낸 어떤 '독서 애호가' 여자의 사이트에 자주 들어갔다. 거기에는 관리인의 '프로필'과 '일기', '읽은 책의 감상' 외에도 '게시판'이 하나 달려 있었는데, 단골 방문자로 보이는 다섯 명 정도가 매일같이 이렇다 저렇다 하며 제각기 자기 생각을 적고 있었다. 적힌 내용으로 보아 주요 멤버인 다섯 명은 남자 대학생이 두 명, 고교생인 남녀 두 명(그중 여자가 최연소다), 그리고 사회인인 듯한 남자가 한 명이었는데, 관리인은 나보다 두서너 살 위인 것 같았다. 나는 꽤 오랫동안 그것을 보고만 있었다. 그 게시판의 토론 레벨은 솔직히 말해 말도 안 되는 것이었기 때문에 나는 그치들을 완전히 바보 취급했고, 그런 치들과 '한패'가 되는 것에 강한 저항을 느끼고 있었다. 하지만 컴퓨터를 켜기만 하면 거의 매번 그 사이트에 접속했으니, 나도 역시 알게 모르게 신경이 쓰이고 있었음이 분명했다. 나는 항상 화면에 대고 혼잣말처럼 투덜투덜 반론을 토로했다. 그러다가 마지막에는 늘 내 특유의 냉소로 끝냈다.

처음에는 그냥 내버려둘 생각이었다. 그치들이 아무리 엉뚱한 토론으로 흥분하고 신이 나서 떠들어댄다 한들 나쁠 게 뭐가 있나? 창피를 당하고 있는 사람은 그치들인데, 내가 나서서 일일이 고쳐줄 필요는 없다. ―그러면서도 나는 점점 도저히 견디기가 어려워졌다. 뭐랄까? 그치들 모두를 용서할 수 없게 된 것이다.

나는 결코 '독서 애호가'는 아니었지만 같은 세대 사람들에 비하면 다독하는 편에 속했다. 좋아하지도 않으면서 왜 읽느냐 하면, 지식이 나를 조금이나마 다른 놈들과는 '다른' 인간으로 만들어줄 것 같은 느낌이 들었기 때문이다. 그 심리는 여자들이 무작정 명품을 사려 드는 것과 다소 비슷했다. 나에게는 한심스러울 정도로 권위주의적인 구석이 있었던데다, 게다가 그것은 어둡고 굴절되어 있었다.

나는 그 '게시판'의 놈들이 그 따위 시시한 이야기로 흥분하고 난리치는 게 마음에 들지 않았다. 그들은 서로 칭찬하며 "○○○씨의 해박한 지식에는 정말 못 당하겠네요!" 따위의 소리를 지껄여대고 있었다. 멍청한 것들. 나도 그 정도는 알고 있어. 아니, 더 많은 것을 알고 있단 말이야! 우물 안 개구리란 너희들을 두고 하는 소리야. 그런 주제에 문학통인 체하다니. 창피하지도 않느냐?!

나는 밤마다 컴퓨터를 켜고 일단 '즐겨찾기'에 등록되어 있는 사이트를 처음부터 끝까지 훑어보고 다녔는데, 마지막으로 그 사이트 '게시판'을 보러 가면 예외 없이 심히 불쾌해졌다. 그럼 안 보면 그만인 거고 실제로도 몇 번이나 그렇게 결심했지만, 다음 날이 되면 또 전날 토론이 어떻게 됐는지 궁금해져서 그 페이지를 열게 되는 것이었다.

나는 뭐라도 한마디 하고 싶어서 좀이 쑤셨는데, 드디어 어느 날(그때는 이미 지금 근무하는 회사에 취직한 후였다) 참다 못해 거기에 처음으로 글을 올렸다. ─그 내용은 지금 돌이켜봐도 구역질이 날 정도로 비굴한 것이었다. 나는 처음에는 그 '게시판'에 모여드는 놈들이 올려놓은 글 모두를 마구 깎아내릴 생각이었다. 어차피 내가 한 짓이라는 건 알 수가 없다. 놈들은 누군지도 모르는 어떤 이의 말에 상처를 입어 분개하겠지만, 그 분노가 나에게 직접 쏠리지는 않는다. 그렇지만 쓰는 도중 나는 갑자기 겁이 났다. 한심한 이야기지만 내가 항상 느끼는, 모르는 세계에 발을 디딜 때의 그 공포심 때문에, 메시지는 여지없이 고쳐지고 또 고쳐진 결과 자기소개 정도의 아주 무난한 글이 되어버렸다. 아니 그것보다 더 심한 것은 내가 매우 비열한 투로 놈들에게 아첨하는 말까지 썼다는 것이다. 한 명 한 명의 핸들 네임에다 정중하게도 '씨' 자까지 붙이고 어느 정도 그 '형안(炯眼)'을 칭찬해주면서 말이다.

다음날, 나는 영업차 바깥을 돌아다니는 동안에도 그 '글 올리기'가 자꾸만 마음에 걸렸다. 집에 오자마자 곧장 내 방으로 쏜살같이 달려가 컴퓨터가 부팅되는 시간을 짜증스럽게 기다리다가 옷도 갈아입지 않고 그 사이트의 '게시판'으로 뛰쳐들어갔다. 그랬더니 관리인 여자와 대학생으로 보이는, 언제나 가장 현학적인 글을 올리는 놈이 징그러울 정도로 반가워하며 나를 환영하는 답글을 써놓았던 것이다.

나는 어이없을 정도로 쉽게 받아들여졌다. 이튿날 아침에는 '게시판'의 모든 단골들이 내가 올린 글에 대해 "처음 뵙겠습니다"라는 인사말을 올렸다. 나는 전학 첫날의 방과 후와 같은 안도감을 느꼈다. 그와 동시에 그놈들의 지나치게 친절한 반응에 소름이 끼칠 정도의 불쾌감을 느꼈다. 그들은 자신이 성실한 사람이라는 것을 어떻게든 상대에게 전하려고 기를 쓰고 있다. 정말 속 보일 정도로 느끼한 말들. 그것은 내가 초등학교 시절부터 전학 갈 때마다 새로운 학교에서 들었던 종류의 표현보다 몇 배나 징그럽고 소심한 것들이었다. 나는 겉으로 보기만 해도 작위적이고 거짓말 같은 '한패' 의식에 쌍수를 들고 받아들여졌고, 그와 동일한 정도의 친애의 정을 표하도록 요구당하고 있었다. 더구나 저도 모르게 옛날 습관에 따라 먼저 그런 식으로 놈들 앞에 모습을 드러낸 것은 바로 나였던 것이다!

나는 이렇게 꼴사나운 실수를 저지른 자신을 황급히 부정이라도 하듯이, 곧바로 놈들에 대해 비판적인 '글 올리기'를 시작했다. 그것도 지극히 이지적이고 냉정하게, 놈들이 나를 단순한 '게시판 테러'로 보고 쉽게 내쫓지 못하도록 말이다. 반응은 예상을 훨씬 벗어나는 것이었다. 처음에 관리인은 나에게 감탄까지 했다. 그리고 굳어진 웃음이 눈앞에 보이는 듯한 어조로 "이 사이트는 누구든 자기의 생각이나 의견 등을 자유로이 쓸 수 있는 장소니까 앞으로도 많은 글 부탁드려요(^0^)/ 하고 끔찍한 이모티콘까지 붙여 써놓았다. 그러다가 얼마 후, 이번에는 난처한 듯 달래려는 양 가끔 "여전히 날카로우시군요(^_^;)"라든가, "대단한 논객이 등장하셔서 저도 따라가기가 벅찬데요(땀)"라는 등, 조금씩 치켜올리면서 견제하는 듯한 글을 써왔다. 나는 그 어색함이 또 심기에 거슬려서 '글 올리기' 내용을 점점 더 신랄하게 바꾸어갔다. 그런데 어느 날, 전에 자주 그 '게시판'을 찾던(나도 기억하고 있다), 대학원에서 철학인지 사회학인지를 전공하고 있는 듯한 남자가 다시 돌아와, 내가 올린 글을 삐딱한 어조로 가차없이 비난하기 시작했다. 처음 그것을 보았을 때 나는 어안이 벙벙했다. 그놈이 올린 글은 히스테릭할 정도로 오버하는 주제에, 한편으로는 묘하게 새침을 떨기도 하고, 때로는 내 말 하나하나에 꼬투리를 잡고 집요하게 철학서나 소설 등을 인용해가면서 그것을 혹평하다가, 마지막에 가서는 이런 말은 쓰고 싶지 않았는데 평소엔 분위기 좋던 이 '게시판'이 '이상한 놈' 한테 휘둘리는 것을 차마 볼 수 없었다는 등, 냉정한 양식파(良識派)임을 어필하면서 실은 나 외의 놈들에게 능글맞은 추파를 보내는 말을 덧붙이기까지 했던 것이다. 아마 놈들은 손뼉을 치면서 기뻐했을 것이다. 나는 유감스럽게도 그놈의 비판에 반론할 수 없었다. 너무 어려워서 솔직히 잘 알 수 없었지만, 하여튼 그 위엄 있는 '전문적인 느낌'은 나를 심히 위협했다. 그것은 마치 중학생 시절 축구부에 들어간 친구를 오랜만에 운동장에서 보았을 때 느꼈던, 충분히 시간을 들인 특별한 훈련이 그놈을 누군가로 확실히 변신시키고 있다는 그런 느낌이었다. 내가 그 '게시판'에서 희생양이 된 것은 그때부터였다. 우선 그때까지 나에게 일방적으로 당했던 현학적인 대학생이— 이놈은 그래도 귀여운 편이었다— 이때다 하고 울분을 터뜨릴 셈인지 정말 시시하기 그지없는 반론을 산더미만큼 던져왔다. 나는 이번에야말로 거리낌 없이 마음껏 그놈을 뭉개주었다. 그랬더니 예의 그 대학원생이 그런 내 말을 다시 하나하나 비난하고, 그 대학생의 편을 들어, 그 녀석이 올린 시시껄렁한 글까지 홍수와 같은 인용으로 보충해준 것이다. 그 밖의 고교생 두 명도 아군의 힘을 얻어 같은 식으로 나에게 트집을 잡았다. 나머지 두 명은 이제 내가 올리는 글은 일체 무시하기로 한 것 같았다.

관리인은 냉정을 되찾자며 거의 울먹거리는 투로 "자유로운 토론은 괜찮지만, 남의 의견을 존중하는 '여유'를 잃지 마시길 바랍니다" 하고, 명백히 나를 눈엣가시 취급하면서도 애써 일반적인 원칙으로 가장한 글을 계속해서 올렸다. 놈들은 나를 점점 귀찮고 성가신 인간으로 보게 되었다. 나는 고립되었고, 내가 고립된 만큼 놈들은 일치단결했다. 나는 매일 화면을 볼 때마다 컴퓨터를 송두리째 부숴버리고 싶을 정도로 속이 부글부글 끓어올랐다. 어차피 사회에 나가면 쓰레기 같을 놈들이 뭘 잘 안다고! 나를 마치 세상 사람들과 전혀 커뮤니케이션을 도모하지 못하고 언제나 누구에게나 소외당하는 인간으로 보고 있다! 까불지 마! 나는 네놈들이 평생 가도 못 만나는 대단한 사람부터, 피자 가게에서 아르바이트하는 친구까지 어떤 인간하고도 잘 어울릴 수 있어! 수입도 다르다! 사회적 신용도 다르다! 너희들 같은 인터넷 중독 환자들하고는 원래 근본부터 다르단 말이야! 알았어? 잘난 척하지 마! 너희들은 고작해야 우물 안 개구리다! 어디 한번 그렇게 영원히 자기들만의 세계에 맘 편히 파묻혀 살아보시지! 제기랄!

나는 그 무렵 카프카적인 이중생활을 시작했다. 다만 나와 카프카의 결정적인 차이는 나에게는 카프카 같은 '재능'이 없다는 것이었다. 나뿐만이 아니다. 인터넷에는 그렇게 '재능'만 쏙 빠진 카프카의 클론 같은 놈들이 득실거렸다.

카프카에게 자기 방이란 역시 그가 진짜 그 자신일 수 있는 장소였을 것이다. 거기서는 내부에 숨어 있던 한 인간이 나타나, 작가라는 역할과 완전히 하나가 되었을 것이다. 비록 그것이 당시에는 사회에서 인정을 못 받던 역할이었다고 하더라도, 카프카는 이른바 미래영겁의 역할을 맡고 있었고, 그는 거기서 모든 미래사회로 연결되어 있었던 것이다. 아아, 그 시대에 카프카는 반드시 한 명만은 아니었을 것이다. 짐작건대 세계에는 별의 수만큼이나 많은 카프카가 있었다. 다만, 재능이 출구를 준비해놓은 카프카는 한 명뿐이었다는 이야기다! 지금은 다르다. 우리는 자기 방에 들어가 혼자가 되어 모든 이의 시선으로부터 벗어난 다음에야, 비로소 진짜 우리 자신이 된다. 그리고 출구는 머나먼, 우리가 죽은 미래에, 극히 소수의 특권적인 재능이 주어진 놈들에게만 열려 있는 것이 아니다. 바로 눈앞에 있다. 그것이 바로 인터넷 공간이었다.

나는 인터넷의 익명성이 역설적으로 참된 나 자신을 발현시켜주지 않을까 기대하게 되었다. 바깥세상이 단지 외관만을 필요로 하고 진짜 나 자신을 뒤덮어 가려버리는 것과는 반대로, 인터넷은 오로지 외관만을 각자로부터 빼앗아 알몸이 된 그 사람 자신을 드러내게 한다. ─그런데, 사정은 그렇게 단순하지 않았다. 사실 인터넷이 나의 내면을 맡아준 덕분에 나의 외면과 내면의 분리는 한층 더 진행된 것 같아 보였다. 하지만, 인터넷은 결국 일그러진 세계의 망령 같은 중복에 지나지 않는다. 거기서는 모든 현실의 존재가 인간의 주관이라는 진흙과 뒤섞여, 무참한 정보가 되어 암세포처럼 증식하고 있다. 그것은 아주 이질적이지만, 세계와 직접 이어져 있다. 인터넷 공간에서 실제로 사람은 그 모습을 잃고 단지 언어만으로 존재한다. 그렇게 되면 참모습을 잃은 만큼 경계심은 더욱더 강하게 작용하여, 언어 자체가 '위장'을 하는 것이다.

그런 사정을 겨우 조금씩 깨닫기 시작한 무렵이었다.

물론 나는 그 '게시판'의 책 애호가 놈들 사이에서도 가장 사
랑받는 인간이 될 만큼 잘 어울릴 수도 있었다. 그놈들을 회유하
는 것쯤은 아주 쉬운 일이었다. 그렇지만 그래봤자 도대체 무슨
의미가 있단 말인가? 그것은 반대로 바깥 현실 사회에서 사람들
과 '잘' 어울리지 못하는 인간이나 할 짓이 아니겠는가? 적어도
인터넷 세계에서만은 '한패'를 만들고 싶다! 하지만 나는 그런
것에 질렸기 때문에 인터넷 공간으로 뛰어든 것이다. 여기에서까
지 지루한 역할을 떠맡는 건 사양하고 싶었다.

　사실 나는 그 인터넷 사이트를 떠난 후로 잠시 동안 이곳저곳
의 '게시판'을 전전하면서, 어디서나 그 장소에 맞게 완벽하게
행동했다. 그것도 늘 각자 성격이 다른 여러 사이트의 '게시판'
에서 말이다. 내가 열심히 그런 짓을 한 것은 오직, 병든 것은 내
가 아니라 나를 쫓아낸 바로 그놈들이라고 스스로를 납득시키기
위해서였다. 물론 그것을 그놈들에게 직접 말하지는 않았다. 일
부러 그런 말을 하려고 다시 들어가면 조소를 받기 십상일 테고,
조소라도 받는다면 또 모를까, 만일 아무 반응도 없이 무시당하
면 나는 정말로 자제를 잃어버릴 것 같았기 때문이다.

　그러는 동안에도 나는 어딘가 내가 마음 편히 있을 수 있는 장
소—내가 **진짜 나 자신**으로 있을 수 있는 장소가 있었으면 하고
기대하는 마음을 여전히 가지고 있었지만, 그런 사이트는 좀처럼
찾아낼 수가 없었다. 그래서 나는 드디어 헤매기를 그만두고 직

접 사이트를 만들 생각을 하게 되었다.

취직하고 나서 처음으로 얻은 짧은 여름휴가는 거의 그 일을 위해 소비했다. 나는 필요한 소프트웨어와 도움이 될 만한 책과 잡지를 세 권 사와 읽으면서, 그럭저럭 가장 단순한 형태의 홈페이지를 만드는 데 성공했고, 거기에 '프로필' '업데이트' '일기' '취미' '게시판' '링크' 등의 카테고리를 만들어 열심히 내용들을 채워나갔다.

나의 '프로필'은 은폐로 넘쳐났다. 경력을 비롯해 바깥세계의 일에 대해서는 조금도 언급하지 않았고, 연령도 애매하게 썼으며, 다만 성별만은 확실히 '남자'로 특정해놓았다. 연령을 쓰지 않은 건 그 때문에 우습게 여겨지는 게 싫었기 때문이었는데(인터넷 공간에서는 그것이 우열을 가리는 유일한 정보가 될 때가 있다), 성별은 글에서 자연히 알게 되리라 생각했고 또 왠지 여자로 오해받기가 싫어서 굳이 숨기지 않았다. 그것조차 쓰지 않으면 '프로필'에는 아무것도 쓸 말이 없다! 이름은 물론 가짜였다. 나는 자신에게 EARL이라는 닉네임을 붙여주었다. 이것은 REAL의 애너그램으로서 생각해낸 것인데, 사전을 찾아보니 그런 인명이 있는 것 같기도 하고, 더군다나 영어로는 '백작'을 의미하는 단어라 해서 나는 아주 마음에 들었다.

내가 가장 노력을 기울인 것은 '취미' 항목이었다. 나는 거기에 '일기'에는 쓸 수 없었던 많은 것을 쓸 생각이었는데, 그것만

으로는 영 썰렁해서 출퇴근길에 전철 안에서 심심풀이로 읽고 있
는 책의 독후감을 쓰기로 했다.

허전하다. —그래, 이 감각은 사이트를 운영하고 있는 동안 계
속 나를 따라다녔다. 물론 내 사이트에는 사진도 없고 정교한 디
자인도 없었기 때문에 겉보기에는 사람을 끄는 구석이 전혀 없는
시시한 것이었지만, 그런 시각적인 문제뿐만이 아니라 그것은 결
국 나 자신에게 아무것도 없다는 것 —나 자신이 아무것도 아니라는
사실임에 틀림없었다. 만일 카프카가 지금 시대에 살아 있다고
치고 나처럼 몰래 개인 사이트를 제작했더라면, 거기에는 순식간
에 지금까지 아무도 읽은 적이 없는 대단한 소설이 밤마다 나타
나, 그 무서울 정도로 충실한 내용에 끌려서 찾아온 인간들을 경
탄시키지 않았을까? 잔재주 같은 것은 필요 없다. 그것이야말로
내가 바라고 있던 진짜 나 자신의 표출인, 어떤 누군가라는 뜻이다.
하지만 나는 어떤가? 내가 그렇게도 저주했던 그 사회에서의 역
할이란 것을 걷어치우고 나면, 나에게 도대체 뭐가 남는단 말인
가?

나는 껍데기를 빼앗겨 형태가 없는 걸쭉한 알맹이를 인터넷 공
간에다 뚝뚝 떨어뜨리고 있는 것에 다름아니었다. 그리하여 언젠
가는 그 말의 바다 속에서 빙상(氷像)처럼 투명한 나 자신이 출현
하기를 꿈꾸고 있었다! 아아, 하지만 그 바다는 어딘가 사막처럼
황량하지 않았던가?

나는 날마다 얼토당토않은 시시한 문장을 휘갈겨 썼다. 오픈 후에도 '취미' 항목은 계속 '공사중' 혹은 '일부 공개중'이었는데, 그것은 나한테 쓸 것이 얼마든지 더 있다는 것을 방문자에게 알리고 싶은 마음에서였다. ─그런데도 가장 중요한 방문객 수는 좀처럼 늘어나지 않았다. 홈페이지에는 카운터가 달려 있었는데, 그 수는 비참할 정도로 적어서 나는 몇 번이나 카운트를 몰래 부풀렸다. 당연했다. 나는 사이트를 개설한 것을 바깥세계의 누구에게도 알리지 않았다. 유일하게 사람이 찾아온 곳은 '일기'였는데─왜냐하면 '일기'만 모아놓은 사이트에 등록해놓았기 때문이었다─이걸 쓰는 건 몹시 힘들었다. 바깥세계에서 어떤 역할을 하고 있는지 남들이 못 알아차리게, 내용을 언제나 일반화시켜야 했기 때문이다. 예를 들면 통근길에 전철 안에서 목격한 치한에 대해서 쓰는 것도(나의 '일기'의 첫날 화제는 그것이었다) 상황을 너무 구체적으로 쓰면 내가 샐러리맨이며 그것도 아마 입사한 지 얼마 안 된 놈이리란 것이 발각되기 때문에, 우선 치한 일반에 대해서 쓰고 내가 목격한 현실의 광경은 '예를 들면'이나 '언제였던가' 하는 문구 뒤에 일례로서 쓰는 형식을 취해야 했다. 그래서 그것은 '일기'라기보다 어정쩡한 어휘집 같은 것이 되어 버렸다. 실제로 그러한 시행착오를 되풀이하며 쓴 초기의 '일기'는 형편없는 것이었다. 문장은 부자연스러움을 거듭한 결과 말할 수 없이 엉망진창이었고, 게다가 애늙은이처럼 세간의 여러 사건에 대해 '항의' 하는 우스운 꼴이 되어버렸다. 그러다보니 '취미' 항목 아래의 '생각한 것'이란 메뉴와 별 차이가 없었다.

나는 마지못해 내가 샐러리맨이라는 것만은 밝히기로 하고, 내용도 더욱 '일기' 다운 것으로 바꿨다. 그러자 쓰기가 훨씬 수월해졌다.

'일기' 는 나를 묘한 기분으로 만들었다. 나는 태어나서 지금까지 일기 같은 건 초등학교 숙제 외에는 한 번도 써본 적이 없었다. 이번에 그 생각을 한 것도 단순히 다른 사이트에서 관리인들이 페이지를 돋보이게 하기 위해 '일기' 를 쓰는 것을 보았기 때문이었다(결국 다른 놈들도 자기 사이트를 '허전하다' 고 느끼고 있는 거다). 그런데 일단 쓰기 시작하자 나는 그 일에 일종의 기쁨을 느끼기 시작했다. '일기' 를 쓴다는 행위 그 자체의 기쁨. 그리고 그것을 남이 본다는 기쁨. ─그것은 도대체 무엇일까? 초등학생 때 장난꾸러기 급우에게 '일기' 숙제 노트를 빼앗긴 놈은 언제나 얼굴이 빨개져 그놈에게 덤벼들었다. 물론 나도 그 심정은 잘 알고 있었다. 나는 교사가 잘 쓴 '일기' 라며 아이들 앞에서 내 일기를 읽을 때도─전학 온 학생이라 교사들은 곧잘 그런 식으로 나를 배려해주면서 잘 쓰지도 않은 걸 가지고 칭찬을 해주었다─창피해서 계속 고개를 숙이고 있었다. 그러던 내가 지금 자진해서 '기꺼이' 자신의 '일기' 를 남들 눈앞에─그것도 교실에 있는 이삼십 명하고는 자릿수가 다른, 가능성으로 보아서는 온 세계의 인간들 눈앞에 까발리려고 하는 것이다.

나는 그 사실에 대해서 곰곰이 생각했다. '일기'란 것은 인간이 바깥세계에서 맡고 있는 역할에 대한 기술만으로는 채우기 힘든 게 확실하다. 거기에는 반드시 그 역할에서 벗어난 내부가 노출된다. 그것이 그자의 본래 모습이다. ―나는 그것을 남한테 인정받고 싶다. 하지만 그것을 내 주변 사람들이 알게 되면 곤란하다. 왜냐하면, 나는 아직도―아, 아직도!―아무것도 아닌, 미완성 상태의 이상한 존재이기 때문이다. 그러니 놈들한테는 공개할 수가 없다. 그 대신 나하고 아무 관계가 없는 저 멀리 있는 사람들을 향해 나 자신을 드러내 보이는 것이다! 그들에게 나란 인간의 존재를 인정받고 싶다! 비록 내가 누구인지 모른다 해도 상관없다!

물론 정확히 말하자면 그것은 나 자신이 아니다. 그것은 EARL이라는 기호로 이루어진 한 단어이지, 호적상의 고유명사―즉, 나의 바깥세계에서의 이름―에 의해 지칭되는, 육체를 지닌 나 자신과는 별개다. 나는 어디까지나 나 자신이어야 하지만, EARL은 내가 아닌 다른 누구도 만들어낼 수 있는 단어의 조합의 한 예에 불과하니까. ―그러나, 그럼에도 불구하고 나는 그 말에 나 자신이 진짜 모습으로 드러나, 나 자신이 바로 말이 되기를 바라고 있었다. 그리고 그것은 나 자신의 최초의 완전한 존재가 될 터였다.

쓰다보니 좀 과장된 것 같지만, 실제로 내가 느낀 만족감은, 예를 들면 회사 상사에 대한 불만을 쓰거나 접객태도가 나빠 기분을 잡친 편의점 점원 욕을 쓰거나—나는 내가 점원이었던 적이 있는 만큼 보통 이상으로 그런 일에 신경이 거슬린다—하는 시시껄렁하고 사소한 일에서 얻은 것이었다. 그러나 그것 역시 내가 내 역할 밑에 감춰놓은 나 자신의 일면이 아닐까? '일기'를 쓰기 시작하기 전까지는 없어지는 대로 내버려두었었다. 앞으로는 다르다. 나는 그것을 일단 보존해놓았다가, 나의 바깥세계에서의 생활을 전혀 손상시키지 않고 남의 눈앞에 드러낼 수 있다! 그리하여 나의 역할은 나날이 끊임없이 갱신되어가고, 한편으로 **진짜 나 자신**은 축적되어가는 것이다!

인터넷이란 것은 분명히 집요한 미디어다. 텔레비전 같은 것을 봐라. 아무리 흉악한 사건도, 아무리 유행한 노래도 이삼 개월이 지나면 몽땅 소비되어 흔적도 없이 사라져버린다. 와이드쇼 프로그램이나 정보 프로그램에 나오는 치들은 조금 전까지만 해도 진지한 표정으로 일가족 참살 흉악사건에 대해 지껄이다가도, 다음 순간에는 바보 같은 낯으로 실실 웃으면서 연예계 뒷얘기에 열을 올리고 있다. 그 변신의 약삭빠름이라니. 더구나 너무도 노골적이다! 그놈들은 '시간'이 주는 역할에 우직할 정도로 충실하게 따르며, 그것을 잇달아 소비해나간다. 그렇지만 인터넷은 다르다. 인터넷은 더욱 '무시간(無時間)'적이다. 분명히 거기에서는 지속이 가능한 것처럼 보인다. 인간이 '시간'으로부터 버림을 당하는 장소가 아닌 것같이 느껴진다. ······

—나는 이런 인터넷의 활용을 우리 세대 인간의 새로운 도구, 새로운 창조적인 생활로서 긍정해왔지만, 때로는 심하게 비관적인 기분이 들 때도 있었다. 나는 자기현시욕이라는 케케묵은 욕구가 지나치게 노골적으로 드러나거나, 역할을 면함으로써 이상할 정도로 품위를 잃거나 하는 '일기'를 다시 읽어보고, 그것이 고작 공중변소 낙서와 다를 게 없다는 생각이 들어 식상해졌다. 그것도 밀실로부터, 만나본 적도 없는, 알지 못하는 불특정 다수의 인간들에게 자기 자신의 감추어진 모습을 알리는 수단의 하나이다. 혹은 회사에서 기분 나쁜 일이 있어 내용이 온통 더러운 푸념이 될 때에는, 결국 '일기'라는 게 언짢은 기분을 내다버리는 쓰레기터같이 느껴질 때도 있었다. 그것은 주변 사람들에게 들어달라고 강요하는 게 아니라, 어딘가에 있는 누군가의 눈에 띄어 읽어주기를 기대하는 것일 뿐이다. 그것도 큰 소리를 지르며 호소하는 게 아니라 한 사람 한 사람의 귓가에 직접 속삭이듯. 나는 마치 나의 바깥세계에서의 역할을 유지하기 위해 부지런히 거기에다 불필요한 나 자신을 버리고 있는 것 같았다. 인터넷 공간은 그런 말들로 가득 차 있었다. 그것은 좌절한 커뮤니케이션의 시쳇더미였고, 고독한 쓰레기터였다.

어쨌거나 그리하여 '일기'가 충실해지다보니 '생각한 것'이란 메뉴는 의미를 잃고, '가족' '도시' '도시·2~도쿄~' '먹는 것' '먹는 것·2~슬로푸드~' 라는 다섯 가지 항목만 만들어놓고 그대로 방치하게 되었다. 대신에 주력하기 시작한 것이 '읽은 책의 감상' 이라는 항목이었다.

여기에는 이유가 있었다. 나의 사이트를 찾아오는 사람들은 여전히 극소수였고, 그것도 거의 잘못 들어온 듯 '게시판' 에는 들르지도 않고 허둥지둥 지나갔는데, 언젠가 카운터가 하루 사이에 30이나 올라가 눈을 휘둥그렇게 뜬 적이 있었다. 그 전날 나는 어떤 중년 유행작가가 '오 년 만에 새로 쓴 작품' 이라는, 최근 불티나게 팔리고 있는 장편소설을 읽고 나서 그 책에 대한 '읽은 책의 감상' 을 써 올려놓은 참이었는데, 아마 그 작가의 이름과 책제목이 검색에 걸려서 뜻밖에 많은 사람들을 끌고 온 모양이었다.

나는 신이 나서, 그때부터 여태 잘 읽지도 않았던 그 작가의 책을 한꺼번에 몇 권씩 읽고 차례차례 '감상' 을 썼다. 그러자 놀랍게도 책의 제목이 늘어날 때마다 웃음이 절로 나올 정도로 카운터가 올라갔다. 나는 이제야 겨우 나의 진짜 모습을 사람들에게 보여주게 된 것 같은 쾌감을 느꼈다. '게시판' 에도 조금씩 글이 올라오기 시작했고, 단골 방문객도 두 명쯤 생겼다. 가게 장사를 시작했을 때의 기분이 이런 느낌일까? 나의 '감상' 은 꽤 호평을 받았고, 들어온 김에 '일기' 도 읽고 그것에 대해서 몇 마디씩 써주기도 했다. 나는 기뻤다. 얼마 안 가서 두 건 정도 링크 신청이 있었는데, 그중 한 건이 그 작가의 '팬' 사이트였던지라 링크를 허가해준 다음부터 카운터는 한층 더 힘차게 올라가기 시작했다. 링크해간 사이트에서 관리인을 포함한 몇몇 단골 방문객들이 나의 '게시판'에도 찾아오기 시작하더니, 불과 한 달 전에는 생각할 수 없었을 정도로 활기를 띠어가기 시작했다. 다들 토론하기를 좋아했다. 항상 해오던 방식으로 부자연스러울 만큼 정중한 말씨로 서로의 글을 치켜세워주기도 하고, 그 작가 외의 '좋아하는 작가'에 대해 이야기를 나누기도 하면서, 나의 '게시판'은 다양한 고유명사로 넘쳐났다. 덕분에 또 접속수가 늘어났다.

—나는 기뻤다. 그러나 내가 그 작가의 '팬'으로 취급받는 건 기껍지 않았다. 나는 누군가의 '팬'이기에는 자존심이 너무 강하다. '게시판' 놈들은 하나같이 이상할 정도로 매우 친한 듯 나에게 말을 걸어왔는데, 그럴 때의 기분은 정말 견딜 수 없었다. 나는 공감에 의한 '유대', 숭배에 의한 '유대'를 견뎌내기에는 역시 자존심이 너무 강했던 거다. 사실 나는 그 작가의 '팬'도 아무것도 아니다. 단지 그 작가에 대해 글을 올리면 사람들이 많이 모여드니까 썼을 뿐이다. 나를 그 작가 '밑'에 두다니 절대 참을 수 없다. 나는 그때까지 현존하는 작가가 쓴 책은 거의 읽지 않았는데, 거기에는 대개 그런 심리가 작용하고 있었다. 나는 현존하는 작가를 인정하는 데 강한 저항을 느꼈다. 독자란 항상 작가보다 한층 뒤떨어진 존재로 여겨졌다. 말하자면 작가가 던져주는 먹이

를 먹고 살아가는 가축 같은 것이다. 나는 재능이 부족하다. 나에게는 그것을 위해 노력할 끈기조차 없다. 그러니까 재능이 풍부한 인간한테서 그것을 나눠 받아야 한다! ……그런 생각을 하고 있자니 속이 메스꺼워졌다. 나는 언제나 살아 있는 작가를 질투했다. 특히 나하고 나이가 비슷하면 비슷할수록, 젊으면 젊을수록 그랬다. 나는 그놈들을 인정하고 싶지 않았다. 죽은 작가라면 괜찮다는 심리에도 묘한 구석이 있지만, 사실이 그랬다. 대개 죽은 작가는 나보다 훨씬 나이가 많았기 때문인지도 모른다. 나는 원체 '분수에 맞지 않는 일'이라는 것이 마음에 안 들었다. 그 역할을 떠맡기에 명백히 실력이 부족한 놈이 마치 그것이 그놈의 진짜 모습인 양—그리고 최후의 변신인 양 뻔뻔스럽게 그 역할을 떠맡고 있다. 그런 광경을 눈앞에서 보면 마구 짜증이 났다. 그건 단지 '운' 덕택이 아닌가? 나는 누구에 대해서나 삐딱하진 않다. 예를 들면 나는 스포츠선수한테는 경의를 표한다. 그치들은 절대 운만 지닌 게 아니다. 물론 운도 작용하겠지만, 그것만으로는 통하지 않는 삼엄한 세계이다. 무엇보다도 숫자란 것이 그들의 실력을 증명한다. 하지만, 가수나 배우들은 거의 운이 아닌가? 음악프로 같은 걸 봐라. 마치 고등학교 축제 같다. 드라마는? 아아, 거기야말로 제대로 대사를 읽을 줄 아는 놈은 아주 소수밖에 없다! 예능인이란 '예(藝)'에 능(能)한 사람'이 아닌가? 어째서 그렇게도 '무능'한 놈들뿐이란 말이냐?

작가도 마찬가지다. 조금 젊거나, 조금 외모가 뛰어나거나, 조금 특이한 데가 있거나 하는, 작품 내용과는 아무 관계도 없는 데에서 주목을 모으면, 그것으로 화제가 되어 금방 베스트셀러가 된다! 단지 운에 지나지 않는데! 단지 시기를 잘 탄 것뿐인데! 아니, 그런 건 불황에 허덕이는 출판사가 써먹는 일시적인 수단이다. 음악이나 스포츠 세계처럼 젊은 스타가 필요하니까, 그럴 가치도 없는 놈들을 치켜세우는 것이다. 그런 놈들은 가짜다, 인위적으로 만들어진 스타가 아닌가! 지금 세상은 고장이 났다. 어째서 그 따위 자격도 없는 놈들에게 '분수에 안 맞는' 역할을 준단 말이냐!

방문자가 늘어난 것에 단순히 기뻐하던 시기가 지나자, 나는 나의 입장이 비참하게 굴절되었다는 생각만 하게 되었다. 나의 사이트는 어느 정도 성황을 보이기 시작했다. 그러나 놈들은 나 자신 때문에 찾아오는 게 아니다. 내가 '읽은 책의 감상'에 쓴 작가들—특히 예의 그 유행작가—이름에 끌려 찾아오는 것이다. 그리하여 나는 또하나의 세계에서 인기를 얻었다. 바깥의 현실세계에서는 하찮은 샐러리맨에 지나지 않는 내가, 절대 재능을 인정하고 싶지 않은 그 작가의 인기 덕분에 우쭐해지고 있다! 생각해보라! 내가 그 작가 이름을 페이지에 써놓기 전에는 내 사이트를 찾아오는 놈은 거의 없었다. 그리고 지금도 계속 올라가고 있는 카운터는 나에 대해서가 아니라, 대부분 그 작가에 대해 쏠린 흥미 때문인 것이다. 물론 나머지는 다른 작가의 이름이다!

나의 '읽은 책의 감상'은, 얼마 안 가 '서평'으로 이름을 바꾸면서 당초의 소박함을 점점 잃어갔다. '게시판'을 찾아오는 단골 중에는 먼젓번의 타이틀이 더 친근감이 느껴져 좋았다며, 이모티콘이나 (웃음)이나 (땀) 따위를 지저분하게 붙여 상대가 화를 내지 않도록 조심스럽게 배려하는 투의 볼썽사나운 글로 불만을 전하는 놈들도 있었지만, 그런 말은 싸그리 무시해버렸다. 원래부터 나는 그놈들이 마음에 안 들었다. 남의 사이트 '게시판'에서 나하고는 아무 관계도 없는 이야기들을 와자지껄 떠들어대고 있다니. 정신 빠진 놈들! 그래도 나는 곧바로 그놈들을 몰아내지는 않았다. 그 무렵, 나는 방문객이 줄어드는 것이 몹시 두려워서 카운터 변화가 시원치 않을 때에는 또 스스로 조금 뻥튀기를 하기도 했다. 신규 개척을 위해서는 더욱더 많은 작가의 책을 읽고 계속 '서평'을 써나가야 했다. 나는 남의 시선이 늘어나는 것에 쫓기고 있다가, 이번에는 줄어드는 것에 대한 걱정에도 쫓겨야 했던 것이다.

나는 나 자신을 '날조'하기 시작했다. '분수에 안 맞는' 역할을 다하고, 그것을 나 자신의 진짜 모습이라 믿으려고 기를 썼다. 나는 내가 싫어하는 현대작가들의 책과 작고한 작가들의 책을 골고루 닥치는 대로 읽었다. 전자는, 그 제목이나 작가명이 검색엔진을 통해서 사람을 끌고 오는 것을 기대하고, 후자는 나를 좀더 '돋보이게' 해주기를 기대하면서. ─아, 그래, 나의 자존심은 내 마음 속에 다양한 굴절을 만들어갔다. 나는 어쨌든 질보다 양을 우선했다. 독서는 하나의 정보 처리였다. 나는 천천히, 그리고 깊이 음미하는 것은 그만두고, 가능한 한 많은 책들을 가능한 한 빠른 속도로 읽어내도록 노력했다. 그리하여 그 양과 스피드를 자랑했다. 왜냐하면 양은 곧 수니까. 그리고 수는 결코 애매하지 않기 때문이다! 그것은 사실이며, 비판을 받아들이지 않는다. 나는 여전히 겁쟁이였기 때문에 나의 '서평'에 그때 다른 사람의 '게시판'에서 당했던 것 같은 혹독한 비판이 가해질까봐 두려웠다. 하지만 양이란 것은 그것만으로도 사람을 압도할 수 있는 일종의 으름장 같은 것이다! 질은 그 그늘에 살짝 숨겨놓으면 된다.

나는 긴 '서평'은 절대 쓰지 않았다. 그건 틀림없이 나의 진짜 실력을 폭로할 것이었다. 그리고 비록 짧아도 충분히 돋보일 만한 여러 가지 기술을 터득해갔다. 나는 그 한 가지 방법으로 전에 나를 짓밟은 놈이 올린 글을 본보기로 했다. 즉, 저명한 학자 이름이나 논문을 마구잡이로 인용하는 것이다. 나는 문고본 '후기' 등에서 평론가가 인용하고 있는 프랑스 철학자 이름을 기억해놓았다가, 제대로 읽지도 않고 사전이나 인터넷상에서 알아본 지식을 가지고 적당히 그럴듯한 문장을 짜냈다. 원래 그런 식이었기에 애초부터 긴 '서평' 같은 건 쓸 수 있을 리가 없었다. 그것은 짧은 문장이어야 성공하는 수법이었다. 그리고 실제로 그 고유명사들이 사람을 위협하고 압도하는 힘은 그야말로 대단했다. 어차피 나의 사이트 따위에 오는 놈들은 제대로 책을 읽은 적도 없을 거다. 가끔 뭐라고 말하는 놈도 있었지만, 흐리터분한 것이 대부분이었다. 그리고 나는 스스로 생각할 필요가 없었다. 그놈들이 말하는 것을 적당히 작품에 끼워맞춰보고, 맞는 것 같으면 마음 놓고 칭찬해주었다. 맞지 않으면 그놈들 이름으로 '혹평' 해주었다. 어차피 내 책임이 아니다.

나는, 큰 키를 잡고 힘껏 돌리듯이, 그 '혹평' 이라는 기술을 맘껏 구사했다. 나는 읽으면 읽을수록 더욱 신랄하게, 더욱 가차없이 써나갔다. 그것은 거의 '귀족적인' 야유와 조소로 각색되어 있었다. 나는 나 자신에게 깊이 도취했다. 쓴 것마다 힘이 넘쳤고, 실제로도 대단해진 것 같았다. 나는 방언(放言)이 주는 쾌감에 취했다. '안 된다' '미숙하다' '지루하다' '유치하다' '꼴사납다' '실패한 거다' '파탄했다' '단지 ~에 지나지 않는다' '창피하다' 등등. ……결정적으로 '재능이 없다' 라는 표현! 하여튼 느끼는 대로 전혀 논리적이지 못한 욕을 마구 써댔다. 그렇게 하는 것이 오로지 '재능' 이나 '센스' 만을 믿고 쓰고 있는 듯한 느낌을 주기 때문이다. 예민하고 날카로운 느낌을 주기 때문이다! 게다가 아예 반론을 받아들이지 않는다는 이점이 있었다. 무슨 말이라도 들으면 마치 깔보듯이 히죽히죽 웃고 있으면 되는 거니까!

생각건대 매도란 칭찬보다 훨씬 간단하고 ― 왜냐하면 그것은 '이해'도 '발견'도 필요로 하지 않기 때문이다 ― 뿐만 아니라 그런 식으로 위에서 얕보는 기분을 맛보게 해주는 것이다. 나는 느닷없이 '게시판'에서 아직 읽어본 적이 없는 작가나 책에 대해서 의견을 청해오면 원칙적으로 깎아내리기로 했다(물론, 모른다고 정직하게 대답하는 것은 논외이다). 칭찬해주다가 견식을 의심받는 경우는 있지만, 깎아내리다가 견식을 의심받는 경우란 거의 없기 때문이다. 왜냐하면 그만큼 나의 평가 기준이 엄격하다고 받아들여지니까. 나는 여간해서 만족하지 않는다. 나의 취향은 극도로 세련된 것이다! 반론해오는 놈이 있으면 그놈의 빈약한 감식안을 비웃어주면 될 일이지! 그리하여 나는 내 마음에 안 드는 작가 '위'에 섰다. 나는 이제는 그놈들의 사료를 처먹는 가축이 아니라, 그놈들의 일하는 태도를 평가하는 농장주 입장에 선 거다. 나는 나의 말에 자신을 가졌다. 어느덧 나는 나 자신을 하나의 '권위'로 여기게 되었다.

……나의 이런 착각은 점점 더 심해졌다. 그리고 그것은 얼마간 확신범적인 착각이었다. 보통 무엇에 대한 가치를 판정하는 인간은 그 역할에 걸맞은 '권위'를 지닌 인간일 것이다. 나는 그

상식을 역으로 이용하여 그 가치판정을 어떻게든 오만하게 깎아 내림으로써 어느새 가공의 '권위'를 만들어낸 것이었다. 나는 말 하자면 자신은 아무 실적도 없는 콘테스트 심사위원이었다. 그러 나, 세상 사람들은 그렇게 심사하고 있다는 사실만으로 분명 내 가 그 역할을 해낼 만한 자라고 받아들이는 게 아닐까?

나는 '서평'의 양이 충분히 축적된 때를 가늠하여, 각각의 작품 에 백 점 만점으로 '점수'를 매기고, 점수가 높은 순으로 A부터 E까 지 다섯 단계로 랭크를 나누었다. 이것은 내가 외국에서 레스토랑 랭크에 따라 별점을 붙이는 것을 참고로 하여 생각해낸 아이디어 였다. 나는 여전히 '숫자'의 '권위'를 믿고 있었다. 그리고 나와 같은 세대 놈들이 그것에 아주 약하다는 것도 알고 있었다. 숫자 만이 매사를 애매한 상태에서 벗어나게 해주고, 차이를 명백히 해주고, 우열을 결정해준다! 그리고 나는 그것을 자유자재로 다 룰 만한 자격을 지닌 존재인 것이다!

나는 단순히 점수를 매길 뿐만 아니라, 친절하게도 각 랭크가 어느 정도의 '질'을 보증하는 것인지도 설명해주었다. 물론 가능 한 한 단정적이며, 대담무쌍하며, 도발적인 말투로 말이다.

나는 작가 중에서도 틀림없이 자기 이름을 검색하여 나의 사이 트로 들어오게 될 놈도 있으리라고 상상하고 있었다. 그것은 충 분히 있을 수 있는 일이었다. 나는 내 말에 격노하는 작가들의 얼 굴을 상상하면서 이루 말할 수 없는 쾌감을 느꼈다. 나는 특히 내 마음에 안 드는 놈들의 작품은 모두 D나 E랭크에 넣어두었다. 작품들은 거의 쓰레기처럼 다루었다.

　물론 나는 나의 이런 행위가 야기할 만한 반발을 사전에 예상하고 있었고, 가령 직접 반론을 받지 않는다 해도 화면 뒤에서 시시하다고 일소에 부쳐지거나, 나아가 네가 뭐길래 그렇게 대단하냐고 간파될까 두려워서 주도면밀하게 대책을 강구해놓았다. 나는 먼저 나의 돼지같이 비대해진 자아가 간파되지 않도록, 이것은 진지하게 문학을 사랑하는 마음으로, 타락한 문학계를 비판하려는 일심에서 작성한 거라고 '일기'에도 '생각한 것'에도 거듭 강조했다. 나는 그러기 위해서 사심을 부정하고, 정의롭고 용감한 반역자라는 역할을 스스로에게 부과했다. 나는 '청개구리'였다. 그것은 내가 또다시 고안한 새로운 기술이었다. 나는 하여간 대가의 작품과 세상에서 호평받은 작품들을 철저히, 마치 의무에 사로잡힌 듯이 매도했다(물론 모조리 부정하면 안 되니까, 정통한 자가 선호하는, 칭찬해주기만 하면 나의 감식안에 대한 신뢰가 늘어날 것 같은 작품만은 칭찬해주었다). 그 대신 무명의 얼토당토않은 작품을 말도 안 될 정도로 칭찬해주었다. 나는 위대함이나 고상함이나 난해함이라는 것 속에서 가장 시시한 요소를 끌어냈고, 언뜻 보기에는 어처구니없는 것에서 극히 중대한 주제를 찾아냈다. 세상에서 대단하다고 평가받은 작품에 대해서는 쓰레기 같은 작품과의 유사점을 지적하고, 세상의 누구도 감탄하지 않을 것 같은 작품에 대해서는 고전적인 걸작을 인용하며 치켜세워주었다. 나는 가치판정뿐만 아니라 가치조작까지 했다. 많은 인간들과 '같다'는 것을 나는 견딜 수 없었다. 몰개성이란 것은 참을 수가 없다! 나는 '달랐을' 터이다. '개성적'이라야 했다. 그렇지 않다면 나의 '서평'의 의미는—내가 나인 의미는 없어진다! 그리하여 나는 나의 위선적인 독창성으로, 사이트를 찾아오는 인간들의 눈이 어지러워질 정도로 속여줄 생각이었다.

나는 작품에 랭크를 매겨 표로 만들어서 어느 날 갑자기 '서평' 페이지에 올렸다.

평판은 썩 좋았다. '게시판'에서는 토론이 비등했다. 가장 오래된 단골 몇 명은 드디어 나에게 정나미가 떨어진 모양이었다. 왜냐하면 나는 이 기회에, 그놈들을 당초 이곳으로 끌어들인 그 유행작가에 대한 평가를 백팔십 도 바꿔 마구 헐뜯었기 때문이었다. 하지만 이제 와서 그놈들이 떠난들 무슨 문제가 있겠는가? 카운터는 순조롭게 올라가고 있었고, 새 방문자들은 금방 '게시판'의 단골이 되었다. 놈들은 먼젓것보다 더욱더 '신랄한' 비판을 좋아했다. 그리고 내가 만든 작품 랭크 표를 계속 칭찬해주고, 빈틈없는 놈은 그 자체보다 제작 '의도'에 더 공감해 보이면서 나한테 '연대'를 청해왔다.

생각했던 대로였다. 우리 세대 인간들은 뭐 하나 하는 데에도 가이드북이 필요했다. 왜냐하면 세계는 너무나 광대한 데 비해 우리는 게으름뱅이였기 때문이다. 많은 인간들이 내가 만든 표를 고마워하고, 참고하고, 랭크 상위 작품부터 읽겠다며 감사의 인사말을 써놓기까지 했다. 인터넷을 통한 비평이란 점도 또한 호평을 받았다. 그놈들은 자주 바깥세계의 부패에 대해 언급하면서, 인터넷 공간이야말로 참으로 자유롭고 어떠한 '권위'로부터도 위협을 받지 않는 언론이라고 서로 열변을 토했지만, 실은 그놈들 모두가 바깥세계에서는 자기 말에 귀를 기울여주는 놈이 하나도 없다는 것을 뼈저리게 느끼고 있었던 것이다. 그 원한이야말로 얼마나 끔찍한 것인지 나까지 아연해질 정도였다.

우리는 날마다 다른 작가를 끌고 와서 제물로 삼아 철저히 매도했다. 그것은 객관적으로 보면 왕따가 아니었다. 왜냐하면 그놈들은 우리보다 부자이며, 우리보다 세상에 알려져 있으며, 우리보다 충실한 인생을 보내고 있기 때문이다. 마땅히 받아야 할 보복이었다. 실은 그 작가의 작품을 아직 읽지 못했거나—특히 장편은—읽었는데도 잘 이해되지 않았을 경우에는, 인터뷰나 에세이에 실린 아주 사소한 말꼬리를 잡고 그 사람의 작가로서의 자질을 논하다가 마지막에 가서는 모조리 부정했다. 때로는 작고한 작가를 칭찬해주는 경우도 있었는데, 그런 걸로는 분위기가 고조되지 않았다. 우리는 뛰어난 점을 찾아내는 게 너무나도 서툴렀다. 우선 그렇게 하다간 우리가 그 작가 '밑'에 깔리게 되니까! 그건 절대 용서 못 할 일이었다. 우리는 서로 마주 보려고는 하지 않았다. 서로의 글에 대해서는 너그러운 태도를 지키면서, 제물로 삼은 작가만 바라보며 오로지 계속 매도해나갔다. 우리는 서로의 손을 꼭 잡았다. 거기에서 하나의 '공동체'를 구축해나갔다. 그놈들은 나를 인정했다. 왜냐하면 나의 사이트는—나 자신의 발현인 그 사이트는 지금이야말로 경이로운 '충실'을 보여주고 있었기 때문이다! 나의 사이트에는 삼백여 편의 소설 '서평'이 게재되어 있었고, 모든 소설은 완벽하게 랭크가 매겨져 색으로 구분된 표로 정리되어 있었다. 나의 '일기'는 점점 바깥세계의 나로부터 멀어지면서 인터넷 속의 나—즉, 진짜 나 자신이 중심이 되어 망상에 의한 '날조'를 되풀이했다. 나의 '생각한 것'에는 몇 개의 창작 아이디어가 소개되었고, 머지않아 그 일에 착수하게 될 것이 예고되어 있었다. '서평'은 그후에도 끊임없이 추가되면서 더욱더 규모를 확대해나갔다. 그리하여 '게시판'에서는 일체의 '권위'를 거절하는 가장 성실한 '논객'들이, 오늘도 가차없는 말로 '분수에 안 맞는' 지위를 탐하는 타락한 작가 놈들을 매도하고 있다. —나의 사이트는 '충실'했다. ……나의 사이트, ……내가 구현된 말, ……EARL이란 이름이 붙여진, 나 자신이 숨어 있는 진짜 모습……

내가 나 자신의 황폐함을 알게 되는 데에는 그리 시간이 걸리지 않았다. 그러나 사이트는 오랫동안 타성적으로 운영되었다. 나는 심한 자기혐오에 빠져 있었다. 모르는 사이에 나는 그 EARL이란 놈의 비참한 꼬락서니를 깨닫고, 진짜 나의 모습은 결코 이렇지 않기를 빌고 있었다. 그건 내가 아니다. 단연코 말할 수 있다, 나 자신이 아니다! 그것은 내가 인터넷 공간에서 어떤 연유에서인가 맡게 된, 단순한 역할에 지나지 않았다. 실로 본의가 아닌 역할이며 나에게는 — 언어가 가진 본래의 의미에서 볼 때! — '힘겨운' 일이었다.

입사하고 나서 이 년째, 여름이 지나고 가을이 되어 갑자기 일이 바빠지기 시작했을 무렵부터 나는 조금씩 내 사이트로부터 멀어지기 시작했다. 해가 바뀐 지 얼마 안 되는 어느 날, 나는 문득 생각이 나 내가 처음으로 단골 방문객이 되었던 사이트에 들어가보았다. 대부분 처음 보는 놈들이었으나 그중에는 관리인을 비롯하여 반가운 이름도 있었고, 여전히 안이한 '공감' 속에서 화기애애하게 수다를 떨고 있었다. 그 다음으로 예전에 나한테 저주 같은 말을 퍼붓고 나가버린 예의 그 유행작가 팬의 사이트를 찾아갔더니, 여기는 옛날의 나 같은 친구가 '게시판'을 휩쓸어 수렁 같은 양상을 보여주고 있었다. 나는 더이상 나의 사이트 '게시판'을 찾아가볼 마음이 들지 않았다. 마치 그 불쌍한 투구풍뎅이한테 한 것처럼, EARL을 내버리고 그가 죽기를 바랐다. 집에 있으면 아무래도 컴퓨터에 신경이 가기 때문에 저절로 늦게 집에 들어가게 되었다. 밤마다 전철이 끊길 무렵까지 거리를 어슬렁댔다. 내가 유흥가나 카바쿠라에 다니기 시작하며 바로 그 어리석은 '실은~'이라는 놀이에 빠진 것은 꼭 그맘때였을지도 모르겠다. 그때부터 몇 개월 후에 나는 히키코모리가 되었다. 그리하여 지금에 이르렀다. ……

나는 '실패'한 걸까?

이 '수기' 도중에 한참 동안 카프카와 그 작품에 대해 쓰면서, 나는 내가 혹시나 바깥세계에서 통용되는 비평가가 될 수 있지 않을까 하는 생각이 들었다. 그렇게 한 권의 책을 몇 번이나 되풀이해서 읽은 적이 없었고, 그것에 대해 곰곰이 생각해본 적도 없었다. 그때 나는 겸허했다. 내가 이해하지 못하는 것을 책의 잘못으로 돌리지 않고, 나 자신의 독해력 결여 때문이라 솔직히 인정하고 이해하려고 노력했다. 그런 적은 여태 한 번도 없었다. ―그렇지만 나는 아마 그런 길로 나아가지 못할 거다. 나는 지금 내가 쓴 글을 어딘가에 발표한다는 생각만 해도 미칠 듯이 불안하다. 도저히 불가능한 일이다! 별안간 내 머릿속에는 남들의 비웃음이 폭풍처럼 휘몰아친다. 내 논문은 온갖 부족한 부분을 지적당하고 혹평을 받게 될 것이다. 카프카만 해도 나는 단지 그 작가의 단편을 몇 편 읽어봤을 뿐이다. 『성』 『심판』 『아메리카』 같은 긴 작품은 하나도 읽지 않았다. 그리고 대학교에서 문학을 전공한 것도 아니다. 다만 취미로 끼적거리고 있는 내가 어떻게 그 역할에 도달할 수 있단 말인가? ―아아, 적어도 고등학생 때 이런 자각을 했더라면 좋았을 텐데! ―그러나 도달해봤자 도대체 내가 뭘 쓸 수 있단 말인가? 나는 더이상 무책임한 인터넷 '평론가'가 아니게 되는 순간, 카프카에 관한 '악몽' 같은 방대한 연구서를 읽어야 할 의무에 직면하여 위축될 것이다. 그리고 그런 일은 해마다 증가되어갈 것이다! 나는 카프카 소설의 주인공처럼, 영원히 그 문헌을 다 읽지 못하고, 죽기 전에 카프카론(論)의 첫 줄조차 쓰지 못한 채 인생을 끝낼지도 모른다. 두렵다. 도대체 어떻게 먹고 살 수 있겠는가? 나는 다른 작가가 쓴 책도 똑같이 열심히, 똑같이 겸허한 마음으로 읽을 수 있을까? 아, 그러기 위해서는 나는 영원히 히키코모리로 남아 있어야 한다! 지금 이 순간에도 나의 그 흉한 지방간(脂肪肝) 같은 자존심은 내 안에서 기어나가고 싶어 안달한다! 남에게 읽힌다는 것을 상상하는 순간부터 나는 다시 질리지도 않고 나 자신을 '날조'하기 시작할 것이다! 그리고 인터넷에서 한 것처럼 얼토당토않은 시시한 글을 여기저기 마구 써놓고는, '독설 서평가'라는 식으로 치켜세워지고, 나처럼 비참한 치들과 함께 욕설을 퍼붓는 것밖에 모르는 겁쟁이 '연대'를 맺을 것이다! 아, 그리하여 평생 나는 나 자신하고도, 나하고의 '연대'를 바라는 독자들하고도, 아무런 심각한, 성실한, 진지한 관계를 가지지 않는 누군가를 원망스러운 눈길로 쳐다보면서, 위선적인 그놈들하고 끈끈한 땀을 흘리면서 서로 손을 잡는 거다! 이런 제기랄! 아아, 구역질이 난다!!

나는 다시 한번! 다시 한번 그런 나의 소심함, 온갖 시니시즘을 극복하여 내가 진짜 나 자신의 구현으로의 변신을 성취하는 것을 몽상한다. 그것도 열렬히, 마음 깊은 곳에서 말이다! 아, 그러나 나는 결국 아무것도 하지 않을 거다. 그 일을 성취하기 위해서 겪어야 할 수많은 고뇌를 나는 절대 견뎌낼 수 없을 것이다. 아니, 견뎌낼 수 없는 게 아니라, 그런 일 자체에 흥미를 못 느끼게 될 것이다! 우선 '고뇌'라는 말 자체가 낯뜨겁다! 그리고 내가 가장 두려워하는 것은, 그 '고뇌'란 것이 마지막에는 틀림없이 그에 상응한 것으로 교환받을 수 있느냐는 것이다. 어차피 나의 역할은 이 넓디넓은 바깥세계 속에서는 슬플 정도로 '하찮은' 거겠지. 나의 존재는 거기에서 생활하는 태반의 인간에게는 아무 의미도 없다. 불모이다! 헛되다! 아아, 그 예감만으로도 소름이 끼친다!

……나의 한심스러운 무기력. 그렇지만 나는 진지하게, 온몸이 타들어가듯이 격렬하게, 어떤 누군가이고 싶다고 바라고 있다. 거짓말이 아니다! 진실이다! 그럼에도 불구하고 그렇게 되기 위해 단 한 발짝도 내디디지 못한다. 도대체 왜?—물론 이 의문을 귀담아 들으려는 놈은 없다. 특히 늙은이들은. 그 양반들은 나한

테 그건 단지 어리광을 부리고 있는 거라든지, 쓸데없는 말 말고 우선 할 수 있는 일부터 해보라든지 하는, 바보라도 아는 그런 말을 잘난 체하면서 경험이 풍부한 인간인 양 늘어놓을 것이 뻔하다! 그렇기 때문에 나는 이런 말을 아무한테도 털어놓은 적이 없다. 그렇지만 알고는 있다. 알면서도 도저히 할 수가 없다! 우리의 절망은 뿌리가 깊단 말이다! 우리의 무기력함은 고치기 어렵다! 우리의 냉소는 모든 진지한 것으로부터 혼을 빼버린다! 그런데 그런 세상을 우리한테 떠맡긴 놈은 도대체 누구냐? 어? 그래, 물론 책임전가는 내 장기지! 하지만, 정말 내 탓인가? 나 혼자만의? 그렇게 단언할 수 있는가? ……

그레고르 잠자의 변신은 '제1차 세계대전 후의 독일을 덮친 정신적 위기의 표현 중 하나'라고 한다. 그렇다면 어째서 내가 그렇지 않다고 말할 수 있단 말이냐? 아, 그렇다! 잠자를 '세일즈맨'으로 변신시킨 아버지의 사업 실패. 그것은 신이 창조한 세계 자체의 실패를 의미하는 게 아닌가? 이 세계의 어쩔 수 없는 결함! 나는 아버지란 사람이 신의 메타포일 수 있다는 것을 나의 천박한 남독(濫讀)을 통해서 발견했다. 아아, 신은 죽고 세계는 내팽개쳐져 그 터무니없음을 주체하지 못하고, 인간은 절망적인 헛된 노력을 강요당하게 되었다! 더구나 인간은 인간의 손으로 만들어낸 세계가 전혀 마음에 들지 않는 것이다! 그레고르 잠자의 가족들이 아들이 사준 집과 아들이 쌓아올린 생활을 버린 것처럼!

만일, 나의 이 돼지 같은 자아가 좀더 겸손한 것이었더라면 나는 아마 '이름 없는 한 시민'이라는 소박한 역할에 평생을 바칠 수 있었을 것이다. 하지만 도저히 무리다. 아아, 나의 이 과대망상 역시 시대가 만들어낸 병이 아닐까? 인간은 자기가 아주 '보잘것 없는 것'이 되어버릴 때, 히죽히죽 웃으면서 그것을 받아들일 만큼 편리한 존재가 아니다! 세계가 엄청나게 팽창하고 있다면 그것에 맞춰 자신도 커지기를 바라는 것은 당연한 일이 아닌가?

……이제 와서 이런 말을 하는 것도 좀 그렇지만, 내가 '사랑' 같은 것에 의해 결코 구제받지 못했던 것도 그 탓일 것이다. 몇 명의 여자는—그리고 아마 나의 부모님은—분명히 한때 나를 사랑하고 있었다. 그러나 나는 그것을 도저히 믿을 수가 없었다. 나는 여자들이 결국 아무것도 아닌 자신이란 것을 주체하지 못하고 단지 '사랑하는 사람'이라는 역할로 타협하려는 듯이 느껴졌다. 확실하지는 않지만 막연히 말이다. 그것도 대단한 나르시시즘으로, 자신은 사랑할 수 있는 사람이라고 믿고—그만큼 자상하고, 다정하고, 순수하고, 일편단심이라는 황홀한 기분으로. 그리고 나한테, 사랑받는 사람임을 위한 역할까지 달라고 졸라댔던 게 아닌가? 고로 그 여자들한테는 언제나 인생에서 최대의 가치는 연애이며, 그 일에 이견을 내세우는 인간은 누구나 '불쌍한 사람'

으로 부정당해야 했다. 왜냐하면 그것은 그 여자들의 역할을 깎아내리고 그 불모성을 폭로하기 때문이다. 호스티스니 술집 여자들은 얼마나 진지하게 '행복한 결혼'에 대해 말을 했던지! 그러나 나는 단지 사랑하고 사랑받는 인간임에 만족하기에는 너무나 거만했고, 그 일을 눈 감고 견뎌낼 만큼 어수룩하지도 않았다. 아, 그렇지만! 그 역할이란 아마 온갖 실패를 겪은 후에, 마지막으로 인간을 받아들이는 그물이었던 게 아닐까? 그것이라면 누구나 될 수 있고, 그리고 그것이 결코 '시시한' 역할이 아니라고 믿을 수 있도록 인간은 오랫동안 노력해온 게 아닐까? 동화에 나오는 야수나 개구리도 마지막에 가서는 사랑에 의해 그 추한 외관으로부터 구출되었다! 그런데 나는 그것마저 거부한 것이다. 제멋대로 이탈한 채, 그것조차 간단히 빠져나와버렸다! ……그리하여 낙하는 끊임없이 계속된다. '다리'가 되지 못한 남자가 산골짜기로 떨어져가는 것처럼. 빛은 점점 멀어져간다. 나는 눈을 뜬 채 어둡고 깊은 구멍 밑바닥으로 떨어져간다. 그러다가 마지막에는 곤충표본 속의 벌레처럼 뾰족한 바위의 끝부분에 꽂힐 거다! 나는 그 변신의 기회만은 절대로 놓치지 않을 테다. 그래야 나는 비로소 어떤 누군가가 되지 않아도 되는 것이다. ……

나는 결국 이 '수기'를 '유서'로 쓰고 있었던 걸까?— 모르겠다. 다만, 그런 예감은 전부터 느껴왔었다. 그리고 나는 줄곧 그것을 은폐하기에 급급했었다. 어디선가 갑자기 광명이 보여 그 꼴은 면할 수 있을지도 모른다는 희미한 희망을 끌어안으면서. 그렇지만 그럭저럭 도달할 곳에 도달한 모양이다. 범죄자가 되지 않는다면 나에게 남겨진 최후의 변신은 단 하나이다. 물론 나는 범죄자 따위는 될 리 없다. 다행인지 불행인지 나는 겁쟁이며, 나이브하며, 게다가 그렇게 바보는 아니기 때문이다.

죽어야 할 이유가 있는지 없는지는 모르겠다. 하지만 살아가야 할 이유를 나는 찾아낼 수 없다. 그것은 대개 미래에 있는 법이다. 그런데 나의 미래는 이미 멀리 과거로 지나가버린 것 같은 느낌이 든다. ……

……나는, 그 일을 하기에 앞서 은밀히 다듬어온 계획을—어쩌면 그런 일이 있었기 때문에 실제로 이 결말을 향해 돌진해온 것이리라—실행할 것이다. 인터넷에서 동반자살 상대 찾기란 것도 유행하고 있는 것 같은데 그것도 사실 '별볼일 없다'. 죽음이란 그 순간 그놈들에게 가장 절망적인 '재앙'이다. 그것을 쳐다보고 있을 때에는 곁에 누가 있어도 상관없는 것이다. 처음 만난 생전 모르는 놈이라도 서로 손을 꼭 잡고 '한패'가 될 수 있다.—여태까지 수도 없이 경험해온 것이다.

나는 나의 변신을 더욱더 '대단한 것'으로 만들고 싶다. 범죄자가 가능한 한 가장 끔찍한 사건을 일으켜 매스컴에서 크게 떠들어주기를 원하는 것처럼. 오로지 그것만이 지금 나의 유일한 소원이다!

　나는 이 장황한 '유서'를 내가 방치해놓은 사이트에 올릴 생각이다. 그리고 나는 무차별적으로 모든 '게시판'에 ─ 공공기관 사이트부터 익명의 거대한 것에 이르기까지, 과자 만들기 취미 사이트에서부터 어디에 있는지도 모르는 고등학교의 동창회 사이트까지, 하여간 종류를 불문하고 모든 사이트에 말이다 ─ 테러처럼 나의 자살예고를 쓸 생각이다! 물론 내 사이트의 URL도 함께! 나는 방문에 바리케이드를 친 후에 양 손목을 긋고 '살충제' 한 캔을 몽땅 삼키고 뒹굴면서 마지막 순간까지 피와 오물투성이가 된 채 키보드에 달라붙어 있을 거다! 그러고는 죽을 때까지 오로지 나의 죽음을 뿌려나갈 거다! 인터넷은 틀림없이 소연(騷然)해질 거다! 전국의 경찰서 전화는 끊임없이 울리고, 수화기에서는 '나'의 자살을 막아달라는 필사적인 비명 소리가 들려올 것이나! EARL이 도대체 어떤 놈이냐고 놈들은 혈안이 되어 찾을 게 분명하다! 절망적인 헛된 노력을 계속할 거다! 소동을 듣고 매스컴 관계자들도 나의 사이트에 쇄도하겠지! 놈들은 EARL을 밖으로 끌어내어 더욱더 거대하게 만들 거다! 아, 그때야말로 나는 처음으로 나 자신이 되는 거다! 외관도 속도 없는, 단 한 명의 나 자신이다! '나'라는 일인칭은, 동시에 인터넷 공간의 모든 익명의 인간들을 일제히 가리킨다! 누구나 다 '나'인 것이다! '나'에게 나타난 병은, 동시에 그 모든 인간의 병이기도 할 것이다! '나'의 추악함은 모든 인간의 추악함이다! '나'의 천박함은 모든 인간의! '나'의 비참함은 모든 인간의! '나'의 '유서'는 갖가지 부분이 도려내지고 바뀌고 '게시판'에 노출되다가, 벌레 대군(大群)처럼 인터넷 공간에 흩어질 거다! 완강한 병기(兵器)처럼 용감하게 펼쳐나갈 벌레들! 추하고 우스꽝스럽고 구역질나는 악취를 뿌려나갈 벌레들! 사후의 나는 무수한 단편(斷片)으로 분열하면서 광파이버 속을 질주하는 산 제물의 황홀감을 느끼게 될 것이다! 아아, 그것은 100Mb/s의 초고속이다! 나는 '나'라는 일인칭을 통해 나의 자살을 장대한 대량 살육으로 변환시킬 거다! 한 세대 전원을 오욕의 동반자살로 끌어들일 거다! 모든 컴퓨터의 모니터가 '나'에게서 태어난 벌레들로 더럽혀질 거다! 아아, 그것도 소름이 끼칠 정도로 더럽게 말이다! 모든 언어가 그 밑바닥에, 벌레들이 생식하여 긴 더듬이를 움직이면서 기어다니는, 불결한 암부(暗部)를 드러내게 될 거다! 벌레들은 모든 표면을 죄다 물어뜯고 인터넷 공간을 휩쓸고 도처에서 생식하고 알을 낳고 폭발적으로 증식해나갈 거다! 벌레들은 절망적인 혐오와 분노에 의한 구제를 견뎌내면서 영원히 살아나갈 거다! 벌레들은 말(言)이라는 모습을 빌려 모든 인간의 내부에 들어가 그곳을 은신처로 삼아 계속 퍼져나갈 거다! 그리하여 '나'는 인간들의 악몽 같은 벌레가 된다! 모든 잠복하는 사념(思念)이 '나'의 일부이다. 모든 비밀의 말이 '나'의 아종(亞種)이다! 인간들은 징그럽게 마구 기어다니는 벌레를 스스로의 진짜 모습으로 여기며 길러가야 할 것이다! 그리하여 나는 놈들 내부에서 계속 살아간다! 바라건대 다시 육체를 얻어 이 세계에 나 자신이 나타나기를!!

〈바벨의 컴퓨터〉

자, 마지막은 문제의 〈바벨의 컴퓨터The Computer of Babel〉
이다.

　이 작품에 대해서는 작년에 아르스 일렉트로니카[1]에 전시되었
을 때 일본에서도 몇몇 소개 기사가 나왔기 때문에 나도 그 존재
는 이미 알고 있었지만, 실물을 직접 본 것은 이번이 처음이다.

---

1) 1979년부터 매년 9월에 오스트리아 린츠에서 열리는 세계 최대의 미디어 아트 페
　스티벌. 1987년 이후로 콘테스트 'Prix Ars Electronica'도 동시에 개최되고 있으며,
　63개국 이상의 나라에서 10,000점 이상의 작품이 출품된다. '컴퓨터 애니메이션/비
　주얼 이펙트 부문' '디지털 뮤직 부문' '인터랙티브 아트 부문' '네트 비전 부문' '네
　트 엑설런스 부문' '언더 19 부문' 등 여섯 부문이 있고, 그랑프리인 골든 니카 상에는
　10,000유로로, 그 밖의 상에는 5,000유로가 각각 상금으로 주어진다. 1995년 이후, 예술
　감독은 게르프리트 슈토커.

아마도 적절치 않은 비교겠지만, 나는 여태 문학작품을 영상화한 것에 만족을 느낀 적이 한 번도 없고 또한 다른 미디어로 옮기는 것에 대해서도 회의적이기 때문에(원래 그것이 쉽게 실현될 수 있는 작품이라면 언어예술로서는 결함이 많은 작품이 아니겠는가), 이번에도 전시장을 찾아가기 전까지는 솔직히 말해 반신반의했고, 출품된 모든 작품 중에서 특별히 이것에 주목하고 있었던 것도 아니었다.

자료에 의하면[2] 작가 이고르 올리치는 크로아티아 자그레브 출신으로, 1963년생이니 올해 꼭 마흔 살이다. 1990년 자그레브 대학 철학부 사회학과를 졸업한 후 잠깐 출판사에 근무하다가 이듬해 내전 때문에 1993년 가족과 함께 도미했다. 이것을 계기로 창작을 개시하여 현재도 뉴욕에 아틀리에를 두고 이를 거점으로 활동하고 있다. 이번에는 공교롭게 정식으로 회견은 못 했지만, 회장에서 슬쩍 본 인상으로는 실제 나이보다 다섯 살은 더 젊어 보였다. 키가 크고 마른 체형에 얇은 셔츠와 청바지를 입은 수수한 옷차림으로 꽤 독특한 억양의 영어를 차분한 어조로 말하고 있었는데, 회장에서 상영되는 인터뷰 영상에서는 질문에 답변하는 동안 시종 조급하게 양손을 움직이며 다소 신경질적인 표정도 드러내고 있었다.

---

2) 『교토(京都) 미디어 아트 페스티벌 2003 프로그램』.

90년대에 발표된—작품의 질에 격차가 꽤 있는—올리치의 작품은 어느 것이나 "여러 가지 차이에 의해 은폐된 인간의 *단일성(oneness)*을 유머와 함께 적출하여 현재화(顯在化)한다"(고딕체 강조는 필자)라는 일관된 주제에 의거하여 제작되었고, 그를 위한 구체적인 전략으로서 "복수의 신체가 우연에 의해 부주의하게 나타내는 *단일한 운동을 기록*"하여 그를 통해 "개체 간의 차이가 소실되는 순간을 포착"[3]하는 수법을 사용하고 있다.

1997년에 발표되어 이번에도 출품된 작품 〈아이 드로잉eye-drawing〉은 그중에서도 가장 미적인 성공을 거둔 예이며, 적당한 엉뚱함이—천진함이라고 해도 난폭함이라고 해도 상관없지만—그것을 손상시키지 않는 범위에서 효과를 거두고 있다('미감'과 '유머'의 부적절한 배합은 현대미술작품에서 자주 보이는 보기 흉한 사례 중 하나다).

장치는 아주 간단하다. 참가자는 미리 256개의 색 중에서 자기가 가장 좋아하는 색을 하나 고른 다음 이름(혹은 닉네임), 성별, 나이, 혈액형, 국적, 피부·머리카락·눈동자의 색, 인종, 민족을 등록하고—이름 이외는 빈칸이라도 상관없다—머리에 시선의 움직임을 쫓아갈 수 있는 아이 카메라를 장착한다. 이것은 동

---

3) Igor Olic, "The art as a sincere scandal", *Contemporary Arts*, n. 67, Jan. 1998, pp. 45~51. 또한 논문 첫머리에는 'scandal'이라는 단어의 원래 의미인 '올가미'라는 뜻이 긍정적으로 강조되어 있다.

공·각막 반사방식으로 만들어진 것인데, 그 자체는 특별히 장식을 가한 것도 아니고 하얀 칠을 한 것을 제외하면 외관은 단순한 실험기구처럼 보인다. 이 시점에서는 일절 설명을 하지 않는다. 참가자들은 담당자의 안내를 받고 안이 보이지 않는 밀실로 인도되는데, 꼭 한 사람씩 들어가게 되어 있다.

내부 공간은 정확하게 한 변이 2미터인 입방체로 눈부실 정도로 밝은 흰색이며, 완벽한 방음구조로 되어 있다. 출입구는 단 하나뿐이다. 발을 들여놓으면 확실히 한순간 놀라게 된다. 방 가운데에는 역시 하얀 칠을 한 의자가 하나 있는데 참가자들은 상황을 이해하지 못한 채 일단 거기에 앉아 무슨 일이 벌어질지 궁금해하며 가끔 주변을 살펴보기도 하면서 정면을 향해 잠시 가만히 있는다. 그 다음 행동은 아마 가지각색이겠지만 대개 모두들 결국 아무것도 일어나지 않아 어리둥절해하며 밖으로 나오게 된다.

그러나 이 체험 자체는 작품의 이른바 준비단계이다. 아이 카메라를 벗은 참가자는 이번에는 불이 꺼진 별실로 안내되어 거대한 모니터—그것은 방금 나온 하얀 방의 벽의 한 면과 똑같은 크기다—앞에 앉게 된다. 이때는 동행자와 같이 있어도 되고, 앞뒤 참가자와 조를 짜게 될 경우도 있다. 그리고 그 화면상에서 조금 전 자신의 시선의 움직임을 자신이 고른 색(참고로 나는 옅은 파란색이었다)의 아이 마크로 보는 것이다.

이때 시선의 궤적은 보통 일 초 동안 표시되도록 설정되어 있지만, 이것은 '최단'(검출된 동공의 반사광을 기록하는 텔레비전 카메라 프레임의 최소시간과 동일한데, 여기서는 30분의 1초로 설정되어 있다)에서 1초 간격으로 5분까지, 나아가 '무제한'까지 자유롭게 설정을 바꿀 수 있다. '최단'의 경우 화면에 보이는 것은 거의 아이 마크의 점뿐이고, '무제한'의 경우에는 시선이 지나간 곳은 없어지지 않고 모두 남는다. 또한 아이 마크의 크기(필연적으로 궤적의 굵기)나 스피드도 변경할 수 있는데, 예를 들면 점을 약간 작게 하고 궤적의 표시시간을 '최단'으로, 스피드를 최고로 하면 화면 위를 종횡으로 날아다니는 시선의 움직임이 텔레비전에 자주 나오는 UFO를 포착했다는 영상(하늘을 지그재그로 날거나 순간이동을 하는 그것)처럼 보이고, 반대로 마크를 크게 하여 궤적 표시시간은 그대로 '최단'으로 해놓고 스피드를 꽤 느리게 설정하면 확대경으로 들여다본 미세한 수서생물처럼 보이기도 한다. 그 외에 설정에 따라서는 기하학적인 모양이 다양하게 변화해가는 것처럼 보이기도 하고, 별자리를 그려가는 것처럼 보이기도 하고, 불꽃을 손에 쥐고 휘두르는 것처럼 보이기도 하고, 클루조의 영화에 나오는 피카소의 캔버스처럼 보이기도 한다. 재주가 있는 사람이라면 거기에 자신이 의도한 대로 그림을 그려낼 수 있을지도 모르겠다.

　이것에 의해 확인되는, 시선의 격심한 흔들림은 우리가 흔히 아는 세계의 안정된 상(像)과는 너무나 거리가 멀기 때문에, 다양한 조작을 가할수록 그것이 자신의 *눈이 그려낸* 것이라는 사실에 뜻밖의 인상을 받게 된다. 그것은, 인간은 이렇게도 불안정한 흔들림을 통해서밖에 세계와 접할 수 없는 것인가, 하는 놀라움이다. 그러나 동시에 그 불안정함과 복잡함은 분명 어딘지 모르게 '살아 있는 존재'를 느끼게 해주며, 우리의 시야 속에는 항상 **생존하는 자의 긴장**이 내포되어 있다는 것을 재발견하게 만들기도 한다. 시선이 아주 잠깐 모니터 위를 이동할 때, 그 빠른 움직임 속에는 나 자신이 지시한 무언가가 있었을 터이고, 그 심리나 사고가 한 줄 선의 섬세한 움직임으로 나타나는 모습은 꽤나 스릴이 있다. 나는 가능한 한 그 움직임이 어디에서 유래하는지 기억을 더듬으려 했지만, 물론 기억은 그 속도를 따라갈 수가 없었다.

또한, 이것은 아마 우연한 효과겠지만, 아이 카메라가 동공·각막 반사방식이기 때문에, 눈을 깜빡일 때마다 시선의 움직임이 몇 초씩 절단되어 모니터에서 아이 마크가 사라져버린다. 즉, 인간은 태어나서 죽을 때까지 아주 짧은 몇 분초차도 세계를 연속된 모습으로 볼 수 없고, 끊임없이 눈꺼풀에 의해 시간 속에서 잘게 잘라진 형태로밖에 눈에 담을 수 없는 것이다. 이것은 당연한 사실이지만 의외로 신선한 발견이었다.

그런데 단순한 실험기구를 응용한 이 작품이 의도한 것은, 그러한 개인의 시선의 움직임을 단독으로 보는 것이 아니라 ensemble이라는 기능을 이용해 복수의 시선의 움직임을 화면상에서 동시에 보는 것이다. 참가자들은 임의의 인원수와 색을 설정하거나 혹은 참가자 일람표에서 구체적으로 흥미 있는 데이터 (성별, 인종 등 사전에 등록된 것)를 찾아 그것을 마음대로 편성할 수 있다. 손으로 조작하는 작은 컴퓨터 모니터에는 등록된 아이 마크의 닉네임과 데이터가 표시되는데, 그 모두에 각각 단독으로 시선의 움직임을 보았을 때와 같은 지시(아이 마크의 스피드, 크기, 궤적 표시시간의 변경)를 내릴 수가 있다. 게다가 시작시간은 개별적으로 설정할 수 있다. 모두 동시에 시작해도 되고 몇 초씩 간격을 두고 잇따라 아이 마크가 모니터 위에 출현하도록 설정할 수도 있다. 자신이 연출한 그 '시선들의 유희(the fun of the eyes)'는 원하면 CD-ROM에 기록하여 '작품'으로 가져갈 수도 있다.[4]

---

4) 스크린 세이버에 활용되는 예가 많다고 한다. 참고로 올리치는 1995년에 발표한 〈shock〉라는 작품에서도 같은 시도를 했다. 이것은 이른바 '거짓말 탐지기'를 응용한 것인데, 참가자에게 그가 편집한 크로아티아 내전 필름—그것은 매우 대담하게 색채나 역회전, 왜곡, 클로즈업 같은 방법으로 가공되기도 하고, 또는 극히 비참한 광경이 전혀 손도 보지 않은 채 화면 전체에 비추어지기도 하는데—을 보여주고 가장 크게 바늘이 흔들린 순간의 그 파형의 기록을 T셔츠의 가슴 부분에 프린트해서 가지고 가게 한 것이다. 자세한 것은 Thomas O'Casey, "Could *shock* shock the people living in such a *peaceful* country?", *The New World*, n. 16, Oct. 1995, pp. 65~69. 또한 여기서 오케이시는 성공의 이유로, 협조해준 젊은 취향의 패션 브랜드 T셔츠가 디자인적으로 뛰어나다는 점(구체적으로는 실루엣), 아마 그 덕분에 사회파로 알려져 있는 인기 록가수가 착용하여 유명해졌다는 점을 아이로니컬하게 지적하고 있다.

나는 내 것 이외에도 여섯 개의 아이 마크를 좋아하는 색깔만으로 골라서 한동안 여러 가지로 설정을 바꾸어 그것들을 바라보았는데 단순히 재미있었다. 개개의 아이 마크의 움직임은 지극히 복잡하고 뚜렷한 개성을 가지고 있으며(적어도 내가 받은 인상으로는), 게다가 그것들은 상호 간에 전혀 관계가 없는 것이 아니라, 처음 보는 도구에 경계하면서도 호기심을 억제할 수 없는 동물 같은 흥분을 공유하고 있었다. 이 작품의 미적인 성공 요인 가운데 하나는 복수의 아이 마크의 궤적에 대해, 배경의 하얀색이 충분한 공간을 확보하고 있는 데 있을 것이다. 그로 인해 색채는 서로 자유롭게 여유를 가지고 움직일 수 있어 빽빽하거나 혼탁해지지 않는다. 물론 의도적으로 그 불협화성(不協和性)을 강조하는 것도 가능하다. 궤적 표시시간을 늘리면, 당연히 스페이스는 채워지고 착종 정도는 높아진다. 그것은 몇 명의 연주자들이 제각기 다소 튀게 연주하는 프리 재즈를 듣고 있는 것 같은 인상을 준다—그것도 꽤 단순한 주제와 어프로치에 의한. 반대로 궤적 표시시간을 짧게 설정하여 우아하게 꼬리를 끄는 정도로 하고 스피드를 올려 운동성을 강조하면 마치 윌리엄 포사이스의 발레를 보는 것 같은, 극히 정묘하고 유기적으로 구축된 것으로 착각되는 '미'를 발견할 수 있다.

〈아이 드로잉〉은 이런 재미만으로도 충분히 작품으로서 성립되겠지만, 작자의 의도는 보다 정치적인—하지만 그 자체는 소박한—것이며, 또한 이 작품이 유럽에서 높은 평가를 받은 것도 그 점에 힘입은 바가 컸다는 것은 부정할 수 없다.

작가가 말하는 바는 이렇다. "국경은 그러므로 알기 쉬운 예이다. 왜냐하면 우리가 국적을 가지는 한 그것은 개개의 신체가 천진하게 그려내는 윤곽을 계속해서 축소되고 복제된 국경과 같은 것으로 만들어버리기 때문이다. (……) 오늘날 우리를 서로 격리시키고 있는 다양한 조건들—인종, 민족, 성별, 사회적 지위, 빈부의 차이 등—은 우리가 공유하는 동질성을 은폐하는 것에 다름아니다. 현대의 예술가는 그 사실을 고발하고 그것들을 벗겨내어 숨겨진 우리의 *단일성*(Oneness)을 드러내고 개개인의 *탈(脫)-차이화*(non-differentiate)를 도모해야 한다. (……) 예술은 따라서 우리의 윤곽을 절단하여 우리를 흘러넘치게 하는 도끼이다. 그 체험 속에서 인간은 나형(裸形)의 개인(One)이 되어 비로소 타자와 진정한 결합을 할 수 있다. 몇 가지 방법이 가능하다. 〈아이 드로잉〉이 시도하는 것은 *경악*과 불안에 휩싸인 익명의 개인의 반응을 기록하는 것이며, 제1단계(*경악*)에서 나타난 사람이 제2단계(*불안*)에서 어떤 행동을 보이느냐를 자세하게 관찰하는 것이다. 참가자는 하얀색 바탕 속에서 육체와 함께 자신을 상실하고 한 줄의 익명의 *궤적*(trace)이 된다. 그것은 풀어진 윤곽이며, 개방된 경계이며, 서로 메아리치며, 서로 어울리며, 서로 결합된다……"

여느 때와 마찬가지로 극히 초보적인 그릇된 비평적 태도 때문에 작품 자체가 아니라 작품에 대해 말한 작가의 이―약간 생경한―발언이 문제가 되어 난점으로 지적되었다. 『프로미넌스』지의 미술란을 담당하는 에드워드 코플랜드는 다음과 같이 비판하고 있다. "어떤 동일한 조건하에서 두 명 이상의 복수의 인간이 우연히 같은 신체적 반응을 보였다는 것만으로 그들이 사회적으로 가지고 있는 많은―때로는 아주 심각한―차이를 허위로 믿을 만큼 강한 공감을 얻을 수 있을까? (……) 만약 차이라는 것이 단지 외적인 문제에 지나지 않아서 신체로 도망쳐 들어가면(One takes sanctuary in his body) 그것이 사라져버릴 것이라고 생각한다면 너무나 순진하다고 하지 않을 수 없다. 결과는 오히려 그 반대가 아닐까? 요즘 유행하는 유전자를 둘러싼 논의는 핵세포 DNA가 교배 때마다 얼마나 쉽게 변화하여 전해지는지를 우리에게 알려준다. 인종이라는 더 넓은 범주를 예로 들어도 좋다. 신체는 사회적인 조건 이상으로 차이의 보고(寶庫)이다. 사실 작가의 **천진한 기대**(고딕체 강조는 필자)와는 달리 ensemble에서 아이 마크의 궤적은 하나의 통일된 패턴을 보여주는 데까지는 이르지 못했다. 그것은 완전히 제각각이고, 고독하다. 마치 거리를 걸어가는 현대인 자신처럼. 가령 완전히 자의적으로, **그러나 보다 세심하게 선택된** 의학상의 데이터를 사용한다면 작가가 꿈꾸는 *탈-차이화*를 실현시킬 방법이 있을지도 모르겠다. 하지만 그렇다면 별반 작품

화할 필요도 없이 그 자료 자체를 보면 되는 일이 아닐까?"[5]

　코플랜드의 비판은 다분히 앞에서 말한 '복수의 신체가 우연에 의해 부주의하게 나타내는 단일한 운동'이라는 올리치의 말에 근거하는 것이므로 그 자체는 모순이 없는 의견이지만, 작품의 해석으로는 다소 조잡하다고 하지 않을 수 없다. 올리치의 설명에는 분명 오해의 여지가 있지만, 굳이 변호한다면 〈아이 드로잉〉이 노리는 바는 갑자기 닥쳐오는 *경악*이나 불안에 직면한 모든 인간에게 완전히 똑같은 반응을 나타내게 하여(그런 일이 있을 수 없다는 것은 자명할 테지만) 그 결과를 가지고 그들의 *단일성*을 밝히려는 것이 아니라, 상황이 그들을 질적으로 완전히 동일하게 다룰 수 있는 운동 속에 끌어들임으로써 거기에서 불필요한 외적 부대성(付帶性), 즉 '차이'가 실질적으로 소실되는 공간을 제공하는 것이다. 즉, '*단일하다*'는 사실성의 지적이라기보다 사실을 창출하는 가능성의 추구인 것이다. '*단일한*'이라는 말은 따라서 ─〈아이 드로잉〉에 입각해서 보충한다면─ 아이 마크의 색이나 크기, 스피드 등과 마찬가지로 미적인 구성요소로서 각각의 운동이 우열 없이 대등하게 다뤄질 수 있다는 그 사실을 의미하는 것이지, 구체적인 운동 패턴에 관해서 말하고 있는 것이 아니다. 차이의 존재는 오히려 전제이며, 단지 그것이 어떤 메타 차원의 가치체계

5) Edward Copland, "ART, n. 28", *The Prominence*, n. 253, Sep. 1998.

내로 회수되면 무효한 조건이 되어버린다는 발상이 이 작품의 근본이다. 그 점을 분명히 한 후에, 코플랜드가 앞에서 비판하고 있는 것처럼 그것이 많은 사회적인 차이에 대항할 수 있을 만한 내용을 가지고 있는지 어떤지를 의문시할 수는 있다.

어쨌든 이러한 논의는 비생산적인 인상을 불식하기 어렵다. 가령 올리치가 자신의 의도하는 바에 정확하게 대응하지 않는 작품을 만들어냈다고 해도 그것과 작품 자체에 대한 평가는 구별해서 생각해야 한다. 때로는 그것이 작가의 '천진한 기대'의 매력적인 실패라 해도, 그 '실패'가 아니라 '매력' 쪽이야말로 우리가 보아야 할 것이 아닌가.

중요한 것은 이러한 비판적인 반응이 작품 발표 직후에 나타난 것이 아니라 일정한 시간을 두고, 즉 그 나름대로의—그들에게는 명백히 부당할 정도의—상찬을 받은 후에 나왔다는 점이다. 그것도 『프로미넌스』지 같은 속물적인 잡지에 그리 질이 좋다고는 할 수 없는 논의의 방식으로. 이것은 전문지에 게재된 아주 우수한 논고보다도 올리치가 거둔 성공의 성격을 아는 데에는 훨씬 웅변적이다. 〈아이 드로잉〉을 비롯한 그의 작품이 앞서 언급한 바와 같이 특히 유럽에서 높은 평가를 받은 것은 극우파의 대두에 고민하고 있는 그곳의 정치적 상황과 전혀 무관하다고 할 수 없을 것이다. 그런 의미에서 확실히 그에게는—이것 또한 '극히 초보적인 그릇된 비평적 태도 때문에'—창작 태도에 대한 평가에 의해 그 명성을 얻은 일면이 있다는 것은 지적할 수 있을 것이다. 그리고 또하나 아이러니라면, 그에 대한 일본에서의 평가가 여느 때와 마찬가지로 유럽에서의 평가에 힘입은 바가 무척 크다는 것이다.

〈바벨의 컴퓨터The Computer of Babel〉에서 〈아이 드로잉〉을 대표작으로 하는 90년대 올리치의 작품과의 연속성을 찾아내기는 그리 어렵지 않다. 다만 그 주제의 중심은 크게 이동해 있다.

Babel이란 말할 것도 없이 구약성서 「창세기」 11장 1절에서 9절에 나오는 고장의 이름이지만, 작품 자체는 오히려 그것에 기초한 호르헤 루이스 보르헤스의 단편소설 「바벨의 도서관La Biblioteca de Babel」[6]을 모티프로 삼았고, 동시에 그에 대한 비평적 시점에서 성서의 기술 자체에 대한 재접근을 시도하고 있다.

발상 또한 극히 단순하다. 한마디로 말하면, 그것은 '바벨의 도서관'에 있는 모든 장서(보다 정확하게 말하자면 그 각각의 페이지)를 컴퓨터를 이용해서 실제로 만들어내려는 시도이다. 그것은 오리지널 텍스트가 결여된 상태에서 작성되는 데이터베이스와 같은 것이며, 오브제, 시스템, 혹은 완성된 장서라기보다 그 퍼포먼스 자체를 작품화한 것이다.[7]

---

6) 본문 가운에 「바벨의 도서관」에서 인용한 것은 모두 『전기집傳奇集』(쓰즈미 다다시 鼓直 역, 이와나미문고)에 의함. 단, 원전 J. L. Borges, "La Biblioteca de Babel", *Ficciones Relatos*, Seix Barral, 1986, pp. 79~89를 참고하여 필요한 경우 필자가 어구를 고친 곳도 있다.

보르헤스가 「바벨의 도서관」에서 시도한 아주 기발한, 하지만 너무나 황당한 지적은, 모든 단어, 모든 문장―요컨대 언어 표현이 가능한 것 모두는 제각기 알파벳의 '모든 가능한 조합―그 수는 매우 방대하나 무한은 아니다―'의 한 나열(그 부분 혹은 전체)에 지나지 않는다는 사실이다.[8]

실은 소설로서는 완벽하게 보이는 「바벨의 도서관」에도 다소의 애매함이 남아 있다.

'도서관'은 가운데에 '환기구'가 뚫린 육각형의 플로어를 상하 부정수(不定數)로 쌓아올린 구조로 되어 있고, 각각의 층의 두 변을 뺀 네 변의 벽에는 5단으로 된 같은 형태의 서가가 설치되어 있다고 한다. 거기에 수납된 책은 32권인데,[9] 역시 모두 같은

---

7) 울리치 자신은 인터뷰 비디오에서 스폰서 중 하나인 어떤 컴퓨터 회사의 기술자가 그 발상이 '아주 원시적'이라고 일소에 부친 일화를 소개하고 있다. 만일 정말 '조합'을 통해 모든 문장을 만들어내려는 것이라면 알파벳이 아니라 사전에 있는 단어를 그 최소단위로 해서 문법적으로 불가능한 전후 관계에 있는 개개의 단어 나열은 배제하면서 배열을 생각하는 프로그램 쪽이―터무니없기는 마찬가지겠지만―그래도 텍스트에서 어느 정도의 '의미'를 찾아낼 가능성이 높지 않겠느냐는 내용이었던 것 같다. 지당한 지적이지만, 그 경우 '도서관'의 장서는 선택된 어느 한 언어에 한정된 것이 되고 게다가 단어의 총수(미래의 조어는 필연적으로 포함되지 않게 된다)를 확정할 수 없는 이상 아주 불완전한 것이 될 수밖에 없다. 어쨌든 작품의 박력이란 점에서는 상당히 매력을 상실하게 된다. 주 16)에도 썼지만, 현실적으로 이 작품에는 '끝'이 없고, 따라서 결과보다 과정인 행위 그 자체에 중점이 두어지는 것으로 이해해야 할 것이다.
8) 이런 발상은 일본인에게는 아주 엉뚱한 것으로 느껴지는데, 애너그램의 전통에서 보면 그다지 놀라운 일이 아닐지도 모르겠다.

형태이며 각각 410페이지, 각 페이지는 40행이며, 1행은 약 80자의 검은 활자로 이루어져 있다. 맞춤법상의 기호 수는 25개로, 쉼표, 마침표, 단어와 단어 사이에 두는 한 칸의 공백(이것도 하나의 기호로 센다), 알파벳 22자이다.[10] 모두 소문자이며, 아라비아 숫자는 포함되어 있지 않다. 그리고 '광대한 도서관에 똑같은 두 권의 책은 없다'. 이것이 아주 중요한 전제가 되어 있다.

그런데, 과연 '도서관'의 장서가 알파벳의 모든 가능한 조합을 망라하고 있다면 인류가 쓸 수 있는 모든 서적이 거기에 소장되어 있다는 말이 된다. 작품 속의 말에 따르면 "미래의 상세한 역사, 치천사(熾天使)들의 자서전, 도서관의 신뢰할 수 있는 목록, 몇천 몇만이나 되는 허위 목록, 이들 목록의 허위성의 증명, 진실한 목록의 허위성의 증명, 바실리데스의 그노시스 파 복음서, 이

---

9) 작품 결말 부분에 '30권'이라는 숫자가 나오는데, 이것은 '약(約)'으로 해석했다. 올리치는 앞에 말한 인터뷰 비디오에서 "몇 번을 시도해봐도 '도서관' 그림을 그릴 수가 없었다"고 쓴웃음을 짓고 있었는데, 실제로 '도서관' 구조에 관한 설명은 매우 불친절하다.

10) 「바벨의 도서관」에서는 J, U, W 외에 K자가 제외되었을 것이다. 라틴어에는 G라는 문자가 탄생함과 동시에 〔g〕음을 나타내고 있던 C가 K를 대신하게 되었다는 것은 주지하는 바이다. 보르헤스가 이 문제를 충분히 의식하고 있다는 것은 제사(題辭)의 "By this art you may contemplate the variation of the 23 letters"라는 문장에서 '23 문자'라는 생각을 전제로 하고 있는 것을 보아도 명백하다. 사족이긴 하지만, 소설 「바벨의 도서관」의 일어판은 주 6)의 쓰즈미 다다시 역 외에 슈에이샤 판 시노다 하지메(篠田一士) 역도 있는데, 둘 다 그 "the 23 letters"를 '23통의 편지'로 오역한 것은 이해하기 어렵다.

복음서의 주해. 이 복음서의 주해의 주해, 당신의 죽음의 진실의 기술, 각각의 책의 모든 언어로의 번역. 각각의 책의 모든 책 속으로의 삽입" 등, 하여튼 일체이다. 일본 문학도 예외는 아니다. 단, 모두 로마자 표기이지만.

그런데, 여기서 당연히 다음과 같은 의문이 생긴다. 예를 들어 마르셀 프루스트의 『잃어버린 시간을 찾아서』에 대해 생각해보자. 다 아는 바와 같이 아주 장대한 작품인데, 물론 이 작품도 전권 도서관에 소장되어 있어야 한다. 다만, 한 권으로 수록할 수 없을 테니까 분권이 된다.[11] 이때 이 작품은 제1편「스완네 집 쪽으로」부터 제7편「되찾은 시간」까지, 정확히 순서대로 같은 서가에 나란히 놓일 수 있을까?

가령 개개의 책에서 가능한 25개 기호의 조합이 모두 시도되고, 또한 '광대한 도서관에 똑같은 두 권의 책은 없다'고 한다면 '도서관'은 아무리 무한에 가깝게 상상되더라도 유한하다. 그 계산은 아주 간단하다. 쉼표, 마침표, 공백, 알파벳의 합계 25개 기호의, 1페이지＝80자×40행＝3,200자의 조합의 총수는 25의 3,200제곱이다. 그리고 한 권이 410페이지로 이루어졌으니 페이지 조

---

11) 반대로 한 권의 페이지 수에 못 미치는 짧은 작품인 경우에 그것의 과부족이 없이 수록되어 있는 책은 존재한다. 왜냐하면 한 칸의 공백도 여기서는 '기호'로 세기 때문이며, 작품이 책 도중에 완결되고 그 뒤부터 마지막 페이지까지 오로지 여백이 계속되는 경우를 생각할 수 있기 때문이다. 물론 다른 작품이 같이 수록되어 있는 경우도 있을 것이다.

합의 총수는 25의 3,200제곱의 다시 410제곱, 즉 25의 1,312,000제곱이다. 이것이 '바벨의 도서관'의 장서의 총수이며, 내친 김에 마저 계산한다면 서가 한 단에는 32권의 책이 수록되고, 그것이 벽마다 다섯 단, 한 층에 네 군데 설치되어 있으므로 한 층의 장서 수는 32권×5단×4군데=640권, 도서관은 25의 1,312,000제곱÷640층이라는 계산이 나온다. 엄청난 숫자이긴 하지만 *무한*은 아니다. 소설의 결말 부분에 "세계에는 한계가 없다고 상상하는 자들은 가능한 책의 수는 한계가 있음을 잊는다"라는 구절이 있다. 이때 이 '도서관'의 주인(住人)[12]이 『잃어버린 시간을 찾아서』를 전권 독파하는 것은 가능할까?

'도서관'의 책 배열의 규칙에 대한 기술은 없다. 다만, 말미에 '무질서'란 말로 그 상태가 표현되어 있는 이상, 어떤 책의 첫머리가 인접하는 책의 마지막 페이지와 이어져 있다고는 약속되어 있지 않다. 따라서 극히 낮은 확률이지만 우연히 『잃어버린 시간을 찾아서』의 전권이 한 서가에 나란히 있다 해도 『특성 없는 남자』나 『티보 가의 사람들』과 같이 어쩔 수 없이 분권되는 다른 모든 작품들이 모두 한 서가에 모여 있다는 보증은 어디에도 없다.

---

12) 물론 이 '도서관'이라는 것은 첫머리에 나와 있는 대로 '우주'의 알레고리이며, '주인(住人)'이란 즉 '인류'를 말한다. 그러나 진정한 의미에서 강인한 알레고리라는 것은 리얼리즘에 의한 검토를 잘 견뎌내며 나아가 내용 자체를, 알레고리를 성립시키기 위한 주요한 속성으로 미리 내포하고 있는 것이 아닐까?

그렇다면 도중에 끝난 어떤 책의 다음 권을 이 '도서관'의 주인(住人)이 찾아내 읽는다는 것은 무한히 불가능에 가깝다. 우선, 읽고자 하는 책을 찾아내는 데 어려움이 있다. 이에 대해서는 소설 속에서도 여러 번 강조되어 있다. 그리고 우연히 그럴듯한 책을 한 권 찾아냈다 하더라도 그것이 정말로 유일한 속편인지 아닌지는 아무도 확정할 수 없다. 「꽃피는 아가씨들 그늘에」의 회상 도중에 갑자기 주인공이 죽어버리는 책을 찾아냈다 해도 그 진위를 판정할 수 있는 방법은 없으며, 그것이 이야기로서 충분히 매력적이라면 오히려 그것이 속편으로 인정받게 될지도 모른다. *진짜 줄거리*라는 것은 이미 존재하지 않으며 모든 것이 상대화되고 동등하게 속편이 될 자격을 가지기 때문에 논리적으로는 모든 책이 속편이 될 수 있고, 임의로 선택된 어떤 한 권의 책이 두 권으로 완결되는 경우 그 가능한 조합은(똑같은 내용이 두 권에 걸쳐 반복되어 갑자기 끝나는 경우도 포함한다면), 25의 1,312,000제곱의 가짓수, 세 권이라면 25의 1,312,000제곱의 2제곱의 가짓수, ……영원히 완결되지 않는 경우에는 25의 1,312,000제곱의 무한제곱의 가짓수를 생각할 수 있다. 유한한 '도서관'이 엄밀한 의미에서 *무한*이란 관념과 연결되는 것은 이때이다.

여기서 생각해야 하는 것은 소설의 첫머리 부분에 있는 "단언컨대 도서관은 무한하다"라는 구절이다. 이 사실은 결말 부분에서도 "*도서관은 무한하며 주기적이다*"라고 되풀이되고 있다. 이것은 과연 어떻게 이해해야 할까.

단서는 각주에 씌어진 다음과 같은 견해이다. "레티시아 알바레스 데 톨레도는, 광대한 도서관은 무용지물이라고 했다. 엄밀하게는 보통 판형으로 9포인트 내지 10포인트 활자로 인쇄되고 무한히 얇은 페이지의 무한수로 이루어진 '한 권의 책'이면 충분하기 마련이다(17세기 초에 카발리에리는 모든 개체는 무한수의 면의 누적이라고 했다). 이 비단 같은 감촉을 가진 편람은 다루기가 쉽지 않을 것이다. 표면의 한 페이지가 비슷한 다른 페이지로 나뉘어 있어, 믿기 어렵겠지만, 가운데 페이지에는 뒷면이 없을 것이다." 만일 보르헤스가 '도서관'을 무한수의 페이지로 이루어진 한 권의 책으로 생각했다면 — 즉 모든 장서가 단 한 권의 끝이 없는 책이 순서대로 나열된 분권이라고 생각했다면 분명 그것은 '*무한하며 주기적이다*'. 이때 '도서관'의 어떤 층의 주인(住人)은 1편에서 7편까지 우리가 아는 대로의 내용과 순서로 정렬되어 있는 『잃어버린 시간을 찾아서』를 읽을 수 있는 가능성이 있고, 또다른 층의 주인은 『특성 없는 남자』를, 또다른 층의 주인은 『티보가의 사람들』을 한 서가에서 역시 순서대로 발견할지도 모른다. 그러나 이러한 가정은 앞에서 말한 '*광대한 도서관에 똑같은 두 권의 책은 없다*'라는 전제와 모순된다. 장서가 단지 '한 권의 책'의 분책일 때, 그중 어느 한 권이 다른 한 권과 글자 하나 구절 하나 다르지 않을 수는 있다. 왜냐하면 그것들은 서로 어떤

'한 권의 책'의 부분이기 때문이다.

「바벨의 도서관」이 애매함을 남기고 있는 것은 바로 이 점이며, 나는 그 논리적인 정합성을 증명할 수 없다.

그런데, 장황하게 써왔지만, 이 무한이냐 유한이냐 하는 설정의 차이는 이고르 올리치의 〈바벨의 컴퓨터〉에서도 중요한 의미를 지닌다. 결론부터 말하면, 〈바벨의 컴퓨터〉는 유한하다. 그리고 그 유한성을 현재화시키는 것이 컴퓨터라는 미디어이며 즉 테크놀로지라는 점에야말로 이 작품의 현대성이 있는 것인데, 그전에 좀더 상세히 그 내용을 보기로 하자.

작품은 다른 것과 마찬가지로 밀실이다. 작가의 설명에 의하면 그것은 '도서관'의 최상층이며 동시에 일층이기도 하고, 게다가 그 사이의 어느 층이기도 하다. 벽은 온통 하얀색인데 계단을 올라 원통형으로 되어 있는 실내에 들어가면 또 새하얀 정육각형의 회랑이 나타난다. 소설 「바벨의 도서관」의 기술대로 중앙에는 구멍이 뚫려 있고 난간은 꽤 낮은 위치에 달려 있다. 천장은 정육각형의 한 변의 길이와 같은 2.5미터이고 중앙은 막혀 있다. 통로는 두 사람이 걸어도 조금 여유가 있을 정도의 폭인데, 작가가 지시하는 대로 한 사람씩만 들어가게 되어 있다.

여섯 개의 벽 중 마주 보는 한 쌍은 출구와 입구, 다른 네 개는 바닥에서 천장까지 같은 모양의 15인치 화면의 데스크톱 컴퓨터로 완전히 메워져 있고 화면을 제외한 모든 부분이 하얀색으로 통일되어 있다. 그 수는 한 면당 가로 7대×세로 10대로 합계 70 대, 회랑 전체로 보면 70대×4면=280대인데[13] 키보드와 본체는 배후에 감추어져 있고 모니터만이 빈틈없이 벽 전체를 덮고 있 다. 회랑 중앙에 있는 구멍에는 한 대당 210개의 하드디스크 드 라이브(용량 120GB)를 탑재할 수 있는 디스크 어레이 장치 10대 가 들어 있는데,[14] 흰 아크릴판 커버를 통해 그 일부를 볼 수 있 다. 작품이 이층 건물과 같은 구조로 되어 있는 것은 이 때문인

13) 이 대수에 의미가 있는지 없는지는 모르겠지만, 원래 보르헤스의 '도서관'도 당 시 그가 근무하고 있던 알마그로 가(街)의 실제 도서관을 모델로 해서 책 권수를 결정 했다고 하니 신경 쓸 필요가 없는 문제일지도 모른다. 참고로 만일 소설대로 1면당 32 대×5단=160대의 컴퓨터를 늘어놓으려면 작품은 지금의 두 배 이상의 규모가 된다. 이 작품이 아르스 일렉트로니카에 출품되었을 때 사용된 컴퓨터는 1면당 32대, 합계 128대이며 기종도 여러 종류가 섞여 있었지만, 그후에 개인과 기업을 포함한 여러 스 폰서가 생긴 덕분에 지금은 동일 기종으로 전체를 갖추게 된 모양이다. 이 컴퓨터는 64비트 CPU를 사용하고 있어 시각적인 통일감의 향상 이상으로 각 컴퓨터의 버퍼 사 이즈를 확대하여 하드디스크 드라이브의 기록 횟수가 대폭 감소되고 처리 속도는 크 게 빨라졌다고 한다. 또한 알고리듬에도 상당한 변경이 가해진 모양이다. 이 작품의 제작이 가능해지고 또 향후의 유지발전을 가능하게 하기 위해 '자력(資力)'이 아주 큰 의미를 가진다는 점은 중요하다(주 14 참조).
14) 가령 1페이지 80문자×40행=3,200바이트라고 가정하면 하나의 HDD에는 120GB÷3,200바이트=40,265,318.4페이지, 여기에 있는 디스크 어레이 장치 전체로 는 40,265,318.4페이지×210개×10대=84,557,168,640페이지를 보존할 수 있다(실 제로는 클러스터 관계로 이보다 적어지겠지만). 이것은 주 16)에 있는 대로 작품을 24 시간 작동시킨다고 할 때 3년이 넘어야 얻을 수 있는 데이터 양이다. 물론 교환은 가 능하겠지만, 경제적으로 부담이 크고 끝이 안 보이는 이러한 문제의 극복은 작품의 존 속 근간과 관련이 있다.

데, 유감스럽지만 이 '기억중추' 의 층에는 들어갈 수가 없다. 실
내는 완전한 방음구조로 되어 있고 안에서는 단지 컴퓨터가 작동
하는 소리만 끊임없이 이어진다. 기묘한 일이지만, 시각적인 인
상 이상으로 그 소리가 주는 인상이 원래는 무음일 터인 '활발한
뇌' 라는 이미지를 연상시켰다.

280대의 모든 컴퓨터 모니터에 '도서관' 의 장서 한 페이지와
같은 분량인 1행 80자×40행=3,200개의 기호가 나타났다가 시
시각각으로 변화해간다. 사용되는 것은 쉼표, 마침표, 한 칸분의
공백, 알파벳 26글자를 합한 29개의 기호이다.[15] 그 알고리듬에
관한 상세한 내용은 알 수 없지만, 요컨대 이들 모든 컴퓨터가 24
시간 계속 가동하면서 맹렬한 스피드로 29개 기호의 모든 조합을
시도하고, 그 기록을 축적해가는 것이다.[16]

이 작품에 관해서 올리치 자신은 아르스 일렉트로니카 출품에

---

15) 올리치가 여기서 '도서관' 과 같은 22개가 아니라 26개의 알파벳을 사용하고 있는
이유는 밝혀져 있지 않다. 라틴어라는 지극히 '특권적' 인 언어에 의거한 표기법을 그
가 싫어했을 거라는 상상은 일단 가능하지만, 이 문제를 오늘날의 영어의 '세계언어
화' 라는 상황과 함께 생각해보는 것은 감상자의 자유이다.

16) 전혀 정확한 계산은 아니지만, 화면의 변화를 지켜보면 컴퓨터 한 대에서 약 10초
동안 29개의 기호가 한 칸 속에서 변화하고 있는 것 같다. 참고로 그것을 근거로 계산
하면(멀티스레드에 의해 기록중에도 처리가 정지하지 않는다는 것을 전제로 하고, 또
한 트러블이 생길 수 있는 가능성을 제외했을 때), 29가지×280대=8,120페이지가 10
초 동안에 탄생하고 있다. 하루에 8,120페이지×360초×24시간=70,156,800페이지,
1년이면 70,156,800×365일=25,607,232,000페이지가 된다. 이것만 보면 굉장한 양이지

344

즈음하여 다음과 같이 해설하고 있다.[17]

먼저 그가 지적하는 것은 보르헤스가—아주 보르헤스다운 이야기이기는 하지만—「바벨의 도서관」 속에서 '책'에 지나치게 구애되고 있다는 점이다. 올리치는 강조한다. 만일 '도서관'이 언어 표현이 가능한 모든 것을 포함하고 있다면, 우리는 곧 우리들 자신이 일상적으로 말하고 있는 발화언어에 대해 생각하게 되지 않을까? '책'이란 아주 특수한 하나의 형태에 지나지 않으며, 게다가 바로 그 형태, 가치, 제작과정, 표현수단에 의해 역사상 항상 '쓰는 자'와 '읽는 자'를 특권적으로 다루고 또한 양자를 엄밀히 준별해왔다. 그에 비해 발화언어는 그 누구도 거부하지 않는다. 그것은 가격을 가지지 않고 자유로이 개방되어 있어 누구나 사용할 수 있으며 화자에 따라 상대적으로 변화한다.

보르헤스가 '도서관'의 장서로서 '미래의 상세한 역사, 치천사(熾天使)들의 자서전……'이라고 예를 열거해갈 때, 그것들에는 늘 망령같이 '작가'라는 관념이 따라붙는다. 씌어진 것이 선행해

만 〈바벨의 컴퓨터〉에 의해 산출되는 모든 페이지는 29개 기호의 3,200제곱이므로 가령 1년에 탄생하는 페이지 수를 지금의 약 20배인 29의 8제곱(=500,246,412,961)으로 생각해도 완성까지 29의 3,192제곱년이 걸리게 된다. 만약 인류 종언의 순간까지 영속하는 것을 '영원'이라고 부를 수 있다면, 과연 이것은 '영원을 넘어서(ab aeterno)'(「바벨의 도서관」) 존재한다고 할 수 있을 것이다. 이론적인 전제를 무화(無化)하는 현운(眩暈)에서 생각할 때, 그것은 실질적으로 무한하다.

17) Igor Olic, "The Computer of Babel", *Ars Electronica*, 2002.

서 쓴 자를 낳는다고 그는 지적한다. 왜냐하면 실재하는 모든 '서적'이 쓴다는 행위의 결과라는 사실은 오늘에 이르기까지 단 한 번의 예외도 없기 때문이다. 그리고 그 쓴다는 행위가 한정된 자에게만 허락된 '문자'라는 특권적인 도구에 의한 것이라면 그 결과 또한 당연히 같은 배타성을 띠지 않을 수 없을 것이다. 그때 '도서관'은 우리의 가능성이면서도 결국 우리 자신은 아니다. 실제로 「바벨의 도서관」에 그 성립에 관한 기술은 전혀 없다.[18] 〈바벨의 컴퓨터〉는 바로 거기에서 이 문제에 대한 이른바 비판적인 보충이 되

---

18) 올리치는 구약성서의 바벨의 탑에 관한 기록에 대해 흥미 있는 말을 하고 있다 (Igor Olic, "The Computer of Babel", *Ars Electronica*, 2002). 예컨대 흔히들 신이 바벨의 탑을 무너뜨린 것은 인간의 '오만함'을 훈계하기 위해서라고 한다. 그러나 과연 그럴까? 가령 신이 전능하다면 인간에게 준 말의 문법이, 거기에 사용되는 '음'의 조합의 한 가지 예에 불과하다는 것을 당연히 알고 있었을 것이다. 그들은 그 단 하나의 언어만 알고, 게다가 세계에 남아 있는 다른 광대한 장소를 거들떠보지도 않고 한 곳에 정주하려고 했다. 신이 '그들의 말을 뒤섞고' '온 땅으로 흩어놓은' 것은 인간을 가능성을 향해 더욱더 전진시키기 위한 은총이 아니었을까라는 것이다.

이 해석이 신학적으로 얼마나 대담한 것인가에 대해서 여기서 논의할 수는 없다. 하지만 우선 다음과 같이 보충해두는 것은 가능하다. 인간은 '온 땅 위에 흩어지지 않게 하자'라고, 이미 탑을 짓는 단계부터 말하고 있다. 이것은 탑을 지어서 '꼭대기가 하늘에 닿게 하자'라는 적극적인 기원과는 전혀 다른 동기다. 만약 올리치가 말하는 것처럼 신이 단일한 언어와 단일한 대지를 고집하는 인류에게 무한한 가능성으로 나가기 위한 시련을 부여했다고 한다면, 이 구절의 비(非)헤브라이적인 발상은 놀라운 것이다. 그 위화감은 말할 것도 없이 말라르메가 안고 있었던 '지고(至高)한 언어'의 결핍감에까지 이어져 있다(이러한 관점에서 볼 때, 「바벨의 도서관」이란 다시 모아져서 하나의 탑의 형태로 쌓아올려진 신으로 향하는 길이며, 부정신학적 견지에서 보면 신이란 '도서관'의 전체 부정이다.) 그것이 '오만함'이든 '고집'이든, '기원신화'에서 '과실(혹은 비본래적인 생)'이 큰 의의를 갖는다는 것은 새삼스럽게 강조할 필요도 없다.

는 것이다. 올리치는 말한다. "〈바벨의 컴퓨터〉는 인류 탄생 이후, 아니 인류 이전의 원숭이들의 외침에서부터 인류가 절멸하는 그날 마지막 인간의 중얼거림까지 모두 산출한다. 물론 그런 유일한 현실을 완전히 혼란에 빠뜨릴 가공의 말도 동시에. 개개의 인간은 이 작품을 통해 언어의 형태로 그에게 가능한 모든 생을 살 수 있고, 인류는 그들에게 가능했을 터인 모든 역사를 경험한다. 인간은 여기에서 무한히 윤회하고, 단 하나뿐인 완전한 우연에 의한 생─ 요컨대 지금 현재의 생─은 그의 존재의 사실성의 증명에만 유효할 뿐이며, 그는 그이면서도 늘 타자일 수도 있다. 내전이 한창일 때 총탄을 맞아 죽은 이름도 없는 아이는 그 짧은 평생 동안에 입에 담은 어떤 하찮은 한마디까지도 빠짐없이 기록되고, 동시에 잃어버린 그의 십 년 후의 시(詩)도, 첫사랑의 상대에게 고백할 말도, 꿈꾸고 있던 평화로운 어느 먼 나라에서 보낼 평생도 주어진다. 물론 그 반대도 있다. 차별주의자는 바뀐 고유명사에 의해 완전히 피차별자의 평생을 살게 되고, 대립하는 두 종교의 신도들은 자신이 죽인 상대가 그 순간까지 살아온 생을 남김없이 경험하게 된다. 모든 인간들이 차이 없이, 가능한 모든 생을 거기에서 산다. 이때 죽음은 그들을 언어에 의해 온전하게 하는 마지막 꿈이다.

컴퓨터는 그 때문에 모든 '씌어지지 않는 말'을 구제하고 기록한다. '씌어질 수 있는 말'은 단지 그 예외에 지나지 않으며, 게다가 그 특권성은 박탈된다. 왜냐하면 어차피 그것들을 산출하는 것은 오직 *하나의 어떤 프로그램*이며, 그것들은 무한에 가까운 다양한 말 속에서 우연히 생긴 어느 한 가지에 지나지 않기 때문이다. 거기에서는 물론 종교도, 민족도, 인종도, 이데올로기도 전혀 의미를 지니지 않는다."

〈바벨의 컴퓨터〉는 「바벨의 도서관」보다 생생하고, 명확한 정치적 주장을 포함하고 있는 만큼, 역으로 말하면 정서적이고, 약간 왜소해진 인상은 부정할 수 없다. '도서관' 이란 이른바 역사의 압축이며 시간의 정지(靜止)이다. 거기에는 이미 있고, 앞으로 있을 시간이, 있을 수 있었을지도 모르는 모든 시간과 아무 다를 바 없이 표본처럼 평탄한 지평 위에 가만히 놓여 있다. 그런 의미에서 '도서관' 은 시간을 초월한 존재이며, 그것을 테크놀로지라는 매우 현재적인 역사적 요소와 직결시켰다는 의미에서 이 작품의 성립은 ─ 다소 부적절한 이미지인지 모르겠지만 ─ 기독교에서 말하는 '성육신(成肉身)' 에 가까운 성격을 가지고 있다.[19] 단, 그 로고스는 모든 기복을 잃어 무서울 정도로 거대하지만 아주 단조로운 것이다.

실제로 올리치가 '죽음' 을 '꿈' 이라고 말할 때 피안의 세계를 바라보는 그의 눈길은 지극히 가톨릭적이며, 그 때문에 피안에서

---

19) 어쨌든 올리치의 사고 속에 기독교적인 발상 ─ 그것도 유대-기독교적이라기보다 그리스-기독교적인 발상 ─ 이 보이는 것은 확실하다. 아울러 주 18)을 참조할 것.

의 영위는 다시 니힐리즘으로 밀려 떨어질 수도 있다. 〈바벨의 컴퓨터〉의 참가자 부재는 그 현상의 하나라고도 할 수 있으며, 그런 의미에서 이 작품은 인간의 *단일성* 추구라는 주제에서는 연속되어 있지만 과거 작품의 연장선상에서 보기보다 그것과 대치시켜서 보는 편이 더 적절할지도 모른다. 그러나 만일 우리가 이 작품에서 그의 지금까지의 작품들과 같은 정치적인 의도를 인정한다면, 그것을 서양 사상의 통설적인 입장에서 이미 극복된 사상으로 비판하는 것은 부당할 것이다. 왜냐하면 올리치가 있었을 때의 크로아티아와 마찬가지로 세계에서는 지금도 전투가 그치지 않고 그 절망적인 상황 속에서 사람들은―특히 아이들은―단지 피안으로의 꿈을 유일한 위안으로 삼고 죽어갈 수밖에 없기 때문이다. 그것은 지금의 팔레스타인과 아프가니스탄도 마찬가지다. 이 현실을 이념적으로 부정하는 것은 불가능하다. 〈바벨의 컴퓨터〉는 그런 의미에서 일종의 어필임과 동시에 '신이 부재하는 시대'에 피안을 향해 희망을 거는 하나의 방법인지도 모른다.

그 점을 인식하고 나서, 우리는 그 희망이 컴퓨터에 의탁되어 있다는 주제의 그로테스크함을 보게 될 것이다. 이 작품의 박력이, 인간에게 가능한 모든 언어 표현이, 인간의 뒤를 쫓아, 또한 앞서서 컴퓨터에 의해 망라적으로 표현되려는 그 광경의 구체성에 있다는 것은 의심할 수 없다. 그리고 그 작업에는 끝이 있으며, 그후에 인간이 말할 수 있는 것은 모두 이 컴퓨터에 의해 산출된 언어뿐이다. 테크놀로지는 규모의 대소를 막론하고 여태까지 항상 올리치의 작품에서 중요한 역할을 해오긴 했지만, 지금은 거기에 더욱더 관심을 기울이고 있다. 신의 전능성이란 언뜻 보기에는 절대적인 개념인 것처럼 보이지만 사실 그것은 인간에게 불가능한 모든 일을 거꾸로 뒤집은 것이다. 그리고 테크놀로지가 맹렬한 스피드로 우리의 불가능을 가능으로 전화시켜가는 오늘날, 그 전능성에의 접근은 새로운 신의 출현으로서 수많은 SF작품에, 대부분의 경우 극히 부정적인 알레고리로 그려져 있고, 〈바벨의 컴퓨터〉도 아이로니컬하지만 그러한 주제를 공유하고 있다고 지적할 수 있을 것이다.

실제로 테크놀로지를 하나의 위협으로 보는 시각은 올리치가 이 작품에서 처음으로 표현한 이른바 반동이다.

그의 말에 따르면 〈바벨의 컴퓨터〉는 오브제라기보다는 하나의 프로젝트이며, 현재 두 가지 계획이 진행중이라고 한다.

하나는 규모의 확대로, 그 네트워크를 전 세계로 넓히는 것이다. 컴퓨터의 대수는 많으면 많을수록 좋은데, 그를 위해 그는 전세계 사람들에게 이 프로젝트 참가를 호소하고(여기서 결국은 '참가자'가 등장하게 된다), 프로그램을 제공하여 작성된 데이터를 인터넷에서 집중 관리한다. 요컨대 '전 지역의 전면'에서 작품을 동시에 전개하려는 것이며, 그 일환으로 그는 올해부터 웹사이트상에 이미 완성된 1,500페이지분을 공개하고 있다.[20) 그의 말을 빌리면 이것은 예술작품의 탈-중심화이며, 예술가와 감상자의 구별을 파기하는 것이라고 한다.

또하나는 이렇게 자신이 계획한 것에 대한 분열된 태도이기도 한데, 〈바벨의 컴퓨터〉가 현재 계속해서 산출하고 있는 모든 페이지에 대해 저작권을 주장함으로써, 그 불합리를 통해 테크놀로지의 위협에 대해 경종을 울린다는 것이다. 이것이 법적으로 가능한지 어떤지는 의심스럽지만,[21] 그가 목적으로 하는 바는 논의를 일으키는 것 이상으로 이런 작품을 제작한 경우에 당연히 따르는 '의무'이지(왜냐하면 아이디어가 제출된 한, 그것이 악용될 수 있는 가능성은 발안자 본인이 선구先驅해야 하기 때문이다), 현실적으로 권리를 얻는 것은 아니라고 한다. 그러나 우선 그의 종전의 주장을 믿는다면 애초에 저작권이란 것 자체가 부정되어야 마땅할 것이다. 거부당하면 법적 수단에 호소할 작정이고 그 행동까지 포함해 '작품'으로 생각하고 있는 듯한데, 이 점에 대해서는 이미 여기저기에서 비판의 소리가 들려오고 있다고 한다.

---

20) 사이버스페이스에서의 발표에 대해서는 방출된 문자군이 검색 엔진을 혼란시킨다고 비판하는 경향도 있다. 이에 대해서 올리치는 아무런 반론도 하고 있지 않다.

21) 예를 들면 일본의 저작권법의 경우, 제2조 제1항에 '저작물은 사상 또는 감정을 창작적으로 표현한 것이며, 문예, 학술, 미술 또는 음악의 범주에 속하는 것을 말한다'고 정의되어 있어, 프로그램을 포함한 작품 전체에 대해서는 물론 저작권을 인정받을 수 있겠지만, 각각의 페이지에 대해서는 그것이 '저작물'로 인정받을 가능성은 낮을지도 모른다.

옮긴이의 말

　『방울져 떨어지는 시계들의 파문』은 2004년 6월 분게이슌주 (文芸春秋)에서 출간된 히라노 게이치로의 두번째 단편집으로, 2003년 4월부터 2004년 1월까지 문예지와 신문에 발표된 현대일본을 배경으로 한 작품 아홉 편이 수록되어 있다. 표제는 단편집 첫머리를 장식한 작품 「백주」의 한 구절에서 따온 것이다. 다양한 소재와 스타일을 선보이고 있는 이 단편집의 세계는 그 표제가 말해주듯이 현대라는 복잡한 시대를 살아가는 인간들의 다양한 삶이 그려내는 여러 가지 형태의 파문의 어우러짐 같은 인상을 준다.

　우선 이 단편집을 펼쳐보고 의아하게 느낀 것은, 수록작품 중

하나인 「최후의 변신」이 문예지(『신초新潮』)에 발표되었을 때와는 달리 가로쓰기로 되어 있다는 점이었다. 그것도 세로쓰기로 되어 있는 다른 작품들의 페이지에 그대로 이어져 있어, 가로쓰기의 글을 오른쪽 페이지에서 왼쪽 페이지로 읽어가야 하는 어색함을 경험했다. 일본 독자들 역시 이와 비슷한 느낌을 받았을 것이다. 단행본을 출간함에 있어서 이러한 독특한 편집방식을 감행한 것은 아마도 작가의 전략적 의도가 있었기 때문일 테지만, 그러나 이러한 전략적 의도는 전체가 가로쓰기인 한국어 번역서에서는 그 의미를 상실한다. 번역이라는 행위의 한계를 처음부터 짊어진 셈이다.

「최후의 변신」은 스스로의 '역할'에 대해 강한 위화감을 느끼면서 '자신의 참모습'이란 무엇인가를 고민하며 '히키코모리'가 된 한 이십대 엘리트 청년이, 바깥세계와의 유일한 통로인 인터넷상의 웹사이트에 발표한 장문의 수기 형식을 취한 작품이다. 앞서 말한 작가의 전략적 의도란 바로 이러한 작품의 성격을 의식하고 이에 리얼리티를 부여하기 위한 것이었음을 쉽게 짐작할 수 있다. 일본사회의 심각한 문제 중 하나로 인식되고 있는 '히키코모리'라는 존재에 인터넷이라는 매체를 결합시켜, 인터넷 공간속에 펼쳐지는 현대 젊은이들의 비대한 자의식의 세계와 카프카의 『변신』에 대한 새로운 해석이 설득력 있게 교차 전개되는 「최후의 변신」은 히라노 문학의 새로운 가능성을 실감하게 하는 작품이라 하겠다.

호르헤 루이스 보르헤스의 유명한 소설 「바벨의 도서관」을 비평적으로 '갱신'한 실험적 단편 「바벨의 컴퓨터」에서는, 이 시대에 과연 문학이 가능한가라는 작가 자신의 존재의의와도 직결되는 주제를 테크놀로지와 언어의 문제를 통해 다루고 있다. "새로운 문학을 창조하려면 과거의 문학작품 중에서 구체적으로 어떤 것이 현대와 통하는 문제인가를 생각하고, 그 유산을 조금씩 갱신해나가는 수밖에 없다"(마이니치신문 每日新聞, 2004년 7월 5일자)고 밝히고 있는 히라노는, 치밀하게 계산된 수법으로 단단히 무장하고 독자들에게 그 '갱신'의 실체를 자신 있게 보여준다. 근대 이후 작가들과 독자들이 신봉해온 리얼리티라는 문학의 틀을 역설적으로 이용하고 있는 이 작품은, 대량의 정보의 홍수 속에서 필요한 정보를 검색키 하나로 쉽게 접하고 신뢰하고 만족하는 인터넷 시대의 독자들에게 사실과 허구를 판단하는 기준이 얼마나 불완전하고 무책임한 것인가를 자각하게 해준다.

「칠일재」는 아홉 편의 수록 작품 중에서 유일하게 등장인물의 이름이 나오는, 이른바 가정소설처럼 읽을 수 있는 고전적(?) 형식의 소설이다. 84세의 나이로 죽음을 맞이한 한 퇴역군인의 장례 과정을 상주인 장남의 시점에서 그리고 있는 이 작품은 일본사회에서 여전히 터부시되고 있는 전쟁의 경험을 간접적으로 조심스럽게 언급하면서, 집을 지키고 대를 잇는다는 전통적 가치관이 이미 그 누구의 탓이라고도 할 수 없이 해체되어버린 일본사회의 현실을 담담한 필치로 꼼꼼하게 그려내고 있다. 오래된 집에 불청객처럼 찾아온 정체불명의 고양이는 이러한 공동체의 붕괴 속에서 개개인이 감수해갈 수밖에 없는 내면의 불안을 상징하는 존재가 아닐까.

왕따를 당한 소년이 상대방을 살해하고 결국 그 보복으로 인해 또다시 왕따를 당한다는 내용의 「갇힌 소년」은 앞에서부터 읽어도 뒤에서부터 읽어도 같은 문장이 이어지는 특이한 구조를 지닌 작품이다. 이러한 구조 자체가, 시작도 끝도 없이 되풀이되고 있는 출구 없는 왕따 세계의 폐색감(閉塞感)을 상징하는 장치로 작용한다고 할 수 있겠다.

「빈사(瀕死)의 오후와 파도치는 물가의 어린 형제」는 전혀 다른 내용의 독립된 두 작품이 마지막 한 구절로 이어져 서로의 이미지를 보완하는 효과를 보여주는 작품이다. 그리고 보면 이 단편집에 수록된 아홉 편의 작품들은, 각각의 주제와 문체와 형식이 상이하면서도 서로의 이미지가 파문처럼 퍼져나가며 상승작용을 일으켜, 단편집 전체의 독립된 세계를 형성하는 독특한 분위기를 자아낸다고 할 수 있을 것 같다.

처음부터 단편집으로 낼 것을 계획하고 작품 제작을 했다는 작가의 말을 꼭 빌리지 않더라도, 작가의 전략적 의도하에 씌어지고 배열된 단편 전체가 언어 예술로서의 문학의 가능성을 새로운 각도에서 보여주고 있다는 점에서, 『방울져 떨어지는 시계들의 파문』은 지금까지의 히라노 문학과는 다른 또하나의 신선한 매력으로 독자들에게 다가가리라 기대한다.

2008년 1월

신은주

옮긴이 **신은주**
한국외국어대학교 일본어과와 동대학원을 졸업하고 일본 오차노미즈 여자대학 대학
원 인간문화연구과에서 비교문화학으로 박사학위를 받았다. 일본 학술진흥회 외국인
특별연구원을 거쳐 현재 니가타 국제정보대학 국제학부 교수로 재직중이다. 『어두운
그림』, 『그늘의 집』(공역), 『나쁜 소문』(공역), 『곰의 포석』(공역), 『당신이 없었다, 당
신』(공역) 등을 우리말로 옮겼다.

홍순애
일본 나고야 출생. 성균관대학교 사학과를 졸업했다. 번역 서클 '꿈 2001' 회원. 『그
늘의 집』(공역), 『나쁜 소문』(공역), 『곰의 포석』(공역) , 『당신이 없었다, 당신』(공역)
등을 우리말로 옮겼다.

문학동네 세계문학
방울져 떨어지는 시계들의 파문

1판 1쇄 2008년 2월 1일 | 1판 2쇄 2019년 1월 31일

지은이 히라노 게이치로 | 옮긴이 신은주 홍순애 | 펴낸이 염현숙
책임편집 양수현 유정민
디자인 김리영 유현아 | 저작권 한문숙 김지영
마케팅 정민호 정진아 함유지 김혜연 박지영 김수현
홍보 김희숙 김상만 이천희
제작 강신은 김동욱 임현식 | 제작처 한영문화사(인쇄) 경일제책(제본)

펴낸곳 (주)문학동네
출판등록 1993년 10월 22일 제406-2003-000045호
주소 10881 경기도 파주시 회동길 210
전자우편 editor@munhak.com | 대표전화 031) 955-8888 | 팩스 031) 955-8855
문의전화 031) 955-8862(마케팅) 031) 955-2684(편집)
문학동네카페 http://cafe.naver.com/mhdn

ISBN 978-89-546-0506-9 03830
www.munhak.com